Das Buch

Freiheit oder Sicherheit? Christine möchte sich mit ihrem Freund Stefan in ihrer Heimatstadt endlich ein sicheres und stabiles Leben aufbauen. Doch dann stirbt ihre Großmutter, und alle Pläne geraten ins Wanken. Ein Stapel Liebesbriefe aus dem Nachlass veranlassen Christine zu einer Reise nach Kanada. Mit der Absicht, so schnell wie möglich wieder in ihr altes Leben zurückzukehren, reist sie nach Montreal. In den Weiten dieses faszinierenden Landes findet sie nicht nur sich selbst, sondern auch eine Freiheit, die sie bisher nicht kannte. Und dann taucht auch noch Robert auf, in den sie sich verliebt. Und plötzlich muss sie eine folgenschwere Entscheidung treffen …

Die Autorin

Elke Reinauer träumte schon als Kind von Kanada und lebte nach mehreren Kanada-Urlauben zwei Jahre im Yukon, wo sie kreatives Schreiben und Englisch am College studierte und Inspiration für ihren Roman fand. Inzwischen arbeitet sie als Redakteurin für eine Lokalzeitung im Schwarzwald und schreibt nebenbei Bücher.

Deine Stimme in meinen Träumen

Ein Roman von Elke Reinauer

Neuauflage Januar 2023
© Elke Reinauer
Mauserstraße 6
78727 Oberndorf
Herstellung und Verlag: BoD – Books on Demand, Norderstedt
Umschlaggestaltung: Stephanie Raubach, Berlin Bildmaterial:
Frau: iStock-476139912, See: iStock-522004416 Typo: Minion
Lektorat: Andrea Weil, www.textehexe.de
ISBN: 978-3-734-772634

FSC

MIX
Papier aus verantwortungsvollen Quellen
Paper from responsible sources
FSC® C105338

www.fsc.org

Kapitelübersicht

Eins

ANGEKOMMEN, endlich angekommen! Doch das ersehnte, wohlige Gefühl wollte sich nicht einstellen.

Stattdessen fühlte sich Christine wie in einem Wartesaal, nicht wie an der Endstation, die sie sich so sehr herbeigewünscht hatte.

Nichts. Ihr Magen zog sich zusammen, und sie tigerte in ihrer neuen Wohnung umher. Griff in den Koffer, der aufgeklappt auf dem Bett lag, und machte einen halbherzigen Versuch, ihre Kleidungsstücke zu sortieren. Sie verspürte wenig Lust dazu. Zwanzig Umzugskartons verteilten sich auf die kleine Dachgeschosswohnung, in die sie gestern eingezogen war. Die Küchenzeile mit Frühstückstheke gab dem Apartment etwas Amerikanisches. Christine hatte lederne Barhocker besorgt, auf denen sie morgens ihren Kaffee trinken konnte.

Ihr Handy vibrierte. Stefan? Christines Herz machte einen Satz, und sie stürzte ins Schlafzimmer, wo ihr Handy auf dem Bett lag. Aber es war nur eine E-Mail. Stefan musste doch seit zwei Stunden Feierabend haben, warum meldete er sich nicht?

Christine bahnte sich wieder einen Weg zwischen den Umzugskartons hindurch in die Wohnküche und drehte den Wasserhahn auf, trank einen Schluck. Sie musste noch einkaufen, der Kühlschrank war leer, doch im Moment hatte sie keinen Hunger. Sie betrachtete ihre neue Bleibe, die wenigen Möbel, die sie aus Stuttgart mitgebracht hatte: das rote Schlafsofa, das schon einige Umzüge mitgemacht hatte, den dunklen Schreibtisch, den sie erst mal unter die Dachschräge geschoben hatte, ihren klapprigen Ikea-Esstisch, der noch in Einzelteilen auf einem Karton lag.

Nun wohnte sie also wieder in Schutzingen, in der Stadt, in die sie nie wieder hatte zurückkehren wollen. Weil sie ihren Heimatort provinziell und kleingeistig gefunden hatte. Aber seit sie Stefan kennengelernt hatte, sah das anders aus. Er war so erfrischend anders als ihre Freunde zuvor, die ganzen Literaten, Musiker, Künstler. Stefan leitete ein gut laufendes Küchenstudio. Sie war so dankbar für diesen Mann, auf den sie sich verlassen konnte.

Warum nur hatte er sich noch nicht gemeldet?

Auf der Frühstückstheke lag ihr schwarzes Notizbuch. Aufgeschlagen. Christine griff danach. Das Wort *Ankunft* sprang ihr ins Auge, bevor sie es schnell zuschlug. Sie wollte ihr Gedicht vom Morgen nicht lesen, lieber eine Nachricht von Stefan. Warum schrieb er nicht?

Sie sollte auspacken, sich einrichten, wenigstens ein bisschen, doch ihre Unruhe trieb sie dazu, sich ihre Jacke anzuziehen, die Türe hinter sich zuzuziehen und die blitzblank gewischte Treppe hinunterzusteigen. Hier nahm man wohl die Kehrwoche noch genauer als in Stuttgart. In dem Haus befanden sich noch zwei weitere Wohnungen, es lag in einer ruhigen Straße, die von Mehrfamilienhäusern mit gepflegten Vorgärten gesäumt war. Es war Anfang Juni, doch es wehte ein kühler Wind.

In Schutzingen hatte sich nicht viel verändert, stellte Christine fest. Ihre Straße lag in der Nähe ihrer früheren Grundschule. Es war ruhig, ein paar Kinder fuhren auf dem Gehweg mit Fahrrädern hin und her und blickten ihr neugierig entgegen. Die frühlingsmilde Luft war angenehm.

Eine Frau, die gerade in ihr Auto stieg, das in der Einfahrt geparkt stand, grüßte, als würde sie Christine kennen. Auch etwas, das anders war als in der Großstadt.

Wenn ihr jemand vor einem Jahr erzählt hätte, dass sie bald wieder hier leben würde, hätte Christine nur gelacht. In diesem Kaff! Aber Stefan war es wert. Sie hatte ihn in Stuttgart kennengelernt, und dann stellte sich heraus, dass er in Schutzingen aufgewachsen war, genau wie sie. Aufgefallen waren sie sich damals nie, obwohl er nur ein Jahr älter war und auf dem Gymnasium die Klasse über ihr besucht hatte. Auch er hatte sich oft nach der Schule Süßigkeiten beim Bäcker an der Ecke gekauft. Sie lachten über diese merkwürdigen Zufälle und den Gedanken, dass sie als Kinder nebeneinander vor der Bäckerstheke gestanden hatten, ohne dass sie sich aufgefallen wären.

Christine hatte näher bei Stefan sein wollen, ihn nicht nur an den Wochenenden sehen. Und da gab es noch ihre Großmutter, die hier im Altersheim lebte. Christine hatte ihrer Oma zwar erzählt, dass sie wieder nach Hause ziehen würde, aber das würde Elisabeth mittlerweile längst vergessen haben. Geduldig würde Christine es ihr noch einmal erzählen und dabei ihre Hand halten. Die Gegend beschreiben, in der sie lebte, und der Großmutter versichern, dass sie sie öfter besuchen käme.

Entschlossen lenkte Christine jetzt ihren Schritt in Richtung Altersheim.

Der Marktplatz weckte Erinnerungen an ihre Jugendzeit, als sie sich oft ein Eis im Café gegenüber dem Brunnen geholt hatte. Ihre Absätze klackten auf dem Kopfsteinpflaster. Sie könnte sich eine Kugel holen, Melone hatte sie immer besonders gern gemocht. Doch ein Blick in die Auslage verriet, dass das Café zu hatte. Auch die anderen Geschäfte hatten schon geschlossen.

Ein paar Jugendliche lungerten auf dem Rand des trockengelegten Brunnens herum und ließen Musik auf ihren Handys laufen. Die Frauenstatue mit dem Schirm in der Hand wartete wohl auf den Sommer, wenn das Wasser sich plätschernd ins Becken ergießen würde.

Kurz dachte Christine daran, spontan bei Stefan im Küchenstudio vorbeizuschauen, dann verwarf sie den Gedanken wieder. Stefan mochte keine Überraschungsbesuche, ihre Großmutter dagegen würde sich darüber freuen.

Christine könnte ihr ein Märchen vorlesen, das mochte Elisabeth gerne. Sie lauschte dann mit geschlossenen Augen und lächelte verträumt. Ihre Großmutter sagte ihr manchmal, dass ihr ihre Stimme gefiele - und Christine wunderte sich, denn sie fand ihre Stimme eher etwas zu leise und flach.

Als sie am Gebäude der Volksbank vorbeispazierte, fragte sie sich, ob sie bald hier arbeiten würde. Christine hatte sich vor Wochen beworben, aber noch keine Antwort erhalten. War sie mit ihren Referenzen von der Stuttgarter Bank nicht gut genug? Andererseits genoss Christine gerade die Freiheit, nicht gleich wieder in die Welt der Zahlen zurückzumüssen. Sie mochte ihren Beruf, auch wenn er nicht besonders aufregend war. Sie konnte gut mit Zahlen umgehen, darin lag ihre Stärke.

In der Straße zum Altersheim fiel Christine ein Irish Pub auf, der neu sein musste. Früher war hier eine Bäckerei gewesen, erinnerte sie sich. Ein gelbes Plakat im Fenster ließ sie innehalten: Open Mic-Nacht. Wie so was in Schutzingen wohl ablief? Hier könnte sie vielleicht einmal mit Stefan hingehen. Was er wohl davon hielt? Stefan wusste nicht, dass sie Gedichte schrieb. Christine hatte sich bisher nicht getraut, es ihm zu erzählen. Er war so bodenständig und realistisch, sie hatte Angst, dass er mit Gedichten nichts anfangen konnte.

Durch die Scheiben sah Christine eine kleine beleuchtete Bühne im hinteren Teil der Kneipe. Stühle wurden vor der Bühne aufgereiht und ein Techniker baute gerade ein Mikrofon auf.

Auf einmal kamen Bilder einer Erinnerung auf. Das Mikro trug sie zurück zu jenem Moment, als sie das letzte Mal auf einer Bühne gestanden hatte.

Scheinwerferlicht blendet sie. Sie sieht das Publikum nicht, kann es aber spüren, sie hört die Leute murmeln, husten.

Schweißperlen bilden sich auf ihrer Stirn, während sie sich an ihr dünnes Notizheft klammert. Als sie den Mund öffnet, kommt nur ein Krächzen heraus. Sie versucht, ruhig zu atmen, dennoch liest sie stockend wie eine Grundschülerin. Ihre Stimme zittert wie ihre Hände. Sie hofft, dass es bald zu Ende ist. Irgendwie stolpert sie mit ihrer Stimme durch die Gedichte – der dünne, höfliche Applaus am Ende klingt wie Hohngelächter in ihren Ohren.

Das Klingeln ihres Handys holte Christine zurück ins Hier und Jetzt. Sie stand immer noch vor dem Irish Pub und starrte in den Gastraum.

„Hallo, mein Schatz!" Stefans Stimme. Endlich! Am liebsten hätte sie ihm gesagt, dass er sie aus einer dunklen Erinnerung gerettet hatte. „Sorry, Chrissi. Du glaubst nicht, was hier los war. Ich bin zu nichts gekommen, und dann hatten wir um fünf vor eins noch Kunden, die eine ausführliche Beratung wollten ..." Stefan seufzte. „Aber jetzt gehöre ich ganz dir! Der Sekt steht schon kalt. Ich bin bereit, kommst du vorbei?"

Er wollte mit ihr ihre Ankunft feiern, hatte alles vorbereitet und sie hatte sich Sorgen gemacht, warum er nicht anrief. Christines Herz pochte, sie strahlte.

„Ich komme gern, ich freu mich so, Stefan." Dann stockte sie. Es war zwei Wochen her, seit sie ihre Großmutter zuletzt besucht hatte. Andererseits war morgen auch noch Zeit. Stefan erwartete sie, ihr wurde ganz warm.

„Ich bin schon unterwegs", sagte sie.

„Super. Ich warte auf dich!"

Sie hauchte einen Kuss ins Telefon und legte auf.

Fünf Minuten später stürmte sie die Treppen hinauf - Stefans Wohnung lag über dem Küchenstudio seiner Eltern. Er stand in der offenen Wohnungstür, trug sein blaues Hemd und die Krawatte von der Arbeit. Christine flog ihm entgegen, fiel ihm um den Hals.

„Hey, da freut sich aber jemand, mich zu sehen!" Er nahm sie in den Arm und küsste sie.

Eine Mischung aus herbem Rasierwasser und Sprühstärke umschloss sie, und Christine atmete seinen Duft tief ein. Sie sah Stefan an, als hätte sie ihn seit einer Ewigkeit nicht gesehen. Seine blauen Augen strahlten hinter der Brille hervor, und er zeigte seine Grübchen, als er lächelte. Das dunkelblonde Haar war mit Gel in Form gebracht.

Er küsste sie sanft. „Wie schön, dass du jetzt hier bist", sagte er warm und drückte sie noch einmal an sich. „Komm doch rein, Chrissi."

Sie folgte ihm durch den Flur in das Wohnzimmer.

Teure, helle Holzmöbel und ein blitzblanker Parkettboden - man hätte davon essen können.

Stefans Wohnung war immer aufgeräumt, nichts stand herum, sein Couchtisch war leer und die Glasplatte darauf blitzblank. Christine hätte meinen können, sie befände sich in einem Möbelkatalog. Sie liebte seine Ordnung - und versuchte, ihren Hang zum Chaos vor ihm zu verbergen. Immer, wenn sie bei ihm war, legte sie ihre Kleidungsstücke ordentlich zusammen und achtete darauf, nichts herumliegen zu lassen.

Sie wollte ihm gerade gestehen, wie sehr sie ihn vermisst hatte, da sagte er: „Du hast Tinte auf deiner Stirn."

„Oh?" Das musste von ihrer kleinen Gedichtsession stammen, aber wie kam nur die Tinte immer an diese unmöglichen Stellen? Christine wurde rot.

„Warte." In spielerisch übertriebener Geste befeuchtete er seinen Daumen mit Spucke und wollte damit den Fleck von ihrer Haut reiben.

„Stopp!", kreischte sie lachend, aber er war schneller, und sie ließ es zu.

„Was machst du nur für Sachen, Chrissi?" Er küsste sie auf die Stirn, dann auf die Wange und auf den Mund. In diesem Augenblick wusste Christine, dass er sie genauso sehr vermisst hatte wie sie ihn.

Dann verschwand er in die Küche, rief durch die offene Tür zu ihr zurück: „Wie geht es deiner Großmutter?"

„Gut, denke ich." Christine setzte sich auf die braune Ledercouch.

„Du hast sie noch nicht besucht?" Stefan kam mit einer Flasche Sekt und zwei Gläsern herein.

Christine schüttelte den Kopf und hatte sofort ein schlechtes Gewissen. „Morgen."

„Dabei bist du doch extra wegen ihr nach Schutzingen gezogen. Ich dachte, dein erster Gang führt dich sicher zu ihr."

Jetzt breitete sich das ungute Gefühl weiter in ihrer Brust aus. „Ich war so erschöpft von dem ganzen Umzug gestern", sagte sie nur.

„Na klar."

„Ab jetzt haben wir endlich mehr Zeit füreinander, nicht nur an den Wochenenden." Christine beobachtete, wie Stefan die Flasche Sekt elegant entkorkte, einschenkte und dann die Gläser zu ihr brachte.

„Jetzt komm erst mal in Ruhe an, Chrissi, pack aus, leb dich ein ... Und lass uns feiern!" Er drückte ihr ein Glas in die Hand. „Willkommen zurück in der Heimat, Chrissi. Auf dein neues Leben." Sein Glas klirrte gegen das ihre.

„Auf mein neues Leben", sagte sie und nahm einen Schluck. Sie schielte zu Stefan und fragte sich, warum sie das Gefühl nicht loswurde, immer noch in einem Wartesaal zu sitzen.

Zwei

ALS Christine am nächsten Morgen in Stefans Badezimmer stand und sich im Spiegel betrachtete, blickten ihr müde, braune Augen entgegen. Ihr hellbraunes Haar war wirr von der Nacht, ließ sich nur schwer bändigen, war dick und wellig. Sie sah immer noch den Schatten des Tintenflecks auf ihrer Stirn. Als Kind hatte sie immer mit Tinte bekleckerte Finger gehabt, hatte sie abends mit der Bürste geschrubbt. Wie sehr sie Tinte liebte, wie sehr sie ihr Notizbuch jetzt gebraucht hätte!

Christine beschloss, einen Kaffee zu trinken und dann nach Hause zu gehen, um zu schreiben und später ihre Großmutter zu besuchen - aber erst einmal musste sie weiter auspacken. Stefan hatte einen Brunch mit Geschäftspartnern und seinen Eltern und war offenbar gegangen, während sie noch geschlafen hatte. Christine hatte die Kohlers noch nicht kennengelernt, obwohl sie seit einem Jahr mit Stefan zusammen war. Heute sei kein guter Zeitpunkt, hatte er gemeint.

Christine ging in die Küche und setzte die Kaffeemaschine in Gang. Ihr Handy klingelte und schreckte sie aus ihren Gedanken auf. Sie war sicher, dass es Stefan sein musste, der ihr sagen wollte, wie sehr er sie vermisste. „Hallo?", meldete sie sich lächelnd.

„Frau Neumann?" Eine ihr unbekannte Stimme.

„Ja? Wer ist da?"

„Schuster vom Paul-Kübler-Heim. Ich habe schon den ganzen Morgen versucht, Sie zu erreichen. Ihre Großmutter ist letzte Nacht verstorben."

„Was?" Christine glaubte, sich verhört zu haben. Ihr wurde kalt. Nein, nein, das konnte nicht sein.

„Heute Morgen hat die Stationsschwester sie gefunden."

„Was? Wie ist es passiert?"

„Sie ist friedlich eingeschlafen."

„Aber ... ich wollte sie doch heute besuchen", stammelte Christine mit Lippen, die wie taub waren.

„Frau Neumann, es tut mir leid. Bitte kommen Sie ins Heim. Ihre Mutter ist auch schon da."

Die Kaffeetasse fiel Christine aus der Hand und zersprang auf dem Küchenboden. Sie stand da und starrte reglos auf den braunen Fleck, der sich rasend schnell auf den porzellanweißen Fliesen ausbreitete.

„Da bist du ja endlich!"

Ihre Mutter stürmte auf sie zu, griff nach ihrem Arm.

„Hallo Mutter", murmelte Christine.

Angie trug eine weiße, mit Blumen bestickte Tunika. Der Ausdruck von Traurigkeit in ihrem bleichen Gesicht machte es für Christine umso wirklicher.

„Oma ist gestorben", stammelte sie.

Als Angie sie in den Arm nahm und drückte, stieg Christine der vertraute Duft nach Sandelholz und Marihuana in die Nase.

„Ich hab versucht, dich anzurufen«, sagte Angie, nachdem sie Christine losgelassen hatte.

Diese wich ein Stück zurück. „Ich hatte mein Handy nicht gehört. Eigentlich wollte ich Oma heute noch besuchen, also, gestern auch schon …" Christine stockte. Hätte sie doch nicht kehrtgemacht, sondern wäre zu ihrer Oma gegangen!

Angie drückte wieder ihren Arm.

„Was ist denn bloß passiert? Vor zwei Wochen sah sie noch so fit aus."

„Sie ist einfach eingeschlafen, es war ihre Zeit." Ihre Mutter reichte ihr ein Papiertaschentuch. „Komm, setz dich erst mal hin." Angie zog sie zu einem Sessel.

Christine ließ sich wie in Zeitlupe hineinsinken. Tränen rannen ihr über die Wangen, sie schluchzte und presste sich das Taschentuch vor den Mund. „Ich konnte mich nicht einmal verabschieden", wimmerte sie. „Dabei wollte ich sie doch noch besuchen, wie hätte ich denn ahnen können, dass sie gerade jetzt stirbt!"

Angie ging vor ihr in die Hocke und nahm Christines Hände in ihre. „Weißt du, ich habe letzte Nacht davon geträumt, sie ist mir im Traum erschienen, wie ein Engel. Es war Zeit für sie, zu gehen. Sie hat ihre Aufgabe auf Erden erfüllt. Ich habe in meinem Traum ein weißes Licht gesehen, und als sie mich anriefen, wusste ich es schon."

Christine zog ihre Hände weg. Wie konnte ihre Mutter nur so ruhig sein? Sie wischte ihre Tränen weg und fuhr sie an: „Was weißt du schon! Wann hast du sie das letzte Mal besucht, Angie?" Wieder übermannte sie ein Schluchzen und sie vergrub den Kopf in den Händen. War ja klar, dass Angie mit ihrem esoterischen Gelaber kam und mal wieder kein Feingefühl besaß.

„Wenn du mich brauchst, ich bin in Omas Zimmer." Angie stand auf.

Christine saß einfach da und weinte vor sich hin. Nach einer Weile fasste sie sich und schleppte sich über den Gang, den sie schon so oft hinuntergegangen war, in Richtung des Zimmers ihrer Großmutter. Die Tür war nur angelehnt, und Christine hörte das Rascheln von Plastiksäcken. Sie betrat den Raum und sah, dass Angie gerade den Kleiderschrank ausräumte.

Die großen Fenster schufen eine freundliche Atmosphäre. Elisabeth hatte gerne an einem von ihnen gesessen und hinausgesehen.

Christine warf einen Blick auf das Bett. Die Decke lag ordentlich zusammengefaltet da, es sah aus, als habe ihre Großmutter nie darin geschlafen. In diesem Bett war sie also gestorben. Und Christine hatte nicht bei ihr sein und ihre Hand halten können. Sie wollte sich auf das Bett werfen und nach Spuren ihrer Oma suchen.

Wie hatte sie einfach so fortgehen können, von heute auf morgen? Es hatte keine Anzeichen gegeben. Ja, sie war leicht dement gewesen, aber körperlich noch fit.

Die rosa Strickjacke, die ihre Großmutter jeden Tag getragen hatte, hing über dem Stuhl. Christine griff danach und vergrub ihr Gesicht darin: Nivea-Seife und Lavendel.

„Ich habe schon einmal angefangen, Omas Sachen einzupacken", sagte Angie. „Sie brauchen das Zimmer, weißt du?"

Christine nickte nur und hielt sich weiter an der Strickjacke fest. Sie wollte Angie nicht beim Packen zusehen, stattdessen trat sie ans

Fenster und schaute hinaus in den Innenhof des Altersheimes, in dem Holzbänke und Tische unter gelben Sonnenschirmen standen. Die Schirme waren geschlossen, da es grau und regnerisch war. Dort hatte Christine vor zwei Wochen mit ihrer Großmutter gesessen. Es war ein schöner, sonniger Tag gewesen. Sie hatten sich ein Stück Schwarzwälder Kirschtorte geteilt und Christine hatte von ihren Plänen erzählt.

„In zwei Wochen ziehe ich nach Schutzingen, dann komme ich dich öfter besuchen, Oma", hatte sie gesagt.

Ihre Großmutter nickte nur und sah sie nicht wirklich an. Ihre blauen Augen, die trüb wirkten, blickten in die Ferne. Sie umklammerte ihre Gabel.

„Ich fange ein neues Leben an, Oma, in der Heimat. Ich sehe dann auch öfter nach dem Haus. Und nach deinem Obstgarten."

Das letzte Wort brachte einen Funken Leben zurück in den Blick der Großmutter. „Unser Obstgarten", sagte sie leise und lächelte verträumt. „Unser Apfelbaum."

Liebe flatterte in Christine auf wie die Flügel eines Schmetterlings. Die Großmutter wirkte so zerbrechlich und so klein. Sie nahm sich vor, beim nächsten Besuch mit ihr in den Garten zu fahren. Mit ihr unter den Bäumen entlang zu spazieren, wenn sie einen guten Tag hatte. Vielleicht, wenn die Apfelbäume ihre zartrosa Blüten trugen.

Aber jetzt war es dafür zu spät. Tränen trübten Christines Sicht, sie konnte nicht aufhören, zu weinen. Sie fühlte sich, als würde sie fallen, in sich zusammenfallen.

Irgendwann raffte sie sich auf und rief Stefan an. Aufgelöst sprach sie ihm auf die Mailbox, erzählte ihm, was passiert war. Die ganze Zeit hielt sie sich an der Jacke ihrer Großmutter fest wie an einem Rettungsring. Sie verließ das Heim und merkte erst jetzt, dass sie ihre eigene Jacke vergessen hatte. Die kühle Luft ließ sie zittern. Sie musste nicht lange auf Stefan warten, und als er vorfuhr, stürmte sie zu seinem Wagen und fiel ihm in die Arme.

Drei

Es war ein Tag, den ihre Großmutter geliebt hätte, strahlend und hell. Der milde Frühsommerwind raschelte durch die Äste der mächtigen Lindenbäume. Vögel sangen, und erste Rosen blühten an der Friedhofsmauer.

Christine trug eine Sonnenbrille, die die Hälfte ihres Gesichtes verdeckte. Sie wusste nicht, wie sie die letzten drei Tage ohne Stefan überstanden hätte. Er hatte sich um sie gekümmert, ihr Tee gekocht und ihr seine Wohnung überlassen, während er arbeitete. Sie hatte apathisch auf seiner Couch gelegen, geweint und geschlafen. Konnte nichts essen und wollte nicht reden.

Stefan verdiente wirklich Anerkennung für seine Fürsorge. Abends war er extra früher aus dem Küchenstudio gekommen und hatte neben ihr gesessen, ihre Hand gehalten und ihr etwas zu essen gebracht. Heute fühlte sie sich immerhin stark genug, um neben Angie vor der Friedhofskapelle zu stehen. Angie musste natürlich aus der Trauergemeinde herausstechen und trug ein weißes, weites Kleid aus Seide.

„Weiß ist in Indien die Farbe der Trauer", hatte sie erklärt. Und hinzugefügt, dass sie einige Zeit dort verbracht habe, um Yoga zu lernen. Am liebsten wäre Christine allein gewesen, ohne ihre Mutter, ohne die vielen fremden Leute, die sich zur Beerdigung eingefunden hatten. Es hatte sie Kraft gekostet, die Beileidsbekundungen anzunehmen und höflich den typischen Smalltalk auszuhalten. Angie dagegen hatte jeden Trauergast liebevoll umarmt.

„Schade, dass du keine Rede hältst", sagte sie nun.

„Wie kommst du darauf, dass ich eine Rede halten soll?" Christine sah Angie genervt an. Das musste ja kommen - sie wappnete sich innerlich schon gegen mehr Sticheleien.

„Ich dachte, du würdest etwas beitragen. Früher hast du doch immer bei Familienfesten ein Gedicht vorgetragen." Ihre Mutter wusste, dass

Christine panische Angst hatte, vor Menschen zu sprechen. Zu allem Übel hatte sie ihr vor Jahren einmal von ihrer misslungenen Poesie-Lesung erzählt.

„Das hier ist aber kein Fest, Angie", entgegnete Christine nur müde und ließ den Blick schweifen, auf der Suche nach Stefan. Wo er nur blieb?

„Man sollte den Tod genauso feiern wie das Leben. Deine Oma würde sich sicher über eins von deinen Gedichten freuen. Die hat sie doch immer gern gehört."

Christine wollte etwas erwidern, sich rechtfertigen, besann sich aber anders. Es würde nur im Streit enden, so wie jedes Mal, wenn Angie sie provozierte. Was wusste die Frau schon von ihren Gedichten? Damals war Christine ein Kind gewesen, unbeschwert. Jetzt fehlten ihr die richtigen Worte, um ihrer Trauer Ausdruck zu verleihen.

Sie folgten dem Pfarrer über den Kiesweg zum Familiengrab. Die Trauergäste versammelten sich vor dem schlichten, weißen Stein, auf dem in schwarzer Schrift die Namen von Christines Urgroßeltern und ihrem Großvater verzeichnet waren. Ein mächtiger Kastanienbaum wachte über dem Grab. Für einen Augenblick herrschte Stille. Der Pfarrer nickte Angie zu, dann reichte ein Friedhofsangestellter ihr eine große, weiße Leinentasche.

Christine ahnte Schlimmes. In diesem Moment hörte sie Schritte hinter sich. Sie drehte sich um und sah Stefan, der in einem schwarzen Mantel auf sie zueilte. Er hatte es doch noch geschafft! Nur leider im falschen Augenblick.

Angie brachte sich neben dem Grabstein in Position, eine Trommel in der Hand. „Bevor wir die Urne in die Erde lassen, möchte ich meiner Mutter gerne ein letztes Lied widmen", sagte sie.

Christine senkte den Blick auf ihre schwarzen Schuhe, deren Absätze sich ins weiche Gras bohrten. Am liebsten wäre sie genauso tief im Boden versunken. Stefan nahm ihre Hand und drückte sie leicht. Christine lächelte ihn dankbar an.

Bumm!

Christine zuckte zusammen.

Bumm!

Ein weiterer, dumpfer Ton. Bumm! Angie trommelte, bewegte sich rhythmisch und stimmte ein heiseres Lied an, das an schlecht imitierte Indianergesänge in einem billigen Western erinnerte.

Christine schoss das Blut in den Kopf. Sie heftete den Blick wieder auf ihre Schuhspitzen. Sie wollte nicht hinsehen, geschweige denn hinhören, aber es führte kein Weg daran vorbei, hier konnte sie sich nicht wie damals als Kind die Ohren zuhalten. Christine wünschte, jemand würde ein Machtwort sprechen und Angie stoppen. Warum tat der Pfarrer nichts? War das denn christlich?

Christine warf Stefan einen Seitenblick zu. Falls er peinlich berührt war, zeigte er es nicht. Seine Miene war undeutbar.

Dann - ein letzter Aufschrei, ein letzter Trommelschlag, und es war vorbei. Christine atmete auf. Doch zu früh.

„Damit wir gemeinsam unsere Trauer bewältigen können, biete ich gegen eine kleine Spende eine Schwitzhütten-Zeremonie und anschließende Gesprächsrunde am Wochenende an. Kommt einfach auf mich zu." Angie lächelte in die Runde.

Christine hätte sich am liebsten auf ihre Mutter gestürzt und ihr eine gescheuert.

Aber der Pfarrer sprach bereits ein paar Bibelworte, und Christine zwang sich zur Fassung. Ein kurzer Moment der Stille folgte, dann wurde die Urne in die Erde gelassen.

Irgendwann war alles vorüber, und in Christine blieb das Gefühl zurück, noch nicht richtig Abschied genommen zu haben. Sie stand vor dem Grab, unruhig und müde zugleich. Was hätte sie darum gegeben, jetzt nur für sich zu sein! Aber Stefan kondolierte gerade, und sie wollte ihn um keinen Preis mit Angie alleine lassen, also hörte sie mit halbem Ohr zu.

„Mein herzliches Beileid, Frau Neumann."

„Danke, dass du dich um meine Tochter kümmerst", erwiderte Angie.

Christine schoss erneut das Blut in den Kopf. Musste sie ihn gleich duzen?

„Das ist doch selbstverständlich, dass ich für Chrissi da bin", sagte Stefan. Dann wandte er sich ab, um ein älteres Ehepaar zu begrüßen.

Kunden aus dem Küchenstudio, nahm Christine an. Sie winkte ihm flüchtig zu und lief mit ihrer Mutter Richtung Parkplatz.

„Musste die Trommelei sein?"

„Ja. Damit die Seele deiner Großmutter in die Anderswelt aufsteigen kann. Jemand musste das übernehmen und etwas für sie tun."

Christine schüttelte den Kopf. Sie vergrub die Hände in den Taschen ihres schwarzen Mantels und ballte sie dort zu Fäusten.

„Oma hätte das nicht gewollt", sagte sie, ohne Angie anzusehen.

„Was weißt du schon? Vielleicht nicht gewollt, aber ihre Seele hat es gebraucht."

„So ein Blödsinn!"

„Lass uns jetzt nicht streiten."

Christine ignorierte den Einwand. „Und warum duzt du Stefan ungefragt? Das geht ja mal gar nicht, du hast ihn heute zum ersten Mal gesehen. Das machst du nur, um mich zu ärgern."

Angie blieb stehen und musterte Christine. „Es ist die Beerdigung deiner Großmutter, und alles, worum du dir Sorgen machst, ist, dass ich dich vor deinem Spießer-Freund blamiere?"

„Du machst Werbung für deine bescheuerte Schwitzhütte, das ist widerlich!"

Das Gesicht ihrer Mutter färbte sich rot. Sie schloss für einen Moment die Augen und atmete hörbar aus. „Sag mir nicht, wie ich mich verhalten soll. Nicht jetzt, nicht hier." Die Stimme klang mühsam beherrscht.

So sehr sie sich auch bemühten, sie verfielen doch immer wieder in alte Verhaltensmuster.

„Ich geh schon vor ins Café", sagte Angie und stapfte davon.

Leere Kaffeetassen, Weingläser mit Rotweinresten, Überbleibsel von Butterbrezeln, Kaffeeflecken auf dem weißen Tischtuch. Die Trauergäste hatten sich verabschiedet, auch Stefan war weg, er musste noch arbeiten. Christine saß erschöpft neben ihrer Mutter und starrte vor sich hin. Eine Kellnerin war dabei, den Tisch abzuräumen, und die Wirtin brachte ihnen die Rechnung. Angie warf einen Blick darauf und seufzte.

Christine griff nach dem Beleg. „Ja, so eine Trauerfeier kann teuer sein", meinte sie und holte ihren Geldbeutel hervor.

„Ich zahle es dir zurück, ich bin nur gerade knapp bei Kasse", sagte Angie.

„Nein, ist gut, ich bezahl das jetzt. Aber wegen der Beerdigungskosten müssen wir uns noch zusammensetzen."

„Ja, ja, du machst das schon, du bist ja hier die Bankerin", sagte Angie nur.

Christine stand auf, um zu bezahlen, bevor ihr eine weitere bissige Erwiderung einfallen konnte. Als sie zurück zur Tafel kam, lag ein weißer Briefumschlag auf dem Tisch.

„Was ist das?"

„Das ist für dich", sagte Angie.

Christine blickte ungläubig auf die saubere Schrift ihrer Großmutter. Vielleicht ein Testament? Es sah eher aus wie ein persönlicher Brief. Sie suchte im Gesicht der Mutter nach Antworten.

„Mutter hat mir den Brief gegeben, als ich sie das letzte Mal besucht habe."

„Was? Wieso hat sie ihn mir nicht selbst gegeben?"

Angie zuckte mit den Schultern. „Ich wünschte, sie hätte mir geschrieben. Aber wir waren ja nicht so eng."

„Wann hat sie dir den Brief gegeben?"

„Vor einer Woche ungefähr."

„Okay. Danke, das kommt überraschend."

„Aber wenn etwas übers Erbe drinsteht, will ich es wissen", sagte Angie.

Christine schnappte sich den Brief und lief hinaus.

Vier

LIEBE Christine,

weißt du noch, wie du als Kind immer auf Schatzsuche warst? Überall hast du gesucht: im Obstgarten, im Keller, im Wald. Du warst davon überzeugt, dass irgendwo ein Schatz versteckt sein musste.

Du hast Karten gezeichnet und gebastelt, manchmal habe ich eine alte Blechdose mit Goldtalern aus Schokolade für dich versteckt.

Wenn ich dich heute ansehe, sehe ich oft noch das kleine Mädchen vor mir, das mit der Schaufel in der Hand auf Schatzsuche geht.

Oft bemerke ich eine Unruhe an dir. Sie folgt dir wie ein Schatten. Was suchst du? Einen Mann, eine bessere Anstellung? Du erzählst manchmal, dass du gerne wieder in die Heimat ziehen möchtest. Ist das das Richtige für dich?

Ich wünsche dir, dass du findest, wonach du suchst.

Aber ich schreibe dir nicht, um gute Ratschläge zu geben. Es ist an der Zeit, dir etwas anzuvertrauen. Du wirst mich verstehen. Es ist mein Erbe für dich und mein letzter Wunsch, den du mir erfüllen sollst.

Ein Schatz wartet auf dich. Mein kostbarster Besitz: mein Herz. Dieser Brief ist eine Schatzkarte zu meinem Geheimnis. Unter der alten Truhe in meinem Schlafzimmer ist eine lose Diele. Sie lässt sich entfernen und öffnet einen Hohlraum. Darin verstecke ich eine kleine Schachtel mit Briefen.

Es sind Liebesbriefe an meine große Liebe, Wilhelm. Mein letzter Wunsch ist, dass du die Briefe zu ihm bringst.

Ich habe ihm unsere Geschichte aufgeschrieben. An jeden Augenblick erinnere ich mich, als wäre es gestern gewesen. Das, was ich nie gewagt habe, soll nun deine Aufgabe sein.

Mein Herz und die Briefe gehören ihm.

Zurzeit denke ich sehr oft an Wilhelm, er war immer und ist bis heute meine große Liebe. Ich weiß, du hast jetzt viele Fragen. Einige werden in den Briefen beantwortet.

Falls Wilhelm verstorben ist, leg die Briefe auf sein Grab. Sie gehören zu ihm, genau wie mein Herz. Bitte tu das für mich, es ist mein einziger und letzter Wunsch.

Ich weiß, du bist mutig genug, um ihn mir zu erfüllen.

Deine Oma

P.S. Wilhelms letzte Adresse findest du auf den Briefen. Das Geld, das ich beigelegt habe, ist für die Reise gedacht.

Christine starrte auf die vertraute, ordentliche Schrift ihrer Großmutter. Mit allem hatte sie gerechnet, aber nicht mit einem solchen Geständnis. Warum hatte ihre Großmutter nie etwas von diesem Wilhelm erzählt? Den Brief im Schoß, startete Christine das Auto. Konnte das sein? Ein anderer Mann - eine geheime Liebesgeschichte? Das passte doch gar nicht zu ihrer sonst so korrekten Großmutter. Bisher hatte Christine geglaubt, dass ihr Großvater Peter die große Liebe ihrer Oma gewesen war.

Sie musste unbedingt mehr erfahren! Christine gab Gas und raste zum Gehöft ihrer Großmutter, das am Ende eines Feldwegs etwas abseits vom Ort lag. Sie parkte in der Einfahrt und sprang aus dem Wagen. Kramte nach dem Hausschlüssel in ihrer Handtasche, schloss die Tür auf und machte Licht im Flur.

Die Holztreppe, die nach oben in das Schlafzimmer ihrer Großmutter führte, knarrte vertraut. Vor zwei Wochen hatte sie hier oben das letzte Mal gelüftet, es roch muffig. Die weiße Decke war ordentlich über das Bett gebreitet, so als könnte ihre Großmutter jederzeit zurückkommen. Unter dem Fenster stand die alte, braune Schwarzwälder Holztruhe. Ein Muster aus blauen und roten Blumen rankte sich auf ihrer Vorderseite.

Plötzlich erinnerte Christine sich wieder, welche Magie die große Kiste früher auf sie ausgeübt hatte. Sie hatte wirklich geglaubt, darin einen Schatz zu finden, und hatte sich mit Begeisterung durch den

Inhalt gewühlt: Tischdecken, Bettwäsche und Kissenbezüge. „Gruschteln" war eine von Christines Lieblingsbeschäftigungen gewesen.

Nun verbarg die Truhe tatsächlich einen Schatz. Christine konnte es kaum erwarten und versuchte mit aller Kraft, die Truhe zu verschieben, doch die war schwer wie ein volles Fass Bier und bewegte sich kaum.

Christine hob den Holzdeckel an und lehnte ihn gegen die Wand. Hastig räumte sie die Hälfte des Inhalts aus der Truhe heraus und verteilte ihn auf dem Boden um sich herum. Jetzt ließ sich die Kiste knirschend verrücken. Mit klopfendem Herzen tastete Christine den Boden ab, bis sie das wacklige Stück Holz fand und es anhob. In einem Hohlraum darunter lag tatsächlich eine Schatulle, bedeckt von einer dicken Staubschicht.

Sie holte die Schatulle aus ihrem Versteck und setzte sich im Schneidersitz auf den Boden, mitten in das Chaos. Der Schatz. Sie blies den Staub von dem Kästchen und sah, dass es mattsilbern war.

Christine öffnete den Verschluss mit zitternden Händen. Ein Stapel Briefe, von einem blauen Samtband zusammengehalten. Sie löste es und ein Kribbeln breitete sich in ihrem Bauch aus, als wären die Briefe an sie adressiert. Wohin würde ihre Großmutter sie schicken?

Als sie die Adresse auf dem ersten Umschlag las, stutzte Christine. Sie blätterte die Briefe durch und entdeckte, dass die Adresse sich nicht änderte. Der Ort, an dem Wilhelm wohnte, blieb gleich. Das konnte doch nicht Elisabeths Ernst sein!

Lieber Wilhelm,

wie eine Liebesgeschichte ausgeht, weiß man erst, wenn man am Ende des Buches angelangt ist. Wie unsere Geschichte angefangen hat, möchte ich nun hier aufschreiben - für dich. Denn sie ist noch in meinem Kopf, als wäre das alles erst gestern gewesen.

Unsere Geschichte beginnt an einem verregneten Samstagnachmittag Ende März. Ich brauchte ein Kleid für die Hochzeit meiner Schwester und ging mit Mutter in die Stadt. Als wir die Stufen zur Schneiderei Karp hinaufstiegen, war ich sehr aufgeregt. Ein neues Kleid! Die Klingel an der Tür kündigte uns an, und das

Rattern der Nähmaschine stoppte. Es roch nach Filz, Staub und Lavendel. Deine Mutter kam auf uns zu und begrüßte uns. Sie war klein und stämmig, hatte ihr Haar zu einem Dutt gebunden. Ihre Stimme klang tief und leicht heiser. Sie musterte mich von oben bis unten mit diesem strengen Blick aus ihren dunklen Augen.

„Das Mädle wächst wie Unkraut und ist so eine Bohnenstange", sagte meine Mutter zu ihr, es klang entschuldigend.

„Ha, groß bisch halt, da finde mer schon das Richtige", sagte Frau Karp.

Während die beiden über Stoffe und Preise diskutierten, blickte ich mich um. Ich sah graue, blaue und schwarze Stoffballen in Regalen, die die Wände bis zur Decke bedeckten. Auf anderen Brettern standen Gläser voller bunter, schimmernder Knöpfe. Auf dem hölzernen Ladentisch thronte eine silberne Kasse.

Deine Mutter rief „Wilhelm!" in den Nebenraum.

Keine Antwort.

Sie rief erneut nach dir: „Wilhelm, jetzt kommsch mal!"

Ruhig kamst du hereingeschlendert, in der Hand ein Buch, das du langsam auf dem Ladentisch ablegtest. Schwarze Locken fielen in deine Stirn. Ich hatte noch nie so schönes, rabenschwarzes Haar gesehen und starrte dich an. Du starrtest zurück, der Blick deiner dunklen Augen kam aus einer anderen Welt. Mir wurde heiß und kalt.

Deine Mutter schüttelte den Kopf über dich. Aber dich kümmerte es nicht. Träge nahmst du dir einen Bleistift.

„Entschuldiget Sie, mein Sohn ist ... "

„ ... am Studieren", beendetest du den Satz.

Deine Mutter warf dir einen scharfen Blick zu, und widerwillig hattest du mit deiner Arbeit begonnen. Ich stellte mich auf den Sockel, und Frau Karp nahm meine Maße. Meine Wangen glühten, ich konnte deinen Blick auf mir spüren, während du aufschriebst, was deine Mutter diktierte.

Als ich aufblickte, sahst du mich noch immer an, betrachtetest mich ungeniert. Ich hatte dich vorher noch nie gesehen. Ich kannte deinen Bruder Andreas, der sonst in der Schneiderei half. Du zogst deine Kreise um mich, langsam, wie in einem spielerischen Tanz. Mein Herz *flatterte. Ich sah weg, ich sah wieder zu dir hin, musste wieder wegsehen. Als sich schließlich unsere Blicke trafen, hielt ich dem deinen einen Moment stand. Darin lag ein Lächeln.*

In der Nacht, die folgte, und all den anderen Nächten, konnte ich nicht schlafen. Mein Herz war unruhig und ich wartete auf eine Gelegenheit, zurück in die Schneiderei zu gehen - nur um dich wiederzusehen.

Dann brachte Mutter das Kleid nach Hause. Es war perfekt. Nachtblauer Samt, hochgeschlossen und enganliegend an der Taille. Ich schlüpfte hinein, und Mutter nickte zufrieden. Ich blickte in den Spiegel und erkannte mich kaum wieder. Etwas war anders an meinem Gesicht, ein strahlender Glanz, ich sah älter aus als fünfzehn. Das Kleid schmiegte sich an meinen Körper wie eine zweite Haut. Die Farbe brachte mein blondes Haar zum Leuchten, und ich fand mich hübsch.

Mutter sagte, ich sollte es ausziehen und runterkommen zum Mittagessen. Sie ließ mich allein. Ich drehte mich im Kreis, machte ein paar Tanzschritte. Sah meine roten Wangen im Spiegel und lächelte mir selbst zu. Da rief Mutter von unten.

Als ich das Kleid über den Kopf zog, spürte ich, wie mich etwas am Rücken kratzte. Eine vergessene Stecknadel?

Tatsächlich, da stand eine Nadel hervor. Und unter ihr knisterte Papier. Mit blauem Faden und hastigen Stichen war ein Zettel in das Futter eingenäht. Klopfenden Herzens löste ich ihn. Du wolltest mich treffen, Wilhelm. In dem verwilderten Obstgarten am Weiher, schriebst du, darunter Datum und Uhrzeit.

Du hattest das eingenäht, Wilhelm, du hattest das riskiert damals. Um mich wiederzusehen. Bei dem Gedanken erschlug mich beinahe mein Herz.

Du wolltest mich wiedersehen.

Ich konnte es kaum erwarten.

Deine Elisabeth

Christine ließ den Brief in ihren Schoß sinken. Reglos saß sie inmitten ihres Chaos auf dem Fußboden. So viele Jahre war es her, dass der

Brief geschrieben worden war, trotzdem hatten die Worte sie fortgetragen, in die Liebesgeschichte ihrer Großmutter. Doch nicht allein das wühlte sie auf. Sie starrte auf die Adresse auf dem Umschlag. Wilhelm wohnte in Montreal.

Montreal, Quebec.

Ihre Großmutter schickte sie nach Kanada.

Wie konnte ihre Großmutter von ihr verlangen, nach Kanada zu reisen – jetzt, wo sich Christine gerade wieder in Schutzingen eingelebt hatte? Montreal … Sprachen sie dort nicht Französisch? Christine konnte kein Französisch. Und was wusste sie schon über Kanada? Wahrscheinlich genauso wenig wie von ihrer Großmutter, die dieses Geheimnis um Wilhelm für sich behalten hatte - ihr Leben lang. Christine stand auf und schüttelte ihre Beine aus. Dabei wanderte ihr Blick zu den Familienfotos auf der Kommode.

Sie ging näher heran und suchte … ja, was? Ein Anzeichen von Unglück in den Gesichtszügen der Oma? Eine Spur von Liebeskummer? Doch ihre Großmutter lächelte auf jedem der Fotos, das Haar ordentlich zurückgekämmt, so, wie Christine sie kannte - korrekt und fleißig.

Christine nahm das Bild in die Hand, das die Eheleute in einem Restaurant zeigte. Sie saßen nebeneinander und lächelten in die Kamera. Der Großvater schon ganz ergraut, das blonde Haar der Oma noch mattgolden und hochgesteckt. Auf dem Tisch vor ihnen Kaffee und Kuchen. Das Foto musste vor seinem Schlaganfall aufgenommen worden sein. Sie kannte ihren Großvater Peter nur im Rollstuhl, er war halbseitig gelähmt gewesen, und ihre Großmutter hatte ihn gepflegt, bis er starb. War es möglich, dass die zwei sich gar nicht geliebt hatten? Christine hatte ihre Großeltern immer als harmonisches Paar gesehen. Sie versuchte, sich an Begebenheiten zu erinnern, die etwas anderes hätte beweisen könnten. Nichts.

Christine blätterte durch das Bündel Briefe, ein Foto, sepiagetönt, das einen jungen Mann zeigte, fiel heraus. Er wirkte sehr jungenhaft. Unter seinem Hut lugten schwarze Locken hervor. Seine hohen Wangenknochen und sein weicher Mund gaben ihm eine edle Schönheit. Die Augen blickten Christine geradeheraus an. Das musste

Wilhelm sein. Christine drehte das Bild um, ja, sein Name stand auf der Rückseite, mit Bleistift geschrieben.

Christine legte das Foto zurück. So wenig hatte sie von den Gefühlen ihrer Großmutter gewusst - nun war sie eingeweiht in ihr intimstes Geheimnis. Wie oft hatte sie als Kind bei ihrer Oma übernachtet oder war nach der Schule direkt zu dem Hof gelaufen. Fast ihre ganze Kindheit hatte sie hier verbracht – zumindest die glücklichen Tage. Die Großmutter half ihr bei den Hausaufgaben. Es gab immer pünktlich Essen und obwohl der Großvater viel Hilfe brauchte, hatte Christine immer die volle Aufmerksamkeit ihrer Großmutter bekommen.

Auf einmal war ihre Kindheit wieder zum Greifen nah. Christine hatte Dichterin werden wollen und Verse in ein Schulheft geschrieben. Sie lächelte bei dem Gedanken. Damals hatte ihre Großmutter sie unterstützt und ihr Bücher wie *Das große Reime-Buch*, *Schreiben mit Stil* und *Der große Brockhaus* geschenkt. Neben dem Dichten waren Pferde Christines große Leidenschaft als Teenager gewesen. Ihre Großmutter kaufte ihr Vorhänge mit Pferdemotiven für ihr Jugendzimmer. Sie bezahlte ihr die Reitstunden und brachte sie zum Training, kam als Zuschauerin zu den Vereinsturnieren.

Nie hatte sie Christine eine Bitte abgeschlagen - und es auch klaglos akzeptiert, als die Enkelin die Reiterstiefel an den Nagel hing. Denn die Pferdephase war irgendwann vorbei gewesen. Großmutter hatte nie Nein gesagt. Nun hielt Christine ihren letzten Wunsch in den Händen - und es lag an ihr, der Oma diesen zu erfüllen und nach Kanada zu reisen.

Fünf

LIEBER Wilhelm,

ich weiß es noch, als wäre es gestern gewesen, als ich mich mit klopfendem Herzen auf den Weg zu unserem ersten Treffen gemacht habe. Den Garten, von dem du schriebst, kannte ich nicht, du beschriebst ihn mir. Er lag direkt am alten Weiher am Rande von Schutzingen, verborgen durch Holunderbüsche und Schlehenhecken.

Das rostige Tor stand offen. Als ich es durchschritt, war mir, als ob ich eine andere Welt betrat. Ich lief durch das kniehohe Gras. Zwei Reihen standen sich gegenüber, eine aus alten Zwetschgenbäumen und eine aus krummen Mostapfelbäumen, ganz hinten ein großer, mächtiger Apfelbaum mit schwarzem, dickem Stamm. Es war, bis auf den Gesang von ein paar Vögeln, still. Die Sonne ging unter, rosa schimmerte der Himmel. Ich kam mir vor wie in einem Traum.

Als ich dich sah, brach in mir ein Feuer aus. Du saßest lesend unter dem großen Apfelbaum, ganz ruhig wartend. Ich ging auf dich zu, noch hattest du mich nicht gesehen. Meine Beine fühlten sich an, als würden sie jeden Moment nachgeben und wegknicken. Selbst wenn ich gewollt hätte, hätte ich jetzt nicht flüchten können, von dir ging eine Anziehung aus. Ich wollte zu dir, wollte wissen, wer du warst, warum mein Herz in deiner Nähe raste wie verrückt.

Dann blicktest du mir entgegen. Deine Augen funkelten, du bist aufgesprungen und auf mich zugelaufen.

Vor Nervosität brachte ich kein Wort heraus, aber du nahmst mit einer Leichtigkeit meine Hand und sagtest: „Grüß dich, Elisabeth." Und: „Ich wusste, du würdest kommen." Als ahntest du, dass ich den ganzen Tag mit mir gerungen hatte. Ich lachte etwas verlegen und blickte zur Seite.

„Das ist ein schöner Platz", sagte ich schließlich. Du batest mich, mich zu dir unter den Baum zu setzen, und erzähltest mir dann, dass der Garten dein geheimes Versteck sei. Du kamst oft hierher, um in

Ruhe zu lesen, um den vorwurfsvollen Blicken deiner Mutter zu entgehen.

Du fragtest mich, ob ich auch gerne lese.

„Bei uns im Haus gibt es außer der Bibel keine Bücher, Wilhelm", sagte ich.

Du blicktest mich an, ich konnte es spüren, auch wenn ich aus Verlegenheit wegsah und in die Krone des alten Apfelbaumes hinaufblickte.

„Das ist ein Jakob-Fischer-Apfelbaum", sagte ich. Als du nichts erwidertest, fuhr ich fort: „Ich erkenne es an dem schwarzen Stamm und daran, dass er immer vor den anderen Bäumen Knospen hat. Wir haben auch so einen, auf dem Hof."

Du schautest mich aufmerksam an, bewundernd. Ich wurde rot.

„Das habe ich nicht gewusst", antwortetest du und fordertest mich auf, dir mehr über Äpfel zu erzählen. Ich lachte. Als ob ich so viel zu sagen hätte. Aber du wolltest es wissen. Also erklärte ich dir, dass die anderen Bäume Mostäpfelbäume seien und dass die Früchte des Jakob-Fischer süß und säuerlich zugleich schmeckten. Dass es eine wilde Apfelsorte sei, die ein Bauer durch Zufall entdeckt habe. Seither war diese Sorte nach ihm benannt.

Wir saßen nebeneinander und berührten uns nicht. Die dunkelblaue Dämmerung zog langsam heran, während wir plauderten. Du fragtest nach der Arbeit auf dem Hof, nach meinem bedeutungslosen Leben. Du fragtest mich, ob du mir vorlesen dürftest, aus deinem Buch.

Ich sagte Ja und lauschte einem Gedicht in altertümlichem Deutsch, an das ich mich jetzt nicht mehr erinnern kann. Aber der Klang deiner Stimme ist noch gegenwärtig. Warm hüllte sie mich ein wie eine Decke. Die Worte sprachst du aus wie etwas sehr Kostbares und deine Stimme berührte mich in meinem Herzen. Ich wollte dich wiedersehen, Wilhelm.

Deine Elisabeth

Der Brief offenbarte eine so zarte Seite ihrer Großmutter. Sie dachte an den Obstgarten ihrer Großmutter, der etwas außerhalb lag. Handelte es sich um denselben Ort, an dem sie Wilhelm damals getroffen hatte? Wie konnte das sein?

Christine hatte sich auf das Bett gesetzt. Wie im Rausch hatte sie Brief um Brief, Seite um Seite gelesen. Ihre Augen brannten, doch sie konnte nicht aufhören, sich nicht lösen. Öffnete mit klopfendem Herzen einen Umschlag nach dem anderen, bangte, hoffte, hielt den Atem an und verschlang alles wie ein spannendes Buch. Vorsichtig faltete sie jeden Brief wieder zusammen und steckte ihn nach dem Lesen zurück.

Erst jetzt bemerkte sie, dass sie einen völlig steifen Nacken hatte. Sie stand auf, streckte sich und gähnte. Christine beschloss, auf den Dachboden zu steigen, um nach alten Fotoalben zu sehen. Vielleicht gab es Spuren, weitere Fotos von Wilhelm, irgendwas?

Auf dem Speicher roch es nach Staub. Kisten stapelten sich, doch Christine wusste genau, wo die alten Familienalben waren. In der Ecke neben der Mostpresse. Kurzerhand legte Christine die Fotoalben in eine Kiste und schleppte alles nach unten ins Schlafzimmer.

Vor dem Fenster dämmerte bereits ein neuer Tag. Hatte sie wirklich die ganze Nacht gelesen? Egal.

Christine blätterte durch die Fotoalben und erinnerte sich. Geburtstage, sie selbst als kleines Kind, Angie in Latzhose. Das war nichts Neues. Sie war auf der Suche nach … was? Sie wusste es nicht. Hinweise, die ihr die Entscheidung erleichtern könnten, sich nach Montreal aufzumachen. Die Briefe auf diese Reise mitzunehmen und an Wilhelm zu übergeben. Sein Grab aufzusuchen, falls dieser nicht mehr lebte.

Ihr Blick wanderte wieder zu den Briefen und ein Schauer kroch über Christines Rücken. Aus jeder Briefzeile ihrer Großmutter sprach eine unendliche Liebe, die fast greifbar im Raum hing. Hatte Großmutter sie in diesem Zimmer verfasst? Wie traurig musste sie gewesen sein bei dem Gedanken, dass Wilhelm ihre Zeilen womöglich nie lesen würde.

Christine trat ans Fenster und blickte auf den Morgennebel, der draußen über den Feldern hing. „Oma", flüsterte sie wie ein Gebet. „Ich werde es tun - mich auf den Weg zu Wilhelm machen, für dich."

Als Hauch hing ihr Versprechen in der Luft und Christine war es, als hätte ihre Großmutter sie gehört.

Als Stefan ein paar Stunden später anrief, war sie wie gerädert. Sie hatte nicht richtig schlafen können, nur in ihrer Wohnung vor sich hingedöst. Sofort nach der Begrüßung wollte Christine ihm von den Briefen erzählen, doch er fiel gleich mit der Tür ins Haus.

„Meine Eltern laden dich zum Mittagessen ein", verkündete er.

Auf einmal war Christine hellwach. „Was, wann?"

„Heute, wenn das nicht zu spontan ist. Also, was sagst du? Schaffst du das?"

„Ja, klar, ich muss mich nur richten."

„Okay, zieh dir was Hübsches an, ich hole dich in einer halben Stunde ab."

Eine halbe Stunde? All ihre schicken Kleider waren noch eingepackt, was sollte sie nur anziehen? Auf einmal brach Christine der Schweiß aus - musste das so überfallartig sein? Sie begann, in ihren Kleidersäcken zu wühlen und verteilte Klamotten auf dem Bett. Schnell fand sie eine weiße Bluse von der Arbeit und eine elegante Stoffhose. Nervös baute sie ihr Bügelbrett auf und überlegte, wie sie Stefan sagen sollte, dass sie bald nach Kanada reiste. Wie würde er reagieren?

Christine zog sich an, hastete ins Badezimmer und kam sich vor wie vor einem Bewerbungsgespräch. Sie sollte sich doch freuen, endlich ging ihr Wunsch in Erfüllung: Sie lernte seine Eltern kennen. Stattdessen breitete sich die Nervosität in ihr aus wie ein Schwarm Ameisen. Was, wenn seine Eltern sie nicht mochten?

Sie kämmte ihr Haar und hatte kaum Wimperntusche aufgetragen, als Stefan auch schon klingelte.

Als Christine sah, dass auch er Hemd und Stoffhose trug, fühlte sie sich erleichtert. Stefan musterte sie zufrieden und küsste sie flüchtig.

„Ich habe eine Flasche Wein für meine Eltern besorgt. Von uns beiden", sagte er und startete den Wagen.

Christine nickte dankbar. „Stefan, gestern war ich noch bei Großmutter im Haus und habe etwas entdeckt …"

„Ich weiß, du vermisst deine Großmutter", unterbrach Stefan sie und legte eine Hand auf ihre. „Aber magst du mir die Geschichten vielleicht später erzählen? Ich würde dich jetzt gern erst mal auf den Besuch vorbereiten, ja? Es gibt da Gepflogenheiten in meiner Familie, die du wissen solltest, Chrissi."

„Na gut", willigte sie ein, obwohl die Geschichte ihrer Großmutter ihr im Herzen brannte und sie es nicht mochte, dass er sie unterbrach. War er denn nicht nervös, fragte sie sich, während Stefan sie in die Hobbys seines Vaters einweihte und ihr verriet, dass seine Mutter es schätzte, wenn sie mithelfen würde, den Tisch abzuräumen.

Christine überprüfte ihr Make-up im Beifahrerspiegel. Schnell trug sie noch etwas Puder auf den Hals auf, als sie sah, dass sie vor Aufregung überall rote Flecken bekam. Einfach Smalltalk machen, charmant sein, nahm sie sich vor.

„Und wenn sie mich nicht leiden können?", rutschte es ihr heraus.

„Sie werden dich lieben, Chrissi", sagte Stefan ruhig, während er in eine Seitenstraße abbog.

Seine Eltern bewohnten eine neu gebaute Villa am Südende der Stadt. Die Fassade erstrahlte in makellosem Weiß. Der Vorgarten war als asiatisch angehauchte Steinlandschaft gestaltet, in deren Mitte ein Springbrunnen thronte. In der Auffahrt parkte ein silberner Mercedes, Stefan stellte seinen Wagen daneben ab. Christine folgte ihm, als er die Haustür aufschloss. Stefan nahm ihr den Mantel ab und hängte ihn an die Garderobe im Flur. Christine hätte am liebsten nach seiner Hand gegriffen und sich daran festgehalten, ihn gefragt, ob sie präsentabel aussah, aber es war zu spät. Stefans Mutter kam ihnen lächelnd entgegen, in einer schwarzen Kochschürze, die sie über einem rosafarbenen Kostüm trug. Mit ihrem glatten, blonden Pagenschnitt sah sie aus wie eine Frau aus den Fünfzigerjahren.

„Hallo, Mama." Stefan umarmte seine Mutter und küsste sie auf beide Wangen.

„Hallo, mein Schatz."

„Mutter, das ist Christine", stellte Stefan sie vor.

Frau Kohler reichte ihr die Hand und musterte sie aus schmalen, braunen Augen. „Christine, schön, dich kennenzulernen!"

„Guten Tag, Frau Kohler. Danke für die Einladung, ich freue mich auch."

„Mein aufrichtiges Beileid, es ist schön, dass du trotz der Beerdigung deiner Großmutter kommen konntest. Nenn mich doch einfach Marianne."

Christine entspannte sich ein wenig. „Danke, das mache ich gerne."

„Geht doch schon mal rein, das Essen ist gleich fertig."

Christine folgte Stefan in ein Wohnzimmer, das aussah wie aus dem Möbelhauskatalog: cremefarbene Sessel und ein polierter Couchtisch mit Zeitschriften darauf, ein Kamin in der Ecke. In einer Vitrine standen edle Zierporzellan-Teller. Daneben gab es ein Bücherregal mit den Klassikern: Goethes Faust, Shakespeares gesammelte Werke, Schillers Theaterstücke und ein paar Bildbände. Das helle Holzparkett glänzte, als wäre es gerade erst gewienert worden. In der Mitte des Raumes stand ein runder Tisch, ganz in Weiß eingedeckt. Die Stoffservietten waren zu kunstvollen Schwänen gefaltet. Das Besteck lag akkurat links und rechts wie in einem Restaurant. Ein Blumenbouquet aus weißen, gelben und rosafarbenen Rosen war in der Mitte platziert.

Stefans Vater war gerade dabei, eine Karaffe Rotwein auf dem Esstisch zu platzieren. Von Nahem sah Christine, dass er eine ältere Version von Stefan war: die gleiche Nase und die gleichen Grübchen.

„Christine, schön, Sie kennenzulernen! Stefan hat ja schon so viel von Ihnen erzählt", begrüßte er sie.

„Hoffentlich nur Gutes", bemühte sie sich um einen müden Scherz.

Stefan zwinkerte ihr zu.

„Natürlich nur Gutes", sagte Herr Kohler. „Wein?"

„Gerne."

Mit ihren Gläsern setzten sie sich an den Esstisch.

Sollte sie jetzt Frau Kohler helfen oder nach dem Essen? Was hatte Stefan nochmal gesagt? Vor lauter Aufregung hatte Christine es vergessen. Sie wollte schon aufstehen, als Frau Kohler mit zwei Tellern in der Hand den Raum betrat. Stefans Vater erhob sich, um die anderen beiden Teller zu holen.

Bratenscheiben, Knödel und Gemüse waren perfekt darauf angerichtet. Es sah aus wie in einem Restaurant. Es war lange her, seit Christine zum letzten Mal Sonntagsbraten im Kreise einer Familie gegessen hatte, als Jugendliche bei ihren Großeltern. Solche Eltern, wie Stefan sie hatte, hatte sie sich insgeheim immer gewünscht. Die Kohlers hatten Geschmack, strahlten Sicherheit und Stil aus.

Herr Kohler hob sein Glas und sie stießen an. Sie plauderten und Christine versuchte, sich zu entspannen, was ihr nicht wirklich gelang.

„Das Essen ist wirklich lecker", lobte sie.

„Danke", sagte Frau Kohler. „Das Geschirr ist übrigens aus dem Geschäft, wir verkaufen jetzt auch Accessoires."

Christine beobachtete, wie elegant Stefans Mutter die Gabel hielt und langsam kaute. Beim Sprechen legte sie das Besteck zur Seite. Christine versuchte, es ihr nachzutun, und dachte kurz daran, wie sie mit ihrer Mutter immer nur Spaghetti reingeschaufelt hatte, meist mit Ketchup. Erst nachdem sie als Kind bei Freunden zum Essen war, hatte sie gesehen, dass es am Tisch auch anders zugehen konnte. Christine hatte ihrer Mutter manchmal im Stillen vorgeworfen, keine Manieren zu haben, und Angst, sie selbst könnte tölpelhaft rüberkommen. Trotz ihrer selbst erarbeiteten Manieren hatte sie diese leise Furcht nie ganz verloren. Auch bei Geschäftsessen hatte sie sich immer fehl am Platz gefühlt und sich krampfhaft bemüht, elegant und ruhig zu essen und sich nebenbei noch zu unterhalten. Bis es irgendwann Gewohnheit geworden war und niemand mehr merkte, dass sie nur eine Rolle spielte.

Nun kam sie sich genauso vor: wie bei einem Geschäftsessen der Bank.

„Wie ist es denn, wieder in der Heimat zu sein?", unterbrach Stefans Mutter ihre Gedanken.

„Ja, den Umständen entsprechend traurig."

„Das mit Ihrer Großmutter tut uns leid", sagte Herr Kohler.

„Danke. Danke auch für die Karte und den Kranz."

„Ihre Großmutter war ja eine fabelhafte Frau. Sie haben als Kind bei ihr gewohnt, nicht wahr?", fügte Stefans Vater hinzu.

„Ja, ich verbrachte viele Wochenenden und meine Ferien auf dem Bauernhof."

„Das muss schön gewesen sein", sagte Frau Kohler. „Frische Luft, die Tiere, so was tut einem Kind gut."

„Ich bin immer gerne zu meiner Großmutter gegangen, ich half ihr oft im Obstgarten."

„Ich habe früher die Äpfel an ihrem Stand auf dem Wochenmarkt gekauft. Solche köstlichen Äpfel! Alles Bio, nicht wahr?", meinte Frau Kohler.

„Ja, Großmutter legte immer viel Wert auf natürliche Düngemittel."

„Ich kaufe nur Bio, das schmeckt einfach besser", sagte Stefans Mutter.

Einen Moment lang herrschte Schweigen.

„Stefan erzählte uns, dass Sie auf Jobsuche sind." Herr Kohler legte seine Gabel beiseite.

„Ja, ich habe mich schon bei der Volksbank und bei anderen Banken im Umkreis beworben, aber noch nichts gehört."

„Also, Christine, Stefan berichtete uns, wie tüchtig und erfolgreich Sie in der Bank in Stuttgart waren. Wir würden Ihnen gerne eine Stelle im Küchenstudio anbieten."

Christine sah, wie Stefan seinem Vater einen überraschten Blick zuwarf und sie dann anstrahlte.

„Wir brauchen eine weitere Kraft für den Verkauf, jetzt, da Frau Klein gekündigt hat", sagte Frau Kohler und wandte sich dann an Stefan: „Die hat sich nun tatsächlich krankgemeldet, dabei müsste sie noch einen Monat lang arbeiten."

„Trauen Sie sich zu, im Verkauf zu arbeiten?", fragte Herr Kohler.

„Ja, also in der Bank hatte ich ja auch viel mit Kunden zu tun", antwortete Christine.

Passierte das gerade wirklich? Fragten sie tatsächlich, ob sie im Küchenstudio arbeiten könnte? Mit Stefan? Ihr Herz beschleunigte seinen Rhythmus. Das hatte sie sich gewünscht: näher bei Stefan zu sein, jeden Tag mit ihm zu verbringen, zu arbeiten, gemeinsam zu leben. Klar wollte sie das … Aber was war mit Wilhelm? Sie sollte doch nach Kanada. Vielleicht wäre jetzt der richtige Zeitpunkt, um

Stefan zu sagen, dass sie verreisen musste und sich erst einmal keine Gedanken über eine neue Stelle machen konnte.

„Ich sollte noch etwas erledigen", rutschte es ihr raus.

„Wir wollen dich natürlich nicht überrumpeln, Christine", sagte Frau Kohler.

„Nein, ich freue mich sehr über das Angebot, das ist fantastisch", legte Christine schnell nach. Das war es ja auch.

„Du bist wie geschaffen für die Stelle", sagte Stefan mit blitzenden Augen, und sie entspannte sich endlich.

„Wann würde ich denn beginnen?"

„Könnten Sie sofort anfangen?", fragte Herr Kohler.

„Wie, morgen schon?"

„So früh wie möglich wäre es uns am liebsten", sagte Herr Kohler. „Also, vielleicht kommen Sie am Montag erst mal ins Büro und wir besprechen die Details. Stefan kann Sie anschließend einarbeiten. Am Anfang vielleicht fünfundzwanzig Stunden die Woche? Dann haben Sie noch genug Zeit für Ihre Erledigungen."

Die „Erledigung" war eigentlich eine Reise, aber Christine hatte das Gefühl, dass sich ihr hier gerade eine riesengroße Chance bot. Stefans glückliches Gesicht tat sein Übriges. So freudig hatte sie ihn lange nicht mehr gesehen.

„Was sagst du, Chrissi?", fragte er.

„Ich sage ja!"

Stefan hob sein Glas. „Auf Chrissi! Auf das Geschäft und auf gute Zusammenarbeit!"

„Auf Christine!", stimmten die Kohlers mit ein.

Sie stießen an, aber das Klirren der Gläser klang in Christines Ohren auf einmal wie Donnergrollen.

Sechs

LIEBER Wilhelm,

ich erinnere mich an die Nacht in unserem Garten, als wir uns das erste Mal küssten. Ich werde sie nie vergessen. Nun hole ich sie hervor, um davon zu schreiben, sie für uns aufzubewahren. Meine Worte stehen für jeden einzelnen Kuss von dir.

Deine Lippen fühlten sich so weich und zart an - wie die Berührung von Schmetterlingsflügeln. Endlich tat ich das, wovon ich schon seit unserer ersten Begegnung geträumt hatte: Ich berührte deine schwarzen Locken, tauchte meine Hand in sie hinein.

Wir hatten uns unter dem Apfelbaum getroffen, der nun unser Baum wurde, unser Platz. Weiß schimmerten seine Blüten im Mondlicht, ihr Inneres zartrosa. Sie dufteten nach Frühling und verhießen den kommenden Sommer.

Während wir uns küssten, schwebte ich davon in deiner Umarmung und dem Duft der tausend Blüten. Damals fragte ich mich, wie ich den Mut aufgebracht hatte, mich mitten in der Nacht davonzustehlen, um dich wiederzusehen.

Du sagtest, dass du an mich gedacht hattest, die ganze Woche seit unserem ersten Treffen.

„Eine lange Woche", sagtest du.

„Für mich auch."

Mein Herz sang von dir. Du hast mir vorgelesen an diesem Abend, eine Geschichte, die du in einem Sammelband gefunden hast: Die Nachtigall und die Rose, ein Märchen von Oscar Wilde. Ich habe mir den Titel und den Schriftsteller gemerkt und aufgeschrieben, als ich wieder zu Hause war. Ich wollte mehr darüber erfahren.

Deine Art, vorzulesen, war so köstlich. Deine Stimme passte sich dem Rhythmus der Geschichte an, du verstandst es, Pausen zu machen. Wenn ich jetzt einen Augenblick die Augen schließe, ist es mir, als höre ich deine Stimme immer noch. In meiner Erinnerung ist sie stets präsent.

Ich lauschte dir, hätte ewig so daliegen und dir zuhören können. Von dem Tag an, als wir uns zum ersten Mal getroffen hatten, öffnetest du mir eine neue Welt. Du liebtest Bücher, du kanntest Gedichte auswendig und erzähltest mir von der Nachtigall und der Rose. Ein Märchen von der Liebe, von einem Studenten, der das Herz einer Frau erobern will und dazu eine rote Rose braucht. In seinem Garten blühen keine roten Rosen, da opfert sich die Nachtigall und gibt ihr Blut einem weißen Rosenstrauch. Sie opfert sich für die Liebe. Doch die Angebetete des Studenten hat schon ein besseres Geschenk bekommen, Juwelen und edle Geschmeide, und wirft die rote Rose in die Gosse. Sie weiß nicht, dass das Blut einer Nachtigall sie rot gefärbt hat und der kleine Vogel für sie gestorben ist.

Die Liebe, das ist Liebe, oder? Sich opfern? Deinen Worten zu lauschen, deine Hand in meiner Hand. Deine Küsse, deine Sanftheit.

Ich konnte es kaum erwarten, dich wiederzusehen.

Deine Nachtigall

Mit den Briefen in ihrer Tasche und in ihren alten, grünen Gummistiefeln war Christine in den Obstgarten ihrer Großmutter gelaufen, hatte das Tor aufgeschlossen und sich unter den Jakob-Fischer-Baum gesetzt. Die Luft war angenehm warm und der Baum trug sein sattes, grünes Kleid. Genau dort, wo sich Elisabeth und Wilhelm getroffen hatten, saß sie nun.

Auf der Rückfahrt hatte Christine Stefan sagen wollen, dass sie vereisen musste, es aber nicht über sich gebracht. Seine Freude war so groß und er sprach immer wieder von ihrer Zusammenarbeit. Wie sie im Laden die Kunden bezaubern würde, sie gemeinsam auf Messen fahren und ihre Mittagspause zusammen verbringen würden. Dann erwähnte er noch die Ferienwohnung seiner Familie am Bodensee und dass sie dort im Sommer Urlaub machen könnten. Christine hatte vor lauter Aufregung einfach nur zugestimmt.

Jetzt atmete sie tief durch und blickte sich um.

Dies war der Platz von Elisabeth und Wilhelm gewesen. Ein Schauer lief ihren Rücken hinab, durchflutete ihren ganzen Körper, füllte alles aus. Das Chaos um ihre neue Stelle und Stefan drängte Christine zurück. Wie lange war sie nicht mehr hier gewesen? Alles hatte dieser Garten ihrer Oma bedeutet, die Obstbäume, die sie liebevoll gepflegt hatte, der kleine Schuppen, die Beete, in denen sie Salat und Gemüse angepflanzt hatte. Christine sah zu den unkrautüberwucherten Beeten.

Die Äpfel hatte im vergangenen Herbst niemand ernten können, auch Christine hatte dazu die Zeit gefehlt. Warum hatte sie so lange den Ort ihrer Kindheit gemieden?

Wie oft hatte sie hier gespielt, sich eine Höhle in den Brombeerhecken gebaut, war auf die alten Bäume geklettert, hatte Großmutter beim Säen und Ernten geholfen. Nun legte sie den Kopf in den Nacken und blickte hinauf in die Baumkrone.

Auch ihr hatte ihre Großmutter von der Besonderheit dieses Baumes erzählt, dass er immer vor den anderen Bäumen Blüten trug. „Deswegen ist es eine ganz besondere Apfelsorte", hatte ihr die Großmutter erklärt. „Er blüht früher und länger. Seine Äpfel sind groß, rotbackig und schmeckten süß und saftig, einen Hauch säuerlich." Elisabeth hatte ihr dann immer von Herrn Fischer erzählt, der den Baum entdeckt hatte. Die Geschichte, die sie schon mit Wilhelm geteilt hatte. Sie hatte Äpfel geliebt …

Christine erinnerte sich an die gemeinsame Ernte. Die Mostäpfel hatten sie zum Auspressen gebracht, die Kläräpfel wurden zu Apfelmus verarbeitet. Die Jakob-Fischer-Äpfel aßen sie frisch oder kochten sie mit einer Stange Zimt als Kompott ein. Christine hatte ihrer Großmutter geholfen, die Äpfel zu schälen, zu entkernen und klein zu schneiden. Immer wieder wanderte dabei ein Apfelschnitz in ihren Mund. Der Apfelkuchen ihrer Großmutter, mit Mandelblättchen und Rahm, schmeckte köstlich. Sonntags genossen sie ihn zusammen auf der Terrasse - Angie buk nie. Allein bei dem Gedanken konnte Christine förmlich den Duft nach Zimt und Äpfeln riechen.

Wenn sie ihre Großmutter doch nur fragen könnte, was sie jetzt tun sollte! Ein Teil von ihr wollte nicht verreisen, hatte Angst, die Chance auf ein gemeinsames Leben mit Stefan zu verlieren. Sehnte sich nach Ankommen und Wurzeln schlagen, mit ihm. Der andere Teil erinnerte sie an das geflüsterte Versprechen, das sie ihrer Großmutter letzte Nacht gegeben hatte. Wie ein Hauch kehrte es nun zu ihr zurück, raschelte als Wind durch die Zweige des alten Baumes, und Christine bekam eine Gänsehaut.

Dieses Spiel des Windes hatten Wilhelm und Elisabeth auch gehört. Beide jung, voller Träume und Liebe füreinander waren sie gewesen. Wilhelm …

Was würde er sagen, wenn sie ihm die Briefe brachte? Lebte er noch? Warum war Großmutter nicht selbst nach Kanada gereist? Christine hatte sie als fleißige Frau gekannt, die selten Ansprüche stellte. Ihr Lebensmittelpunkt waren der Hof und der Obstgarten gewesen, all ihre Liebe floss in ihre Arbeit.

Wann hatte sie die Briefe geschrieben? Nachts, wenn sie nicht schlafen konnte, an Wilhelm dachte? Eine ungelebte Liebe - wie traurig musste sich ihre Oma oft gefühlt haben und hatte es niemandem zeigen können, nur aufschreiben.

Was hätte ihre Großmutter gesagt, wenn Christine ihr erzählte, dass sie ihr den Wunsch nicht erfüllen konnte, weil sie arbeiten musste? Was würde sie zu Stefan sagen? Dass er ordentlich und korrekt war, hätte Elisabeth sicher gefallen. Aber würde die Großmutter sie nach ihrer Liebe, ihren Gefühlen zu ihm fragen? Christine wusste ja selbst oft nicht, was sie empfand - meistens war da nur ein lärmendes Chaos in ihr. Als Suchende hatte Großmutter sie gesehen, wie erstaunlich, dass sie das durchschaut hatte. Und nun, hier im Garten, fühlte Christine erneut diese Unruhe in sich aufkommen.

Sie musste ihren Mut zusammennehmen, es Stefan zu sagen, hoffen, dass er sie verstehen würde. Der Job würde nicht davonlaufen, in zwei Wochen schon könnte sie wieder zurück in Schutzingen sein.

Der Wind strich über ihr Haar wie eine Liebkosung, die ihr Mut machte. Christine stand auf, packte sorgfältig die Briefe in ihre Tasche und machte sich entschlossen auf den Weg zu Stefan.

Er war nicht in seiner Wohnung, also klingelte sie am Personaleingang des Küchenstudios, und Stefan öffnete ihr die Hintertür.

„Hallo Stefan." Sie küsste ihn flüchtig.

„Hey Schatz, gut, dass du kommst, Chrissi, wir können gleich den Vertrag durchgehen." Er sah geschäftig aus und führte sie eilig in das Küchenstudio.

Sie sah sich um. In silbernem Chrom, hellem und dunklem Holz glänzten die neuen Küchen. Hier könnte sie bald schon stehen und Kunden beraten, ihnen Möbel schmackhaft machen, Kochinseln bewerben und vorführen. Christine zögerte. Auf einmal verließ sie der Mut. Würde Stefan es verstehen? Jetzt, wo er sie doch so dringend brauchte und auf sie zählte?

Für einen Moment verwarf sie ihren Entschluss, nach Kanada zu reisen. Es war noch nicht zu spät, sie konnte den Vertrag unterschreiben, den letzten Wunsch ihrer Großmutter vergessen. Die Reise verschieben auf nächstes Jahr. Als Urlaub, zusammen mit Stefan.

Stefan musste wohl bemerkt haben, dass etwas nicht stimmte, und blickte sie fragend an. Zwischen seinen Augenbrauen bildete sich eine Falte.

Christine suchte nach Worten. „Ich muss … Kann ich auch zwei Wochen später anfangen, hier zu arbeiten?"

„Aber wir brauchen dich jetzt. Ich habe dich fest eingeplant. Was ist denn passiert?"

„Ich wollte es dir schon heute Morgen erzählen, aber dann kam dein Angebot und ich …"

„Was ist denn los? Du bist ja ganz aufgewühlt."

Christine holte den Brief hervor, den ihre Großmutter ihr geschrieben hatte, und reichte ihn Stefan.

Der überflog ihn. Danach blickte er auf, seine Blicke huschten im Raum hin und her, als überlegte er, was er sagen sollte.

„Das ist der letzte Wunsch meiner Großmutter. Ich hab echt mit mir gehadert, aber ich möchte nach Kanada reisen und ihn ihr erfüllen. Was sagst du dazu?"

Stefan fuhr sich durch die Haare, rieb sich übers Kinn, setzte an: „Chrissi, also hör mal …"

„Ich weiß, das ist jetzt blöd, Stefan."

„Ja, ich weiß, du vermisst deine Großmutter, aber das bringt sie auch nicht wieder zurück. Ich bin hier im Studio wirklich in der Klemme. Es tut mir leid." Er nahm ihre Hand und streichelte sie sanft.

„Ich muss es tun, bevor ich eine neue Arbeitsstelle anfange, ich habe ja dann erst mal keinen Urlaub. Ich will ja auch voll und ganz für das Geschäft da sein", verteidigte sie sich.

„Warum hast du denn beim Mittagessen nichts gesagt?"

„Na ja, ich hab mich so über das Angebot gefreut und dachte, meine Geschichte kann warten. Aber dann habe ich den Brief wieder gelesen und war im Obstgarten. Mir ist klar geworden, dass es keinen Aufschub duldet. Meine Großmutter hat früher alles für mich getan, mir jeden Wunsch erfüllt. Und das Einzige, was sie von mir will, ist, dass ich ihre Briefe zu der Liebe ihres Lebens bringe. Verstehst du, was das für mich bedeutet?"

In Stefans Gesicht arbeitete es, er mahlte mit den Kiefern, hob dann hilflos die Hände. „Ausgerechnet jetzt?"

„Wenn ich jetzt nicht gehe, dann werde ich es nie tun, Stefan. Oma hat es nie gewagt, ich muss es für sie tun. Jetzt."

Sie sah ihm an, dass er enttäuscht von ihr war.

Plötzlich fühlte sie eiskalte Angst. Was, wenn … Ruinierte sie jetzt ihre Zukunft wegen ein paar alter Liebesbriefe?

„Steckt da noch etwas anderes dahinter, Chrissi?"

„Was meinst du?"

Er sah sie prüfend an. „Du bist gerade erst in Schutzingen angekommen, ich biete dir einen Job an, und du flüchtest."

„Ich flüchte nicht!"

„Der Brief deiner Großmutter ist nur ein Vorwand, oder, Chrissi?"

„Ein Vorwand für was?"

„Um hier wieder rauszukommen. Aus der Kleinstadtenge und weg von mir." Stefan presste die Lippen zusammen, strich sich übers Kinn, lief hektisch im Raum umher.

„Stefan, du verstehst mich nicht! Ich muss Omas letzten Wunsch erfüllen."

„Geht es nur darum?"

„Um was denn sonst?"

42

„Ich habe geahnt, dass du dich in der Kleinstadt nicht wohlfühlen wirst. Jetzt willst du wieder fort. Nach Kanada."

„Aber ich fühle mich hier wohl!" Sie merkte, dass sie etwas zu laut geworden war, wie um ihre Zweifel zu überschreien.

„Es wird dir zu eng, ich wusste es. Ich hab schon so etwas geahnt."

„Stefan, verstehst du denn nicht, was meine Großmutter mir bedeutet hat? Ihre Liebesgeschichte berührt mich sehr und ich möchte ihr ihren letzten Wunsch erfüllen …", sagte sie und Tränen stiegen in ihre Augen.

Stefan schnaubte, stützte die Arme auf einen Küchentresen, schüttelte immer wieder den Kopf und warf ihr einen Blick aus zusammengekniffenen Augen zu. „Du bist wie ein Blatt im Wind! In einem Moment sagst du noch zu und alle freuen sich, im anderen Moment bläst du wieder alles ab!"

„Aber es ist nur für kurze Zeit! Zwei Wochen oder kürzer."

„Oder länger, wer weiß das schon." Stefan wandte sich ab.

„Stefan", setzte Christine an, aber er unterbrach sie.

„Lass mich einen Moment in Ruhe, ich muss telefonieren, okay?"

Er schritt ins Büro. Dort lag wohl ihr Vertrag für sie bereit. Sie wollte ihm nachlaufen, aber er knallte die Tür hinter sich zu.

Was nun? Sie griff nach dem Brief und ging.

Sieben

LIEBER Wilhelm,

ich sitze hier in meinem Zimmer. Die Tür ist geschlossen und mein Mann hält seinen Mittagsschlaf. Ich blicke hinaus auf die Felder und das, worüber ich schreibe, liegt nun mehr als vierzig Jahre zurück. Dennoch ist es mir nah und kostbar.

Das Schreiben ist für mich wie eine Tür, durch die ich eine andere Welt betrete. Unsere Welt. Das Schreiben bewahrt mich vor der Hoffnungslosigkeit - der schrecklichen Gewissheit, dass unsere Geschichte nur noch Erinnerung ist und keine Zukunft hat. Und ja, ich weiß, auch wenn du diese Zeilen nie lesen wirst, sie müssen geschrieben werden. Denn sie kommen aus meinem Innersten, brennen dort und wollen hinaus auf Papier. Sonst verbrennen sie mich.

Meine Sehnsucht nach dir, sie führte mich so oft zu unserem Platz.

Damals, unter dem alten Apfelbaum. Wir trafen uns regelmäßig und ließen die Welt hinter uns. Niemals wurden wir gestört, das grenzte fast an ein Wunder.

Ich erinnere mich an diesen Sommerabend, als es geregnet hatte und die Luft nach Frische und Moos duftete. Wir saßen trotzdem unter unserem Baum, der nun schon kleine grüne Äpfel trug. Du hattest deine Jacke ausgebreitet, um uns vor der Feuchtigkeit zu schützen. An diesem Abend erzähltest du zum ersten Mal von deinem Vater, der früh verstorben war. „Er hinterließ ein paar Bücher. Gedichtbändchen von Goethe, Schiller und Eichendorff. Weißt du, ich glaube, auch er wollte mehr aus seinem Leben machen, konnte es aber nicht. Ich las jedes seiner Bücher. Eines Tages werde ich eine Bibliothek besitzen und tagelang lesend verbringen. In meinem Morgenmantel. Und niemand wird mich dafür schelten", sagtest du voller Sehnsucht in deiner Stimme. Du blicktest in die Ferne, ins Nirgendwo. Immer, wenn du diesen Ausdruck in deinen Augen hattest, wusste ich, dass du ganz weit weg warst. An einem Ort, zu dem nur du Zutritt hattest. Wie unser

Garten, nur, dass dieser innere Platz selbst für mich verschlossen blieb.

Die Sonne blitzte noch einmal auf und gab ihr letztes Licht diesem Tag. Ich liebte es, welchen Glanz es deinem Haar verlieh. Ich streichelte deine Locken und dein Gesicht. Du hattest mir gesagt, dass ich das tun durfte, sooft ich wollte.

„Ich gehöre dir", hattest du lachend gesagt.

Durch meine Berührung kamst du wieder zurück zu mir.

Du kitzeltest mich und wir fingen an, uns gegenseitig zu kitzeln, zu zwicken, zu necken. Ich liebte es, wie du wechseln konntest von Ernst zu Spiel und umgekehrt.

Als du plötzlich auf mir lagst, begann mein Herz, wie wild zu rasen. Dann küssten wir uns und ich verspürte ein Gefühl, so intensiv wie nie zuvor. Aber da war auch etwas Angst.

Du nahmst sie mir ...

Die Sonne lag noch auf unseren Gesichtern, unseren Körpern, und es war, als würden sie sich schon lange kennen.

Es dauerte nicht lange, aber es war schön, dich zu spüren. Es war fremd für mich, aber du wusstest das und berührtest meinen Körper und mein Inneres voller Sanftheit.

Alles in mir verlangt nun nach dieser Zartheit. Jede Faser dieses Körpers und meines Herzens, Wilhelm. Du warst immer so zärtlich, du liebtest mich mit jeder Berührung und ich versank darin. Ich vermisse deine Liebe wie einen Teil von mir. Und hier, nach vierzig Jahren, bin ich im Herzen immer noch

deine Nachtigall

Mit Tränen in den Augen faltete Christine den Brief zusammen, sie hatte ihn noch einmal gelesen, um sich Trost in der Liebesgeschichte ihrer Großmutter zu suchen.

Einen Moment saß sie ruhig in ihrem Auto. Sie tat das Richtige, es fühlte sich gut an. Stefan würde sich hoffentlich wieder fangen, er war nur so aufgebracht, weil er nun erst einmal keine neue Verkäuferin im Küchenstudio hatte. Er hatte Stress, es lag nicht nur an ihr, die ganze Verantwortung ... Christine wischte sich ihre Tränen fort. Nach zwei

Wochen in Montreal würde sie wieder zurück sein, um mit Stefan zu arbeiten.

Sie startete den Motor und fuhr zu ihrer Mutter, sie sollte sich wohl verabschieden, bevor sie nach Kanada flog.

Christine fand Angie im Garten, wo sie runde, graue Steine zu einer Pyramide aufschichtete. Daneben stand das Leinen-Tipi. Dort würde die Schwitzzeremonie stattfinden, wusste Christine, denn einmal war sie dabei gewesen, hatte sich aber in dem heißen, dunklen Zelt beengt gefühlt und war genervt gewesen von Angies Gesang und Getrommel zwischen den Schwitzrunden. Außerdem konnte sie die New-Age-Freunde ihrer Mutter nicht ausstehen.

Angie hatte sich einen kleinen Kräutergarten hinter dem Haus angelegt, der Duft von Basilikum und Lavendel wehte zu Christine herüber, als sie ihre Mutter begrüßte.

„Hey Christine, kommst du zur Schwitzhütte?" Angie drückte sie kurz an sich.

Christine schüttelte den Kopf. „Nein, ich wollte nur mal vorbeischauen."

„Na, magst du einen Tee?", fragte ihre Mutter und ging voran ins Haus. „Ich habe noch etwas Zeit, bevor die Gäste kommen."

„Ja, gerne, danke."

Christine betrat die vollgestopfte Wohnküche. In Regalen stapelten sich Töpfe, Pfannen, Klangschalen und Räucherwerkzeug. Dreckiges Geschirr türmte sich in der Spüle. Der Tisch bog sich förmlich unter Bergen von Büchern, Kerzen und ungeöffneter Post. Es roch nach vermodertem Obst, der Geruch kam von zwei schwarzgewordenen Bananen, die offenbar auf dem Kühlschrank vergessen worden waren. Von einer Buddha-Statue auf der Arbeitsplatte blätterte der goldene Lack ab. Christine setzte sich an den Tisch und fragte sich, wie sie ihre Kindheit in diesem Chaos überlebt hatte.

Angie schaltete den Wasserkocher an. „Was stand in Mutters Brief, müssen wir übers Testament reden?"

Christine schüttelte den Kopf. „Ich muss dich enttäuschen, es geht nicht ums Geld."

„So war das jetzt auch nicht gemeint … Was schreibt Mutter denn?"

„Hast du gewusst, dass sie ihr ganzes Leben lang in einen anderen Mann verliebt war?"

„Was? Nein. Wie bitte? Mutter? In wen?" Angie fuhr sich durch die hennaroten Locken, ihr Gesicht ein einziges Fragezeichen.

„Kannst du gleich selbst lesen, ich war auch baff", antwortete Christine.

Ihre Mutter suchte in den Regalen nach Teebeuteln, brühte Christine einen Gewürztee auf und stellte ihn vor ihr auf den Tisch, während Christine den Brief ihrer Großmutter aus der Tasche fischte. Neugierig nahm Angie ihn in Empfang, las und gab dazwischen immer wieder ein ungläubiges Schnauben von sich.

Christines Blick fiel auf die Kühlschranktür. Seit sie denken konnte, hingen dort Schnappschüsse ihrer Eltern, befestigt mit Magneten. Ihr Vater, Michael, war ein Urlaubsflirt von Angie gewesen. Sie wusste nicht mal seinen Nachnamen. Alles, was Christine von ihrem Erzeuger hatte, waren diese Fotos, die inzwischen etwas verblasst und fleckig aussahen und die sie immer betrachtete, wenn sie bei ihrer Mutter in der Küche saß. Michael hatte eine Narbe, die sichelförmig von einem Auge zu seinem Mundwinkel führte. Christine fand, dass ihr Vater wie ein Verbrecher aussah und es vielleicht sogar war - so genau hatte sie es nie wissen wollen. Ihre Mutter hatte schon immer ein Faible für „Bad Boys" gehabt. Zum Glück wohnte Christine nicht mehr hier und musste die Liebhaber ihrer Mutter am Frühstückstisch erleben.

„Das ist ja unglaublich!", riss Angie sie aus ihren Gedanken. Sie gab Christine den Brief zurück. „So kenne ich meine Mutter gar nicht. Wer ist denn dieser Wilhelm und woher kommt er? Warum hat sie mir nie davon erzählt?" Sie kramte einen Joint aus ihrer Hosentasche hervor und zündete ihn an.

„Keine Ahnung. Seine letzte Adresse ist in Montreal, Kanada." Christine nahm einen Schluck von dem Tee. „Oma will, dass ich verreise und ihr den letzten Wunsch erfülle. Was hältst du davon?"

„Ich finde das großartig! Meinen Segen hast du. Lebe deine Träume - das ist doch traurig, dass Mutter diese unerfüllte Liebe hatte."

Der Joint glomm vor sich hin und Angie stützte den Kopf in die Hand. Eine Falte grub sich in ihre Stirn ein. Sie schien in Gedanken weit weg zu sein, was ungewöhnlich war. Christine fragte sich, was der Brief in ihrer Mutter auslöste und ob sie an die Lieben ihres Lebens dachte.

Angie zog an ihrem Joint und schloss die Augen. Als sie sie wieder öffnete, war sie ganz im Hier und Jetzt. „Ich bin ja früher auch viel herumgereist, du solltest auf jeden Fall nach Kanada fliegen. Ich bin immer der Meinung gewesen, dass du mehr von der Welt sehen solltest."

„Oma wirkte immer so glücklich auf ihrem Bauernhof und auch mit Opa", sagte Christine.

„Ungelebte Träume, ein anderer Mann … Ich habe Mutter immer ermutigt, mal was für sich zu machen, sie hat sich ja nur aufgeopfert und gearbeitet."

„Das ist unglaublich und es ist gerade ein etwas blöder Zeitpunkt für mich, um zu verreisen."

„Wieso? Bist du schwanger?"

„Was? So ein Quatsch, nein!" Christine schoss das Blut in den Kopf. Angie provozierte sie schon wieder und brachte sie aus der Fassung.

„Was hält dich dann? Ist es dein Spießer-Freund?" Angie zog erneut an ihrem Joint.

Christine seufzte. „Er ist tatsächlich nicht begeistert. Stell dir vor, seine Familie hat mir einen Job im Küchenstudio angeboten, sie wollen mich sofort einstellen. Stefan braucht mich hier." Christine atmete tief durch und nahm einen Schluck Tee.

„Schau, Christine, Menschen wie Stefan … die denken und ticken ganz anders als du und ich." Ihre Mutter zeigte Richtung Tür, als würde Stefan dort stehen, und machte eine Kunstpause.

Alles in Christine sträubte sich, weil sie befürchtete, sich wieder mal eine Rede über Spießertum anhören zu müssen. Ihre Mutter begriff einfach nicht, dass Christine keinesfalls so tickte wie sie. Sie bedauerte, dass sie überhaupt vor Angie damit angefangen hatte. Christine biss die Zähne zusammen.

„Stefan würde so etwas wahrscheinlich nie machen, auf Reisen gehen. Er versteht sicher auch nicht, was dahintersteckt, mit Oma."

„Doch, das tut er", sagte Christine trotzig.

Angie sah sie nur schief von der Seite an und blies Rauch in ihre Richtung. Christine verzog das Gesicht und warf ihrer Mutter einen missbilligen Blick zu.

„Jetzt flieg du erst mal nach Montreal. Du bist doch gar nicht so lange fort, dein Freund kriegt sich schon wieder ein", sagte Angie und fügte lächelnd hinzu: „Ach, ich wette, das wird toll. Ich beneide dich. Wenn du nicht willst, lass mich stattdessen gehen! Aber meine Wanderjahre sind vorbei, ich mache nur noch innere Reisen." Angie zog erneut an ihrem Joint und hustete.

Ja, ihre Mutter war viel unterwegs gewesen, das wusste Christine: Indien, Australien, dann schließlich war sie durch die USA getrampt, wo sie Michael getroffen hatte. Als sie von ihrem Trip zurückkam, trug sie Christine unter ihrem Herzen.

Christine kannte die Story, sie hatte Zeit ihres Lebens nicht verstehen können, wie ihre Mutter so leben konnte, rumgondeln, Gelegenheitsjobs, immer wechselnde Männer. Seltsamerweise tat es ihr trotzdem gut, dass Angie ihr ihren Segen gab vor dieser Reise. „Ich möchte Großmutter diesen Wunsch gerne erfüllen, sie war immer für mich da."

Angie ließ die Schultern hängen. „Du weißt, ich hab mein Bestes für dich getan, Christine … Ich war halt noch so jung als Mutter."

„Das sollte jetzt kein Vorwurf sein. Ich vermisse Oma einfach."

Sie schwiegen einen Moment. Es kam selten vor, dass sie so lange friedlich mit ihrer Mutter sprechen konnte, ohne in Sticheleien zu verfallen.

„Weißt du, Mutter hat ja nie etwas für sich selbst getan. Jetzt tust du etwas für sie, das finde ich gut. Du musst mich unbedingt auf dem Laufenden halten von unterwegs."

„Mach ich."

„Und sorg dich nicht um Stefan."

Christine nickte und trank ihren Tee aus. Sie hoffte es.

„Du, ich muss langsam weitermachen, später kommen die Gäste."
Ihre Mutter drückte den Joint im Aschenbecher aus und stand auf.
„Pass auf dich auf, Christine, und hab Spaß!"

Christine umarmte Angie zum Abschied. Die Marihuana-Wolke folgte ihr bis auf die Straße. Christine drehte sich noch einmal um, sah ihre Mutter im Türrahmen stehen. Das tat sie sonst nie. Doch jetzt winkte sie ihr hinterher, als würde Christine für sehr lange Zeit fortgehen.

Lieber Wilhelm,

und dann, nach einigen Wochen voll heimlichen Glücks, unserer Nähe im Garten, kam der Tag, als du über Pläne gesprochen hast.

Dass du es leid bist, in diesem Nest zu leben, und fort willst nach Paris, sagtest du. Du kamst mir fremd vor, während du mir davon erzähltest.

„Ich habe keine Lust mehr auf diese Kleingeisterei." Ich höre deine Stimme noch wie heute. Dein Kopf lag in meinem Schoß, meine Hände spielten mit deinen Locken und ich sah ein paar Schwalben nach. Wir hatten den warmen Sommertag genossen, ließen uns nun treiben.

„Warum können wir nicht ewig hier im Garten bleiben? Die Welt vergessen?", fragte ich dich. Du richtetest dich auf, nahmst mein Gesicht zärtlich in deine Hände. Lange blickten wir uns an, ich versank in den dunklen Tiefen deiner Augen. Der Kuss, der folgte, war Antwort genug, so innig und voller heißer Liebe, als wären unsere Lippen geschaffen füreinander.

„Elisabeth, ich werde gehen", sagtest du dann ernst und ich bekam Angst.

„Ich will, dass du mit mir kommst", sagtest du.

Mir stockte der Atem für einen Moment.

„Komm mit nach Paris, dort können wir frei sein. Dort schert es keinen, dass du eine Bäuerin bist und ich der Schneidergesell mit den Flausen im Kopf. Die Mutter weiß längst, dass ich zwei linke Hände habe und Dichter werden will."

Ich schwieg und fragte mich, ob deine Mutter auch von mir wusste. Zu Hause tat ich mein Bestes, um nicht aufzufallen, Tag für Tag, ich erledigte meine Aufgaben gewissenhaft. Verbarg meine Müdigkeit von den durchwachten Nächten mit dir. Doch sorgte ich mich immer wieder, ob sie etwas ahnten. Zu Unrecht, sie waren mit Plänen für die Hochzeit meiner Schwester beschäftigt.

„Paris ... ich spreche doch nicht einmal Französisch!", sagte ich zu dir.

„Ich werde es dich lehren", kündigtest du an und ich lachte. Wenn ich mit dir zusammen war, erschien mir alles so leicht. Träume schwebten über uns wie Wolken am Himmel, und wir blickten ihnen nach.

Du erzähltest vom Jardin du Luxembourg und einem Karussell, das dort steht. In diesen Fantasiegarten maltest du weiße Bänke, auf denen wir saßen und uns ausruhten. „Wir werden in einer Mansarde leben", sagtest du.

„Was ist eine Mansarde?", fragte ich und senkte den Blick, weil ich mich für meine Unwissenheit schämte.

Du hobst mein Kinn mit deiner Hand an. „Was ist?"

„Ich komme mir dumm vor manchmal", sagte ich.

Du lachtest und schütteltest den Kopf und sagtest, dass ich alles andere als dumm sei. Eine Mansarde sei eine Wohnung unterm Dach. „Von dort aus haben wir einen wundervollen Ausblick über ganz Paris!" Deine Augen strahlten.

Wenn ich nun zum Fenster hinausblicke, sehe ich unsere Felder, den Wald in der Ferne. Die Welt außerhalb meines Fensters ist schon sehr klein. Jetzt ist es zu spät, aber ich schreibe die Worte nieder, die ich sagen und umsetzen wollte - damals, lang ist's her:

Nimm mich mit nach Paris, Wilhelm!

Deine Nachtigall

Ja, sie hatte das Richtige getan, als sie vorhin einen Last-Minute-Flug nach Montreal gebucht hatte. Den Brief auf dem Schoss, spürte Christine auf einmal, dass eine tiefe Ruhe das Chaos verdrängt hatte. Nachdem sie versucht hatte, Stefan zu erreichen, hatte sie irgendwann im Internet gesurft und einen Flug nach Montreal gebucht. Flau fühlte sie sich und zittrig vor Nervosität. Das Ticket lag bereit - morgen

Abend würde es losgehen. Sie hoffte, dass Stefan sich bis dahin melden würde.

Behutsam faltete Christine den Brief zusammen und stand auf, um ihren Koffer zu packen. Während sie gedankenverloren Kleidungstücke zusammensuchte, klingelte es an der Wohnungstür. Sie zuckte zusammen und eilte zur Tür.

„Chrissi?"

Stefans Stimme - er stand draußen, Gott sei Dank! Sie riss die Tür auf. Bevor er etwas sagen konnte, sprudelte es aus ihr heraus: „Es tut mir so unendlich leid, Stefan. Ich weiß, ich hätte es dir sofort sagen sollen. Es tut mir leid, ich will bei dir sein, mit dir zusammenarbeiten. Ich hoffe, du kannst mich verstehen - bitte verzeih mir."

Stefan schüttelte den Kopf. „Nein, mir tut es leid, dass ich dich in meiner Hektik so abgebügelt habe. Ich hab dich überrumpelt und falsche Schlüsse gezogen und auch nicht mehr daran gedacht, dass du noch trauerst, verzeih mir Schatz, bitte."

Ihr fiel ein Stein vom Herzen. Sie flog ihm in die Arme, er zog sie an sich und wiegte sie sanft. Er küsste sie auf die Stirn. Christines Anspannung wich.

„Komm doch rein." Sie bat ihn in die Wohnung und schloss die Tür, holte das Flugticket, das auf dem Küchentisch lag. Stefan schluckte, als er ihren gepackten Koffer sah, der neben der Tür stand.

„Schau, ich komme in zwei Wochen zurück, ich habe den kompletten Flug gebucht." Sie hielt Stefan das Ticket hin.

Er lächelte sie an. „Dann bin ich erleichtert", sagte er.

Christine war es auch. Ihre Reise konnte beginnen.

„Ich konnte eine Aushilfskraft für die Zeit organisieren, Chrissi."

„Gott sei Dank. Und deine Eltern?"

„Freuen sich, wenn du in zwei Wochen anfängst."

Christine strahlte.

„Aber den Urlaub am Bodensee machen wir schon, ja?", fügte Stefan hinzu.

„Aber ja, klar", antwortete Christine.

„Lass uns essen gehen, ja? Hast du Hunger?", fragte er.

Christines Magen grummelte, sie war hungrig, aber sie wusste nicht, ob sie viel würde herunterbringen können. Morgen um diese Zeit würde sie im Flieger nach Montreal sitzen. Unter ihrem nervösen Bauchkribbeln war auch eine leise Vorfreude auf Wilhelm und darauf, der Liebesgeschichte ihrer Großmutter näher zu kommen.

Trotzdem sagte sie: „Au ja, gute Idee." Ein letzter Abend zusammen, sie wollte ihn genießen. Christine zog ihre Jacke an. Am Küchenfenster hielt sie kurz inne und sog die klare Abendluft ein, bevor sie es schloss. Es kam ihr vor, als sänge irgendwo im Gebüsch eine Nachtigall, klar und rein.

Lieber Wilhelm,

ich erinnere mich an die Hochzeit meiner Schwester Maria und wie ich das Kleid trug, das du mir genäht hattest. Die ganze Zeit dachte ich nur an dich.

Ich kann sie immer noch fühlen, diese Sehnsucht in mir. Wie ein Vogel fühlte sich mein Herz an. Der Vogel flatterte und schlug mit den Flügeln, er wollte fliegen, zu dir, nur zu dir. Dieses Gefühl machte mich weich, die ganze Zeit ging ich umher mit diesem verwundbaren Fleck in mir, diesem zarten Vogel. Es zog mich zu dir hin wie die Zugvögel im Herbst nach Süden. Egal, wie viele Kilometer und Ozeane ich überwinden musste, ich musste einfach mit dir kommen. Denn bei dir war Wärme, Feuer.

Als wir uns dann trafen, fragte ich dich, ob es dir Ernst sei, mit Paris, mit uns.

„Ja!", sagtest du.

„Ich komme mit", sagte ich mit glühenden Wangen.

Oh, diese Hitze in mir!

Du blicktest mich an, als könntest du es nicht fassen.

„Die Tage ohne dich haben mir gezeigt, dass ich bei dir sein will", sagte ich. Und stellte mir vor, wie frei wir dort sein könnten. „Wilhelm, dort können wir tun und lassen, was wir wollen. Keiner kennt uns. Wir können den ganzen Tag zusammen sein."

„Und die ganze Nacht!", sagtest du, sahst mich so zärtlich an und nahmst mich in deine Arme. Damals begriff ich, dass es eine

Zärtlichkeit gibt, die fast schmerzt. Du hattest diese Gabe der schmerzvollen Zärtlichkeit, die mir die Sinne raubte.

„Dein Herz rast", flüstertest du und legtest dein Ohr an meine Brust. Ich lachte, weil dein Haar mich am Hals kitzelte.

„Schsch", machtest du. „Lass mich deinen Herzschlag hören."

Du lauschtest dem Vöglein in meiner Brust, diesem flatternden Wesen, das nun anfing, zu singen. Ein Lied von dir und mir. In Paris. Ich sah es vor mir ... Im Geiste wandelte ich durch enge Gassen, über Kopfsteinpflaster, spazierte zu einem Café in Montmartre, wo ich, auf dich wartend, auf der Terrasse einen Milchkaffee trinken würde. So selbstverständlich und frei, während das Sonnenlicht in die Straßen fiel und um uns herum das Leben der Stadt tobte.

Oh, wie sehr wollte ich damals mit dir gehen! Ich war entschlossen und hatte im Geist schon die Koffer gepackt.

Deine Nachtigall

Christine hielt den Brief vor ihre Nase und atmete tief ein. Es roch nach Staub und altem Papier. Doch die Tinte war nicht verblasst. Eine Gänsehaut überkam Christine und ihr Herz pochte wie wild. Sie war tatsächlich auf dem Weg zur großen Liebe ihrer Großmutter. Durchs Flugzeugfenster blickte sie in ein Wolkenmeer, unendlich weit und weich.

Christine schloss die Augen und stellte sich ihre Großmutter als junges Mädchen vor. Sie musste hübsch gewesen sein, mit blonden, langen Haaren, ihrer hellen, glatten Haut, den blaugrünen Augen.

Elisabeth saß an dem Holztisch in ihrer Kammer unter dem Dach und schrieb. Langsam dämmerte Christine weg und setzte sich im Traum neben sie. Das Stück Papier nahm die komplette Platte ein. Elisabeth blickte zu ihr auf und lächelte.

„Du bist ein poetisches Mädchen, Christine, weißt du?"

„Nein, du bist die Dichterin, Oma", sagte Christine. „Ich hab versagt, meine Stimme ist verstummt."

Elisabeth schüttelte den Kopf. „Das war Wilhelm. Ohne die Liebe zu ihm hätte ich nie geschrieben."

Christine blickte sich um - sah all ihre vergessenen Bücher wie ihre unerfüllten Träume um sich herum.

„Das Leben ist kurz, mein Schatz. Du musst das Happy End selbst schreiben", sagte Elisabeth. Sie drehte das Blatt Papier um. Es war leer und Christine starrte darauf. „Hier ist genug Platz. Schreib es, ich schaffe es nicht, ich finde das Ende nicht", sagte ihre Großmutter. Dann verschwand sie und Christine fand sich allein im Zimmer ihrer Kindheit sitzen - all die Träume …

Sie wachte aus ihrem Dämmerschlaf auf und hörte die Stimme ihrer Großmutter wie ein Echo: *Schreib es!* Diese Sehnsucht, sich auszudrücken, wann hatte sie die aufgegeben? Nur wegen dieses einen Abends, der ihr den Mut genommen hatte? Früher hatte sie Gedichte geschrieben, in Schönschrift und mit kleinen Zeichnungen. Christine lächelte bei der Erinnerung.

Am Flughafen in Frankfurt hatte sie sich ein schwarzes Notizbuch gekauft, weil sie ihres zu Hause vergessen hatte. Jetzt holte sie es heraus und begann, zu schreiben. Die Bilder mussten auf das Papier. Noch benommen von ihrem Traum, so schrieb sie am liebsten. Dieses Mal würde sie ihre Notizen nicht wegwerfen, dieses Mal würde sie einfach schreiben, ohne sich zu viele Gedanken zu machen. Als sie fertig war, bestellte sie bei der Stewardess ein Ginger Ale, knabberte ein paar Salzbrezel und lehnte sich in ihrem Sitz zurück.

Dann schlief sie ein.

Als sie erwachte, befand sich das Flugzeug schon im Landeanflug. Die Wolkendecke wich und enthüllte den Blick auf Hochhäuser in der Ferne und den Sankt-Lorenz-Strom. Ihr Magen zog sich zusammen. Montreal galt als das Paris Nordamerikas, mehr wusste sie nicht über diese Stadt. Sie sprach kein Französisch, wie sollte sie sich zurechtfinden? Das Flugzeug sank tiefer und tiefer. Jetzt gab es kein Zurück mehr.

Acht

WILHELM - Christine war auf dem Weg zu ihm und fühlte sich zittrig. Sie klammerte sich an ihren Coffee to go, der viel zu heiß war.

Gestern war sie todmüde in ihr weiches Hotelbett gesunken. Aber dann hatte sie doch nicht richtig durchschlafen können, die Zeitrückverschiebung von sechs Stunden war schuld. Seit vier Uhr morgens hatte sie sich im Bett herumgewälzt und war schließlich völlig gerädert aufgestanden.

Doch das Tempo in der Innenstadt machte sie mit einem Schlag hellwach. Die Menschen hasteten den Boulevard entlang, Geschäftsleute, Touristen mit Kameras um den Hals, junge, schick gekleidete Frauen. Christine hatte Mühe, mit dem Rhythmus mitzuhalten. Verkehr verstopfte die Straße, in der Ferne heulten Polizeisirenen, auf dem Gehweg hörte sie ein Stimmengewirr aus Französisch, Englisch und tausend anderen Sprachen.

Wilhelms Adresse hatte sie im Navi ihres Smartphones gespeichert und die Rezeptionistin ihres Hotels hatte ihr empfohlen, zu Fuß zu gehen, es seien nur zwanzig Minuten.

Christine wunderte sich über diese Stadt. Ein wilder architektonischer Mix aus verglasten Hochhäusern, dazwischen alte Backsteinbauten. Eine gotische Kirche, dicht flankiert von Wolkenkratzern. Das alte Bauwerk ginge fast unter, würde es nicht widergespiegelt werden. Grau zeigte sich der Himmel, aber die Luft fühlte sich warm an, Sommer lag in ihr.

Endlich erreichte sie den Platz der Notre-Dame-Kirche, einem Wahrzeichen in der Altstadt. Die Fassade kam ihr bekannt vor, von Bildern aus Paris. Auf einmal hier, mitten in der Großstadt: Kopfsteinpflaster und eine mächtige Basilika. Vor der Kirche tummelten sich asiatische Touristengruppen zwischen Pferdekutschen und Taxis. Christine sah auf ihrem Handy, dass es nicht mehr weit war bis zum alten Hafen. Sie bog in eine enge Gasse ein und kämpfte sich voran, vorbei an Souvenirläden.

Sie konnte kaum einen Blick auf die Schaufenster erhaschen, weil Leute sich davor drängten oder aus den Geschäften herauskamen, um sich gegenseitig ihren gerade gekauften Ahornsirup in Dosen oder ihre Plüschelche zu zeigen. Über einem Sandsteingebäude wehte die Kanada-Flagge mit dem roten Ahornblatt.

Wahrscheinlich würde Christine vor Nervosität erst einmal kein Wort herausbringen. Sie hatte sich ein paar englische Sätze vorformuliert, um zu erklären, wer sie war und was sie von Wilhelm wollte. Die Briefe abgeben - dieser Gedanke bereitete ihr Unbehagen. Loslassen - ein Stück ihrer Großmutter loslassen. War sie schon bereit dazu? Gerne hätte sie alle Briefe wieder und wieder gelesen, aber sie gehörten Wilhelm.

Endlich stand Christine am Ufer des Sankt-Lorenz-Stroms und hielt einen Moment inne, um die Nebelschwaden, die über dem Wasser schwebten, zu betrachten. Möwen kreischten, Menschengruppen standen am Pier, eine Fähre legte gerade an. Christine kannte den Rhein, aber dieser Fluss war noch breiter und weiter, das Wasser blaugrau und in der Ferne brach die Sonne blass durch die Wolken.

Eine kühle Brise spielte mit ihrem Haar. Sie spürte ihre Großmutter an ihrer Seite, wurde etwas ruhiger und atmete kurz durch. *Bald sind wir da, Oma,* sagte sie im Geiste und schlug den Weg am Fluss entlang ein. Am alten Hafen zog sich ein Park entlang. Je weiter Christine ging, desto weniger Touristen kamen ihr entgegen. Es wurde ruhiger, alte braune Backsteingebäude reihten sich aneinander, davor ein Radweg. Schilder erzählten von der Geschichte des Hafens, der als Tor zum Atlantik galt.

Christines Herz pochte noch wilder, sie sah ein Straßenschild: Rue du Port. Die richtige Straße! Bald würde sie ankommen, inzwischen kannte sie die Adresse auswendig. Endlich stand Christine vor einem sechsstöckigen, braunen Backsteingebäude, und schlagartig war sie ernüchtert. Hier sollte Wilhelm Karp wohnen?

Das Haus erschien ihr seltsam, das war doch ein Firmengebäude?

Doch, sie war richtig, das Messingschild neben dem Eingang verriet es ihr: *Wilhelm Karp Cosmetique Manufacture* stand dort in goldenen Lettern. Sie atmete einmal tief durch und öffnete die Eingangstür.

Neun

CHRISTINE umklammerte die Briefe in ihrer Umhängetasche, während sie auf die digitale Anzeige des Aufzugs starrte. Er brauchte eine Ewigkeit bis in den sechsten Stock.

Bing! Endlich öffneten sich die silbernen Lifttüren, und sie trat heraus, stand direkt in einer eleganten Lobby. Sie wirkte wie in einem schicken Hotel: Ein mächtiger Kronleuchter mit Kristallen baumelte von der Decke, cremefarbene Lounge-Sessel und ein Glascouchtisch warteten auf Besucher. An den Wänden hingen Werbeplakate, die Körperlotionen und Gesichtscreme anpriesen. Aus Lautsprechern dudelte sanfte Musik. Hinter einer weiß polierten Theke saß vor einem Flachbildschirm eine junge Frau mit blonden Haaren und korallenrotem Lippenstift.

Christine strich sich durch das vom Wind zerzauste Haar. Mit ihrem grünen T-Shirt und der Umhängetasche fühlte sie sich hier gänzlich fehl am Platz, als wäre sie im Schlafanzug auf ihrem eigenen Abschlussball. Sie versuchte ein Lächeln, es kam aber nur ein unterkühlter Blick von der Rezeptionistin zurück.

„Bonjour, puis-je vous aider?", fragte die Frau und sah gleich wieder gelangweilt auf ihren Bildschirm.

„Sprechen Sie Englisch?", fragte Christine vorsichtig.

Die Dame verdrehte die Augen. „Wie kann ich helfen?", wiederholte sie in widerwilligem Englisch.

„Ich möchte zu Herrn Karp", sagte Christine.

„Haben Sie einen Termin?"

Christine schüttelte den Kopf. „Es geht um etwas Privates."

„Es tut mir leid, ohne Termine können Sie nicht zu ihm." Sie starrte auf ihren Bildschirm und begann, auf der Tastatur zu tippen.

„Können Sie ihn anrufen?", versuchte es Christine noch einmal.

„Herr Karp ist diese Woche ausgebucht, tut mir leid."

„Ich bin eine entfernte Verwandte aus Deutschland", log Christine. „Ich möchte zu ihm."

„Wie gesagt, es tut mir leid, er ist nicht im Haus", kam die kühle Antwort.

Christine schoss das Blut in den Kopf. „Es ist wichtig. Ich bin extra aus Deutschland gekommen. Es geht um eine Liebesgeschichte."

Jetzt sah die Frau auf und verzog den Mund. „Ach Gott, auch das noch", sagte sie trocken.

Sprachlos starrte Christine sie an.

„Gehen Sie jetzt bitte, ich habe zu tun." Ihre Hand lag schon auf dem Telefonhörer.

So eine Schnepfe. Dann würde sie eben selbst anrufen und sich durchstellen lassen. Christine nahm entschlossen eine Visitenkarte aus dem kleinen Ständer auf der Theke und drehte sich um. Sie spürte den bohrenden Blick der Rezeptionistin im Nacken und beschloss, die Treppe zu nehmen, statt auf den Aufzug zu warten. Alle Aufregung umsonst! Damit hatte sie nicht gerechnet, dass sie erst an einer Empfangsdame vorbeimusste. Während Christine die Treppen hinunterstürmte, verfluchte sie, dass sie sich nicht besser angezogen und vorgegeben hatte, einen Geschäftstermin zu haben.

Nur raus hier. Christine riss die Tür zur Lobby auf, übersah eine Stufe und schlug der Länge nach hin. Sie fing sich gerade noch mit den Händen ab, der Inhalt ihrer Umhängetasche ergoss sich in weitem Bogen auf den Boden. „Scheiße!"

„Oje, haben Sie sich verletzt?", hörte sie jemanden sagen.

Sie sah zwei schwarze Halbstiefel vor sich und blickte auf.

Träumte sie? Er war es - da stand Wilhelm Karp vor ihr, der Mann, dessen Foto sie bei sich trug. Er hatte dieselben dunklen Augen und Locken, die ihm in die Stirn hingen. Er trug Jeans, weißes Hemd und eine schmale, schwarze Krawatte, aber er war so jung!

Der fremde Wilhelm wiederholte seine Frage.

„Ja, ich glaube schon", murmelte sie wie vom Donner gerührt. Sie schloss ihren Mund wieder, als sie begriff, dass sie ihn anstarrte, als hätte sie noch nie zuvor einen Mann gesehen.

Ich sehe einen Geist, dachte Christine.

Er fragte noch einmal etwas auf Französisch und streckte ihr die Hand hin, um ihr aufzuhelfen. Zögernd ergriff sie diese.

„Alles okay?"

„Ja, alles in Ordnung, nur der Schreck und die Hektik. Danke."

Der gesamte Inhalt ihrer Tasche war auf dem Marmorboden verteilt, und Christine begann mit rotem Kopf, alles aufzusammeln. Die Briefe, ihren Geldbeutel, das Notizbuch.

Wilhelm half ihr ungefragt, hielt dann aber inne. Er starrte das bräunliche Foto in seiner Hand an.

„Das ist Wilhelm Karp, ich bin auf der Suche nach ihm", sagte Christine, bevor er etwas sagen konnte.

„Wilhelm Karp ist mein Großvater. Ich bin Robert Karp", stellte er sich schließlich vor.

„Freut mich. Ich heiße Christine, komme aus Deutschland, aus der Stadt, in der Ihr Großvater geboren wurde."

„Woher haben Sie das Foto?"

„Aus Familienbesitz. Ich würde gerne Wilhelm Karp treffen. Können Sie mich zu ihm bringen?"

„Mein Großvater ist schon lange verstorben", sagte Robert.

„Was? Wilhelm ist tot?" Christines Hoffnung fiel in sich zusammen wie ein Kartenhaus. Da war sie nun um die halbe Welt geflogen, und er lebte nicht mehr. All die Aufregung - und nun? „Aber … ich habe etwas für ihn."

„Es tut mir leid", sagte Robert. „Wollen wir in Ruhe reden? Es gibt ein Café um die Ecke. Dann erzählen Sie mir Ihr Anliegen."

Christine nickte, verstaute die restlichen Sachen in ihrer Tasche und folgte Robert nach draußen. Jetzt würde sie nie erfahren, was Wilhelm zu sagen gehabt hätte.

„Wollen wir uns nicht duzen, ich glaube, wir sind ungefähr im gleichen Alter", schlug Robert freundlich auf Deutsch vor, als sie auf der Straße standen.

„Sie … du sprichst Deutsch?"

„Meine Eltern haben mich auf eine deutsche Schule geschickt." Sein Deutsch war sehr weich, und er sprach die Worte mit französischem Akzent aus.

Sie gingen ein paar Schritte die Straße entlang und betraten ein unscheinbares Café, das in einem Altbau aus Sandstein lag.

Warmer Kaffeeduft lag in der Luft, eine italienische Kaffeemaschine zischte und der Barista lächelte ihnen entgegen. Schwarz-Weiß-Fotografien von Montreals Altstadt zierten die Wände. Robert steuerte auf einen Ecktisch mit hellen Holzstühlen zu. Nur wenige Gäste saßen an den Tischen, es herrschte eine angenehme Ruhe.

Christine bestellte einen Kräutertee, denn sie fühlte sich noch immer nervös. Robert orderte einen Espresso. Er starrte auf das Foto von Wilhelm, das er noch immer in seiner Hand hielt.

„Das ist mein Großvater als junger Mann", sagte er wie zu sich selbst. „Unglaublich …"

„Diese Ähnlichkeit zwischen dir und ihm ist erschreckend, nicht? Ich dachte gerade, dass Wilhelm vor mir steht. Das Foto ist aus dem Nachlass meiner Großmutter", sagte Christine.

„Sind wir verwandt? Was steckt dahinter?" Robert zog seine Augenbrauen zusammen, sodass sie sich fast berührten. Er legte den Kopf schief.

„Nein, wir sind nicht miteinander verwandt", sagte Christine. „Vielleicht wären wir es, wenn die ganze Geschichte anders ausgegangen wäre."

Sie holte tief Luft und erzählte Robert alles: vom Tod ihrer Großmutter, den Briefen und ihrem Auftrag, diese nach Kanada zu bringen.

Der Kellner brachte ihre Getränke, während Christine noch sprach.

„Deine Großmutter hat dir also nie von Wilhelm erzählt, als sie noch am Leben war?"

„Nicht ein Wort. Hat Wilhelm jemals von einer gewissen Elisabeth erzählt?" Christine trank einen Schluck Tee, weil ihr Hals ganz trocken war.

„Nicht, dass ich wüsste. Diese romantische Geschichte passt überhaupt nicht zu dem Bild, das ich von meinem Großvater habe. Er hat sich immer als strenger Geschäftsmann gegeben, gradlinig gelebt."

„Wann ist er denn gestorben?"

„Vor zehn Jahren. Da war ich neunzehn Jahre alt." Robert rührte in seinem Espresso, ohne einen Schluck davon zu trinken. „Wir standen uns nicht sehr nah. Das Geschäftliche ging ihm immer über alles, dennoch inspiriert er mich … Seine Bücher sind inspirierend, ich habe sie aufbewahrt."

„Ich verbrachte viel Zeit mit meiner Großmutter. Aber dass sie diese romantische Seite hatte, wusste ich auch nicht. Es ist, als lerne ich gerade eine ganz neue Person kennen."

Christine blickte durch das Fenster auf das Wasser des Sankt-Lorenz-Stroms, das in der Sonne glitzerte, und hing ihren Gedanken nach. Schiffe zogen dahin und Fahrradfahrer radelten am Fluss entlang. Was sollte sie jetzt tun? Wenigstens konnte sie die Briefe noch ein wenig behalten und lesen.

„Darf ich mir die Briefe einmal ansehen?", fragte Robert.

„Ja, natürlich."

Christine holte das Bündel hervor und reichte es ihm über den Tisch. Vorsichtig blätterte Robert es durch, bevor er es wieder zwischen sie legte.

„Hast du sie alle gelesen?"

Sie nickte.

„Und du bist wirklich deshalb um die halbe Welt geflogen, um deiner Großmutter ihren letzten Wunsch zu erfüllen? Wow, du hast sie sicher sehr geliebt. Ich finde das echt beeindruckend."

„Oh, danke." Sie spürte, wie sie rot wurde, und starrte auf die Briefe.

„Was hast du nun mit ihnen vor?"

„Großmutter möchte, dass ich sie auf Wilhelms Grab lege", sagte Christine. „Wo wurde er denn beerdigt? Vielleicht kann ich das bald erledigen."

Sie könnte dann vielleicht noch ein paar Tage in Montreal verbringen und früher als geplant bei Stefan sein.

„Dann pack schon mal deine Koffer", kam es von Robert.

Christine sah auf.

Er lächelte sie mit funkelnden Augen an. „Wilhelms Grab ist in Vancouver.“

Christine verschluckte sich an ihrem Tee.

„Was? In Vancouver?“, japste sie.

Robert nickte.

„Ist das nicht an der Westküste? Am anderen Ende von Kanada?“

„Ja, ganz genau.“

„Wie kommt er denn dorthin? Ich dachte, er lebte in Montreal?“ Nein, das kam ungeplant, damit hatte sie nicht gerechnet. Nach Vancouver … Sie war noch nicht einmal geistig richtig in Montreal angekommen.

„Mein Großvater ist nach seiner Scheidung dorthin gezogen, zusammen mit seiner zweiten Frau. Dort haben wir eine Zweigstelle der Firma und auch einen Shop mit den Produkten.“ Robert strich sich durch die Locken, lächelte Christine wieder an. „Vancouver ist eine tolle Stadt.“

Rasch ging Christine im Kopf ihre Möglichkeiten durch. Ob sie heute noch einen Flug bekam? Dabei war sie so müde, der Zeitunterschied saß ihr noch in den Knochen. In Deutschland war es sechs Uhr abends, während es hier auf Mittag zuging.

„Du siehst nicht begeistert aus, Christine“, sagte Robert. Nie zuvor hatte sie ihren Namen so ausgesprochen gehört, weich und französisch.

„Ich bin nur überrascht. Ich dachte, hier wäre meine Reise zu Ende.“

Robert lachte leise und schüttelte den Kopf. „Immer, wenn man denkt, die Reise ist zu Ende, fängt sie in Wirklichkeit erst an, hm? So ist das Leben, nicht wahr?“ Dann wurde er wieder ernst. „Bleib doch noch ein paar Tage hier. Montreal ist wunderschön und ich zeige dir gerne die Stadt, wenn du magst und Zeit hast.“

„Gerne würde ich Montreal ein wenig kennenlernen.“

Seine Augen hatten genau das warme Haselnussbraun, das Elisabeth in ihren Briefen beschrieben hatte.

„Ja, Zeit habe ich schon etwas. Zwei Wochen …“ Christine zögerte.

„Aber?“, fragte er. „Das klingt, als käme noch ein Aber.“

Aber sie wollte nicht zu lange fortbleiben. Stefan würde sich freuen, wenn sie früher zurückkäme.

„Ich habe nur nicht damit gerechnet, weiterzureisen. Ich muss mir das überlegen, schauen ob es nicht zu teuer wird, den Flug umzubuchen", sagte sie.

Robert blickte auf sein Smartphone. „Mist, ich habe gleich einen Termin. Wollen wir uns nachher treffen? Vielleicht direkt vor der Notre-Dame?"

Sie willigte ein, er verabschiedete sich und ließ sie allein mit ihren wirren Gedanken.

Zehn

LIEBER Wilhelm,

unser Traum von Paris lebte weiter, wenn wir uns trafen. Wir malten ihn in den schönsten und hellsten Farben unserer Sehnsucht. Wie wir zusammen einschlafen würden unter dem schrägen Dach der Mansarde. Das Gurren der Tauben würde uns morgens wecken. Du würdest in einem Café schreiben, denn du wolltest Dichter werden. Ich könnte als Sekretärin arbeiten. Jeden Abend würdest du mir vorlesen, was du geschrieben hattest. Manchmal würden wir tanzen gehen, zu Akkordeonmusik, und ausgelassen lachen und feiern, mit anderen Künstlern und Poeten.

Aber ich wurde des Träumens müde. Maria fehlte auf dem Hof und ich arbeitete viel. Wegzugehen hieße, meine Eltern im Stich zu lassen.

An einem Abend brachtest du ein schmales Büchlein mit, aus der Insel-Bücherei. Du sammeltest diese Bände. „Hier steht etwas über Paris", sagtest du und last mir ein Gedicht auf Französisch vor.

Du hieltest die ganze Zeit meine Hand unter unserem Baum. Ich lehnte mich an dich, deinen Körper, der mir schon so vertraut war. Aber dann störten Gedanken unser Paradies. Fragen an die Zukunft. Es war noch unausgesprochen, aber ich wusste, dass meine Eltern schon einen Kandidaten suchten, der mich heiraten und den Hof mit mir weiterführen sollte. Denn es gab nur Maria und mich, keinen Sohn. Meine Mutter setzte große Hoffnung in mich und vor allem in meinen zukünftigen Ehemann.

„Deine Hände sind ganz rau", sagtest du.

„Das kommt von der Arbeit. Sie brauchen mich auf dem Hof. Ich kann nur schwer weg."

„Und Paris? Unser Traum, fortzulaufen?"

„Ich weiß es nicht, Wilhelm." Ich blickte auf die Erde. Die Gedanken trübten meine Laune.

„Ich dachte, es sei dir auch ernst", sagtest du in diesem enttäuschten Tonfall.

„Es ist ein schöner Traum. Aber wenn ich gehe, dann lasse ich die Eltern im Stich. Den Hof. Die Schwester, die bald ein Kind bekommt."

Nie werde ich den Ausdruck in deinen Augen vergessen: Traurigkeit. Ich glaube, du verstandest nicht, welche Verantwortung auf meinen Schultern lastete. Und an diesem Abend wog sie besonders schwer.

„Du musst dir überlegen, was du willst", sagtest du, als du gingst.

Schweren Herzens lief ich nach Hause. Ich wollte dich! Nichts anderes! Das war doch klar, das wusstest du doch. Nur dich allein, damals und jetzt auch noch ...

Deine Nachtigall

Christine bestellte sich eine weitere Tasse Tee und versank in Elisabeths Welt. Vergaß ihre Reisepläne, Stefan, einfach alles um sich herum.

Jeden Brief empfand sie wie das Kapitel eines Buches - sie tauchte völlig ein in die Liebe der beiden.

Hatte Großmutter vielleicht geahnt, dass Wilhelm verstorben war? Wäre sie traurig gewesen? Christine bedauerte es, nun würde sie diesen Mann nie kennenlernen. Stattdessen hatte sie Robert getroffen, der seinem Großvater so ähnlich sah. Auch der charmante Blick, dieses Verträumte in seinem Ausdruck ... Vor ein paar Jahren noch wäre er genau ihr Typ gewesen. Christine merkte, wie Roberts und Wilhelms Bild verschmolzen, und kam zurück in die Realität. Das waren zwei verschiedene Menschen, sie kannte Robert nicht wirklich.

Eilig holte sie ihr Smartphone hervor. Vor lauter Aufregung hatte sie vergessen, Stefan zu schreiben.

Es war kurz vor zwei, also ging es in Deutschland auf acht Uhr abends zu. Stefan hatte längst Feierabend. Vermisste er sie denn? Christine schrieb ihm eine Mail und erzählte, dass sie gut in Montreal angekommen war, das Grab von Wilhelm noch nicht aufgesucht hatte. Sie erwähnte Robert am Rande, schrieb, dass sie mit ihm einen Termin ausgemacht hatte, weil er mehr über Wilhelm wusste. Sie war sich unsicher, ob sie Stefan ankündigen sollte, dass sie noch weiterreisen musste. Würde er sie dann endgültig für verrückt erklären? Sie beschloss, es ihm später zu erzählen, und schickte die E-Mail ab. Mit einem leicht schlechten Gewissen schloss sie das Programm und ging offline.

Christine schlenderte durch die Altstadtgassen zur Notre-Dame und fühlte sich wie in einem Brief ihrer Großmutter, wenn diese über Paris schrieb. Schmale Gassen, Kopfsteinpflaster, das Licht, das zwischen die Häuser fiel, die kleinen Cafés … Wenn doch nur ihre Oma bei ihr wäre und dies alles sehen könnte!

Robert wartete bereits auf den Stufen vor der Kirche auf sie. „Ich habe mir den Rest des Nachmittags freigenommen", sagte er, nachdem er sie begrüßt hatte.

„Das ist aber nett von dir, danke."

Robert deutete auf das hölzerne Portal. „Wollen wir reingehen? Innen ist es traumhaft schön, du wirst staunen." Ohne eine Antwort abzuwarten, ging er voraus, um ihr die Tür aufzuhalten.

Sie sah an seinen strahlenden Augen, dass er sich freute. Eigentlich wollte sie reden und mehr über Wilhelm erfahren, doch dann ließ sie sich von seiner Begeisterung anstecken.

Robert hatte nicht zu viel versprochen. Das Hauptschiff der Kirche wurde von Blau dominiert, Wände, Decken. Fahles Licht fiel durch die hohen Kirchenfenster. Unendlich weit wirkte der Innenraum. Christine fiel ein Bild in einem Kirchenfenster auf: ein Mann, der im Wintermantel ein Kreuz durch den Schnee trug.

„Ist das Jesus?", fragte sie. „Sieht eigenartig aus."

„Nein, das ist Maisonneuve, der das Gipfelkreuz auf dem Mont Royal aufstellt."

„Der riesige Park?"

„Genau der. Dort oben befindet sich immer noch ein Kreuz."

Der goldene Altar thronte mächtig im hinteren Teil der Kirche. Vor einem Meer von Lichtern standen vereinzelt Besucher, die Kerzen für Verstorbene entzündeten. Robert zog Christine mit sich in einen Bereich, wo sich weniger Besucher befanden.

Sie setzte sich neben ihn auf die Holzbank.

„Leg deinen Kopf in den Nacken und schau nach oben", sagte Robert.

Als sie es tat, blickte sie in einen nachtblauen Sternenhimmel, der mit goldenen Sternen übersät war. Wie in einem Märchen schienen die Sterne auf sie hinunterzuregnen, wenn sie die Augen zusammenkniff.

„Ich mag dieses tiefe Blau, Kobaltblau", sagte Robert.

„Es ist magisch", sagte Christine und ließ es auf sich wirken. Dann senkte sie den Blick wieder in den Kirchenraum.

„Mein Großvater kam als junger Mann oft hierher."

„War er sehr religiös?"

„Nein. Er besuchte den Gottesdienst, um sein Französisch zu vertiefen. Großvater erzählte mir, dass er das schon in Paris getan hatte. Dort ging er jeden Sonntag in eine Kirche."

„Also lebte er in Paris. Meine Großmutter schreibt davon in ihren Briefen. Sie wollten zusammen nach Paris durchbrennen."

„Wirklich?" In Roberts Augen leuchtete es auf. „Das ist ja spannend! Er schaffte es nach Paris …" Seine Stimme wurde leiser und das Funkeln in seinen Augen erlosch mit einem Mal. „Was geschah mit deiner Großmutter, Christine?"

„Sie träumten gemeinsam von Paris", sagte Christine. „Aber dann ist Wilhelm allein dorthin gegangen, sie hatte nicht den Mut dazu, sie konnte den elterlichen Bauernhof nicht im Stich lassen. Paris und die Bibliothek - Wilhelm hat seine Träume wahr gemacht."

„Oh, mein Großvater liebte Paris sehr, weißt du? Leider konnte er nie wieder dorthin zurückkehren."

Aus ihrer entspannten Haltung gerissen, blickte Christine ihn verblüfft an. „Wieso, was ist passiert?"

„Er schlug sich dort mit Gelegenheitsjobs durch. Ich glaube, sein letzter war in einer Buchhandlung. Oder als Lehrer? Ich weiß nicht … ist ja auch egal, jedenfalls, seine Arbeitserlaubnis war längst abgelaufen und die Polizei erwischte ihn. Er verbrachte eine Nacht im Gefängnis, und dann verwiesen sie ihn des Landes. Er konnte nie wieder zurückkehren, das brach ihm das Herz." Robert schüttelte leicht den Kopf, schaute in die Ferne, als würde er Wilhelms Leben auf einer Leinwand sehen. Wenn er erzählte, sprach er langsam, suchte manchmal nach dem richtigen Wort. Christine sah Wilhelm vor sich, wie er mit seinem Hut auf dem Kopf, einen Mantel um sich geschlungen, in einer Gefängniszelle saß.

„Anschließend reiste er nach London und von dort aus nach Montreal. Hier begann er, in einer Seifenfabrik zu arbeiten, und stieg dort in die Chefetage auf, bis er Direktor wurde. Er verwandelte das Ganze in eine edle Manufaktur für Seifen und moderne Kosmetik. Und musste immer einen Mitarbeiter nach Paris schicken, um nach den neusten Trends zu sehen. Das hat ihm jedes Mal einen Stich versetzt. So hat er es jedenfalls einmal erzählt. Sonst sprach er nicht über Gefühle."

Christine stellte sich den jungen Wilhelm vor, in Paris, in der Kirche sitzend, einer Predigt lauschend. Hier hatte er auch gesessen, in einer dieser Bänke, und in denselben Sternenhimmel geblickt – sie fühlte sich ihm ganz nahe.

„Ich hätte ihn gerne kennengelernt", sagte sie.

„Ich auch. Ich meine, so kennengelernt, wie deine Großmutter von ihm schreibt. Seine andere Seite. Er gab ja meistens den kühlen Geschäftsmann, der zwischen zwei Terminen zum Familien-Dinner vorbeischaute, und wenn er von seiner Vergangenheit erzählte, dann nur immer diese Geschichte von Paris."

„Sie schreibt, dass er Dichter werden wollte."

„Hm … Ja, ja, er liebte Bücher und nahm mich als Kind immer mit in seine Bibliothek. Er verhielt sich dann ganz anders, las mir vor. Sagte einmal zu mir, sobald er die Tür zu seinem Bücherzimmer öffnet, ist er ein anderer Mensch – ein Leser."

„Ein Träumer vielleicht auch? War er das?", wagte Christine zu fragen, als sie sah, wie Robert verträumt vor sich hinblickte.

Er lächelte nur. Einen Augenblick saßen sie stumm da. Christine gingen Bilder durch den Kopf, und sie wünschte sich, dass ihre Großmutter damals den Mut gefunden hätte, nach Paris zu gehen, um ihre Träume zu leben. Elisabeths Sehnsucht, sie fühlte sie - in sich selbst. Dieses Suchen - hatte ihre Großmutter dies in ihr wahrgenommen und sich vielleicht an ihre eigene Jugend erinnert gefühlt? Davon geträumt, fortzugehen, mit dem Mann, den sie liebte.

Was hatte es sie gekostet, dieser Sehnsucht nicht zu folgen! Der Kummer war groß gewesen.

Nun saß Christine an Großmutters Stelle in der alten Kirche und blickte noch einmal nach oben, in die Sterne am tiefblauen Deckenhimmel. Ihr goldener Glanz strahlte auf sie herunter. Still dankte sie ihrer Großmutter, dass sie sie hierhergeschickt hatte, an diesen wundervollen Ort.

Am nächsten Morgen erwachte Christine wieder sehr früh und schlenderte durch Vieux-Montreal, die Altstadt, die ihr schon so vertraut vorkam - hatte Robert sie doch gestern noch etwas herumgeführt. Jetzt hatte Christine noch Zeit, bis sie ihn treffen würde.

Morgenlicht fiel in die schmalen Gassen und überzog alles mit einem magischen Glanz. Efeuranken wanden sich an Hinterhofwänden entlang. Gebäude aus grauem Sandstein wirkten mächtig und alt. Die Verkäuferin eines Buchladens schloss die Türen auf und stellte ein Schild heraus, der Kellner eines Cafés wischte Tische mit einem Tuch ab und ein Lieferwagen hielt vor einem Restaurant.

Christine flanierte durch die Rue Saint-Paul, an einem weiteren Café vorbei. Die Luft war erfüllt von Kaffeeduft und französischen Gesprächsfetzen. Christine sog die Atmosphäre in sich ein und stellte sich Wilhelm dort vor, ein Buch in der Hand. Vielleicht Notizen machend, Gedichte schreibend?

Spontan steuerte sie auf die Terrasse des kleinen Cafés zu, das gerade seine Pforten öffnete. Der Kellner lächelte ihr einladend zu. Sie setzte sich und wollte schreiben. Wann hatte sie zuletzt diese Muße verspürt? Zeit haben, sich treiben lassen. In den vergangenen Tagen hatte sie kaum Atem schöpfen können, der Umzug nach Schutzingen, der Tod ihrer Großmutter - wie schnell das alles passiert war. Endlich hatte sie Ruhe, um ein wenig zu sich selbst zu kommen.

Eine Tasse Milchkaffee und ein weiterer Brief ihrer Großmutter, und sofort glitt sie wieder hinein in die zarte Liebesgeschichte.

Lieber Wilhelm,

ein kleines Bücherregal befindet sich nun in meinem Wohnzimmer – Märchen, Liederbücher und Bücher über die Pflege von Obstbäumen, nichts Besonderes. Doch ihre Anwesenheit macht mich glücklich, mich, die ich ohne Bücher aufgewachsen bin und durch dich diese Lust bekam - weißt du noch? Damals hast du mir oft vorgelesen und ich hatte dir zu deinem Geburtstag dieses Buch gekauft.

Die Erzählungen und Märchen von Oscar Wilde. Das Buch, von dem du oft gesprochen und nur eine Kurzgeschichte als Heftchen besessen hattest. Du sagtest, du wolltest so gerne das Grab von Oscar Wilde in Paris besuchen - wie du diesen Dichter bewundertest.

Immer, wenn du von ihm sprachst, kam es mir vor, als erzähltest du von dir selbst. Ein feinfühliger Mann, der das Schöne liebte. Oh, Wilhelm, ich weiß noch, wie ich das Buch in braunes Packpapier einwickelte. Mein ganzes Erspartes hatte ich ausgegeben, da blieb nichts mehr für Geschenkpapier.

Wir trafen uns auf dem Friedhof, am Grab deines Vaters. Du hattest nicht viel Zeit. Ich hatte mich davongeschlichen und hoffte, dass die Mutter es nicht merkte. Eine halbe Stunde blieb uns. Es war Mittagszeit und ruhig auf dem Friedhof. Du tipptest dir an den Hut, als du mich sahst, ich schaute mich um, niemand war in der Nähe. Ich folgte dir zu einer Bank, abseits hinter einer Hecke, wo uns niemand sehen würde.

Ich war so aufgeregt und küsste dich. Ich gratulierte dir zum Geburtstag und mein Herz raste. Wie würde dir das Geschenk gefallen?

„Das ist für dich", sagte ich und zog das Päckchen unter meinem Mantel hervor.

„Elisabeth, das ist doch nicht nötig!" Du packtest es aus und mein Blick hing an deinem Gesicht.

„Danke dir, Liebes", sagtest du und legtest das Buch in deinen Schoß.

„Schlag die erste Seite auf, ich hab dir was reingeschrieben", sagte ich.

Du schlugst es auf, überflogst meine Zeilen. „Danke, Elisabeth."

Du schenktest dem Buch nicht viel Beachtung, freutest dich nicht wirklich, irgendetwas grämte dich. Das Buch zu bestellen, hatte mich einiges gekostet: die merkwürdigen Blicke auf dem Postamt und der Aufwand, es vor der Mutter zu verstecken. Mich fortzustehlen für eine halbe Stunde. Ich riskierte Schelte und Ärger, und alles, was du für mich hattest, war ein mürrisches Danke?

All die Freude sackte zusammen. Das war doch unsere Geschichte, unser Traum von Liebe.

„Wilhelm, was hast du? Freust du dich denn gar nicht?"

Du nicktest nur und lächeltest mich halbherzig an. „Doch. Danke."

„Was ist mit dir heute?"

„Es ist mein Geburtstag und ich habe beschlossen, dass ich hier nicht länger versauern will. Ich ersticke, Elisabeth. Ich halte es kaum mehr aus."

„Ich will mit dir gehen, das weißt du doch. Nach Paris, wir wollen doch zusammen nach Paris."

„Aber?"

„Schau, Wilhelm, ich kann nicht weg. Nicht jetzt, wo meine Schwester ihr Kind erwartet und die Mutter so viel Hilfe braucht."

Du presstest deine Lippen zusammen, dann platzte es aus dir heraus: „Heute ist es deine Schwester und morgen ist es jemand anderes! Du wirst nicht mit mir mitkommen, Elisabeth, mach dir nichts vor."

Das traf wie ein Pfeil in mein Herz.

„Wie lange willst du noch warten?" Wut klang aus deiner Stimme, du legtest das Buch beiseite.

„Wilhelm, es geht jetzt nicht", sprach ich die bittere Wahrheit aus. „Gib uns noch eine Chance, Wilhelm, und warte auf mich."

„Wie lange?"

„Versteh doch, dass meine Schwester und meine Mutter mich brauchen." Du kanntest das einfach nicht, ich müsste es dir vielleicht besser erklären, dachte ich voller Verzweiflung, brachte aber kein weiteres Wort heraus.

Du standst auf und gingst davon, ohne dich noch einmal umzusehen.

Ich lief dir nach.

„Wilhelm!", zischte ich leise, aber du hieltest nicht inne. Auf dem Vorplatz der Kirche kam uns der Pfarrer entgegen. Meine Chance, mit dir zu reden, war vorbei, du bogst um die Ecke und ich grüßte den Herrn Pfarrer artig. Dann hastete ich heim, mit Tränen in den Augen. Viel zu spät wurde mir klar, dass du das Buch auf der Bank hattest liegen lassen vor lauter Ärger. Unser Märchen, unsere Geschichte ... Ist sie nichts weiter als die Rose, in die Gosse geworfen?

Dein Bruder würde die Schneiderei eines Tages übernehmen und du wärest frei. Keine Schwester, die dich brauchte, kein Hof, nur deine murrende Mutter, die sich über deine Flausen beschwerte. Meinen verzweifelten Wunsch, dass du nicht ohne mich gehen solltest, schrie ich stumm in den Himmel. Mein Herz war schwach.

Deine Nachtigall

Aus jeder Zeile sprach die Sehnsucht ihrer Großmutter. Wie alt war sie gewesen damals? Siebzehn? Wie schwer musste die Last gewogen haben, die Verpflichtungen für die Familie und den Hof! Was unmöglich gewesen war für Elisabeth, konnte Christine nun erleben: Milchkaffee in Montreal trinken - und schreiben. Lieben, wen sie wollte. Keine Familie, die sie zurückhielt, das musste sie Angie anrechnen, sie hatte sie nie zu etwas verpflichtet.

Christine holte ihr Notizbuch hervor. Sie musste einfach schreiben, vielleicht konnte sie Elisabeth und Wilhelm ein Happy End schenken? Es müsste ein Wunder geschehen, gab es das im wirklichen Leben?

Diese Liebe - Elisabeths Liebe, und die Sehnsucht, die sie mit sich zog, wie ein Meer, das an Felsen brandete, ein unendliches Meer aus Sehnsucht und Wünschen. Und die Liebe, die darin trieb, wie ein Schiff, das seinen Hafen nicht fand. Christine setzte den Stift an und begann, zu schreiben.

Die Zeit tickte dahin, ohne sie. Christine schrieb und ließ ihr Herz frei. Als sie wiederauftauchte, weil ihr die Hand wehtat, sah sie auf ihrem Handy, dass es bereits Mittag war.

Sie hatte Tränen in den Augen. War das nicht verrückt? Seit ihre Großmutter gestorben war, waren sie sich näher als je zuvor.

Christine blickte sich um. Die Terrasse des Cafés hatte sich gefüllt, Leben und Lärm waren um sie herum, doch sie hatte es nicht bemerkt. Staunend über sich selbst packte sie das Notizbuch ein und nahm sich vor, an der Geschichte dranzubleiben, sich zu erlauben, Zeit und Raum vergessend weiterzuschreiben.

Als sie durch Montreal lief, der Wegbeschreibung, die Robert ihr gegeben hatte, folgend, fühlte Christine sich wie neu - eine Wachheit ließ sie die Stadt in neuem Licht betrachten. Die Menschen, die ihr entgegenkamen, die Wolken am Himmel, der Hauch von Sommer. Sie genoss das Leben um sich, die vielen fremden Menschen, Frauen in engen Jeans und Ringelshirts, junge Väter, die ihre Babys im Kinderwagen schoben. Ein Straßenmusiker mit langen blonden Haaren, der an einer Ecke Gitarre spielte und sang, lächelte ihr zu.

Christine schritt über den Boulevard und fühlte sich, als tanze sie innerlich. Woher kam diese Leichtigkeit? Weil du geschrieben hast, mein poetisches Mädchen, sagte leise die Stimme ihrer Großmutter. Vielleicht war es das, es hatte ihr so gutgetan und der Gedanke versprach so viel: schreiben, Großmutters Geschichte neu schreiben.

Inzwischen war sie im Plateau angekommen, dem Stadtteil, wo Robert in einem alten Backsteinhaus mit Erkerfenstern wohnte. Hier säumten alte, schmale Häuser die Straße, die alle renoviert aussahen. Robert erwartete sie an der Tür und begrüßte sie freudig. Statt Hemd und Krawatte trug er ein lässiges weißes T-Shirt.

„Du siehst ausgeschlafen aus, Christine, der Jetlag ist besser, hm?"

Sie lächelte ihn an. „Ja, und ich habe den Morgen in der Altstadt genossen, es ist so wunderschön dort."

Robert führte sie eine Treppe hinauf. „Ich lebe im Dachgeschoss. Hier hatte Wilhelm seine Bibliothek, das Haus gehörte ihm, er wohnte hier."

„Wilhelm lebte hier?" Christine bekam eine Gänsehaut.

„Ja, nach seinem Tod baute meine Familie es um und vermietete es, und ich wohne nun in der oberen Etage, wenn ich in Montreal bin."

Er schloss die Tür auf und bat sie hinein.

Durch einen Flur betrat sie ein helles Wohnzimmer, durch dessen große Fenster die Sonne flutete. Auf einem runden Holztisch stapelten sich Bücher und Papiere. Vier Holzstühle in verschiedenen Farben umgaben ihn. Der alte Holzfußboden knarrte unter ihren Füßen, als sie Robert einen weiteren Gang entlang in die Bibliothek folgte.

„Es war Wilhelms Arbeitszimmer und Bibliothek, ich habe fast alles so gelassen, wie er es damals eingerichtet hatte. Seine Bücher, sein alter Schreibtisch, sieh selbst."

Als er die Tür öffnete, kam sich Christine vor, als würde sie die Schatzkammer eines Schlosses betreten. Bücherregale zogen sich bis zu den hohen Decken, gefüllt mit dicken Wälzern, alte Bände - Reihe um Reihe. In einer Ecke stand ein rotes Sofa mit einem schwarzen Couchtisch, vor einem Erkerfenster ein Ledersessel. Hatte Wilhelm dort wohl gesessen und gelesen? Durch das Fenster blickte Christine auf die umliegenden Dächer und den Sankt-Lorenz-Strom in der Ferne. Im Raum hing der Geruch von altem Papier, der Christine an den Duft der Briefe ihrer Großmutter erinnerte. In einer Ecke stand der dunkle Holzschreibtisch. Bücher und Papiere türmten sich darauf.

„Das war Wilhelms Schreibtisch", sagte Robert.

„Ich kann mir Wilhelm gut hier vorstellen, das passt zu dem Bild, das ich von ihm habe", sagte Christine und blieb am Schreibtisch stehen.

„Ich habe das Sofa aufgestellt, da ich mich nicht gerne in seinen Sessel setze. Ich hab immer das Gefühl, das ist Großvaters Platz - verstehst du, was ich meine?"

Sie nickte und ihr Blick glitt über die Buchrücken. „All diese Bücher - hatte er denn überhaupt Zeit zum Lesen?"

„Er nahm sie sich. Als Kind lud er mich oft ein, mit ihm in die Bibliothek zu kommen. Ich hatte ein Lieblingsbuch - warte ich, zeig es dir. Es ist auf Deutsch, ich lernte so besser die Sprache -, er hatte es aus seiner Heimat mitgebracht. Er sprach immer deutsch mit mir."

Robert bat sie, sich zu setzen, und Christine nahm auf dem Sofa Platz, während er gezielt ein Buch aus dem Regal zog. Sie stellte sich vor, wie Wilhelm stundenlang hier gelesen hatte. Hatte er manchmal an Elisabeth gedacht, wenn er aus dem Fenster in den weiten Horizont blickte? Erinnerte er sich an ihren gemeinsamen Traum von Paris? Oder hatte Wilhelm sie vergessen, später, nachdem er seine Träume hier in Montreal verwirklicht hatte?

Robert kam mit dem Buch zu ihr zurück und reichte es ihr.

„Mein Favorit, ein besonderes Buch, wie ich finde."

Noch bevor sie den Titel las, erkannte Christine das Buch. Es war braun und vergilbt, auf dem Umschlag rankten sich Blumen um eine Säule. Mit klopfendem Herzen schlug sie es auf. Eine Widmung stand darin, mit schwarzer Tinte, als wäre sie gestern geschrieben worden:

„Für meinen Wilhelm zum Geburtstag, in Liebe. Deine Nachtigall."

Elf

EHE sie die Tränen in ihren Augen fortblinzeln konnte, hatte Robert sie schon gesehen und reichte ihr ein Papiertaschentuch.

„Ich glaube, ich ahne, wer diese geheimnisvolle Nachtigall ist - ich habe mich das immer gefragt, und nun …"

„Sie, das ist meine Großmutter", stammelte Christine und wischte sich die Tränen weg. Unglaublich, dass er dieses Buch besaß! Unfassbar, dass dieses Relikt einer Liebe die Jahrzehnte überdauert hatte und nun hier in ihrem Schoß lag. Sanft strich Christine über den Schriftzug, ihr kam es vor, als berührte sie dadurch ihre Großmutter. Dass Wilhelm dieses Buch vom Friedhof mitgenommen und aufbewahrt hatte, deshalb noch einmal zur Bank zurückgekehrt war, musste ein Liebesbeweis sein.

Christine blätterte das Buch durch, bis sie die Zeichnung von der Rose und der Nachtigall gefunden hatte. Blumen rankten sich in Büschen um einen zarten Vogel, der sich gegen einen Dorn presste, um die Rose erblühen zu lassen.

„Die Nachtigall opfert sich für die Liebe, ja? Ich erinnere mich an dieses Märchen." Roberts Stimme war sanft, er schaute ihr über die Schulter, beugte sich vor und strich mit den Fingern über die Zeichnung.

„Ja, das meinte sie mit ihrer Widmung. Sie hat Wilhelm das Buch geschenkt und er vergaß es auf dem Friedhof. Dort trafen sie sich heimlich. Auf dem Friedhof", sagte Christine wie zu sich selbst und schüttelte den Kopf. „In einem ihrer Briefe beschreibt sie es, magst du ihn lesen?"

„Sehr gerne", antwortete Robert, und Christine holte das Bündel aus ihrer Handtasche hervor und suchte den Brief heraus, in dem ihre Großmutter von Wilhelms Geburtstag erzählte.

Robert bat sie, ihn ihr vorzulesen, und Christine tat es, langsam, weil sie sich nicht sicher war, ob er alles verstand. Er lauschte konzentriert, den Blick in die Ferne gerichtet. Als sie geendet hatte, tanzten die Worte im Raum wie die Staubkörner im Sonnenlicht, das durch die Fenster kam.

Staunend blickte er sie an. „Und hier ist es, das Geburtstagsgeschenk deiner Großmutter", murmelte er, und Christine schauderte. Einen Augenblick sagten sie nichts.

Christine strich über den Brief, ihn erneut zu lesen, hatte ihr so gutgetan. „Großmutter wäre sehr gerührt gewesen, wenn sie gewusst hätte, dass Wilhelm das Buch aufbewahrte", meinte sie.

„So, wie Elisabeth meinen Großvater beschreibt, erscheint er mir wie eine komplett andere Person. Fremd und doch vertraut. Irgendwie habe ich immer geahnt, dass er eine andere Seite in sich trägt. Und hier ist sie." Robert sah ernst aus und strich sich durch seine schwarzen Locken, die ihm in die Stirn hingen.

Wieder herrschte Stille zwischen ihnen, nur der Lärm der Straße drang gedämpft durch das geschlossene Fenster: Stimmen, Autos, piepsende Fußgängerampeln.

Robert stand auf, ging zu dem Schreibtisch, holte ein Foto aus der obersten Schublade und hielt es Christine hin. Es zeigte einen Mann mit Furchen und Falten quer über seiner hohen Stirn. Geheimratsecken, das wenige schwarze Haar streng nach hinten gekämmt. Er saß an einem Schreibtisch und blickte den Betrachter durch schmale Brillengläser streng an.

„Ist das Wilhelm?" Er sah so ganz anders aus, als Christine ihn sich vorgestellt hatte. Hatte etwas Kühles an sich. Das konnte nicht der Wilhelm sein, der mit Elisabeth träumerisch unter einem Apfelbaum gesessen hatte.

„Ja. Es ist in seinem Büro aufgenommen worden."

„Was für ein Unterschied!"

Robert nickte. „Ja, so kannte ich ihn."

Christine betrachtete das Gesicht auf dem Foto. Was hätte Wilhelm zu den Briefen gesagt? Hätte er sich gefreut?

Robert hatte die Stirn gerunzelt und wendete die Briefe in seinen Händen hin und her. „Vielleicht wäre mein Großvater gerne Künstler geworden. Seine Büchersammlung hat mich inspiriert, besonders dieses hier. Ich fing an zu zeichnen, zu malen."

„Ich dachte, er hat selbst gedichtet und geschrieben?"

„Nicht, dass ich wüsste." Robert schüttelte den Kopf. „Er hat gerne gelesen, wie du siehst. Auch ich lese gerne, wenn ich Zeit habe. Ich nehme mir viel zu wenig Zeit dafür, Christine."

Sie sah zum Bücherregal. Dort reihten sich Klassiker von Dostojewski bis Goethe und Sammlungen wie Napoleons Briefe und andere Werke auf Französisch.

„Die Bücher sind mein größter Schatz. Meine Eltern wollten sie nach Opas Tod verkaufen, aber ich verhinderte es. In meiner Familie galt Wilhelm als Büchernarr. Immer, wenn er einen schlechten Tag im Büro hatte, ging er in eine Buchhandlung und kaufte sich ein Buch. Er konnte stundenlang in einer Buchhandlung verbringen und stöbern."

„Das war wohl sein Ausgleich zum Büro."

Robert nickte. Dann leuchteten seinen Augen auf. „Ich hab eine Idee! Ich zeig dir die Lieblingsbuchhandlung meines Großvaters!" Er sah auf die Uhr. „Aber wohl eher morgen, es ist kurz vor sechs, sie schließen gleich. Es ist eine kleinere Buchhandlung hier in der Nähe. Du wirst sie mögen, die Atmosphäre dort hat etwas von Paris."

„Okay, gerne."

„Hast du Hunger, Christine? Lass uns doch was typisch *québécois* essen gehen", schlug Robert vor.

Ihr Magen knurrte. „Ja, gern", sagte sie und lächelte ihn an.

Lieber Wilhelm,

die Zeit nach unserem Zerwürfnis damals erschien mir so lang und quälend, dass ich mich eines Abends nach der Vesper davon stahl. Ich wollte allein sein, weinen und die Stirn an die Rinde unseres Baumes legen. Ich dachte nicht, dass du im Garten sein würdest, nicht nach dem, was zwischen uns passiert war.

Aber da sah ich dich unter dem Baum, ein Buch in der Hand. Der Abend dämmerte, Tau lag auf der Wiese. Einen Moment stand ich nur da und sah dich an, dann ging ich zu dir. Du blicktest von deinem Buch auf, mir entgegen. Unsere Herzen hatten sich verabredet, Wilhelm. Ich setzte mich zu dir. Wir sprachen nicht von deinem Geburtstag, ich fragte nicht nach dem Oscar-Wilde-Buch.

Jede Minute mit dir war kostbar und sollte nicht durch Streit vergiftet werden.

Du fragtest mich, ob ich ein Gedicht hören wollte. Ich legte meinen Kopf an deine Schulter und lauschte deinen Worten. Ich weiß das Gedicht noch:

Dû bist mîn, ich bin dîn.

des solt dû gewis sîn.

dû bist beslozzen

in mînem herzen,

verlorn ist das sluzzelîn:

dû muost ouch immêr darinne sîn.

Du hast mir von Minnesängern und Poesie des Mittelalters erzählt. All diese fernen und köstlichen Dinge. Du sagtest, du liest lieber, statt die Buchhaltung zu machen, zu der dich deine Mutter verdonnert hatte.

„Aber nicht mehr lange, dann gehe ich fort", sagtest du.

„Ich komme mit", sagte ich zu dir und wunderte mich selbst, dass meine Stimme so fest klang. „Das ist mein Entschluss."

Du blicktest mich ungläubig an.

„Nach Paris, ich komme mit dir nach Paris! Dort leben wir in unserer Mansarde. Und du bringst mir Französisch bei."

Du nahmst meine Hände in die deinen, drücktest sie an deine Brust, küsstest mich.

Ich erinnere mich, wie ich damals voller Freude in meiner Kammer saß. Ich konnte dich riechen, deine Stimme in meiner Erinnerung hören, deinen Kuss auf meinen Lippen spüren, dein ganzes Wesen.

Nun, viele Jahrzehnte später, sitze ich am selben Ort. Wenn ich meine Augen schließe, ist mir, als sei es gestern gewesen, dass wir unsere Pläne schmiedeten. Nur dass nun keine Zeit und kein Raum mehr ist, diese Träume zu verwirklichen. Nicht für mich. Aber du, du nimmst immer noch allen Raum ein, in meinen Träumen und in meinem Herzen, Wilhelm.

Deine Nachtigall

Sie saßen in einer Nische im La Banquise, einem kleinen Restaurant in der Nähe seiner Wohnung. Robert hatte Poutine bestellt, eine typische Montrealer Spezialität, und während sie auf das Essen warteten, las Christine den Brief vor. Sie sah Robert an, dass auch er in die Welt der beiden eingesaugt wurde.

„Ich muss jedes Mal wieder zurückkommen in die Realität", sagte sie.

„Ja, es ist beinahe wie in einem Roman. Ich habe das Gefühl, ich bin mit den beiden im Garten."

„Den Garten gibt es wirklich - ich bin dort in der Nähe aufgewachsen. Ich war vor meiner Abreise gerade erst dort."

Christine erzählte von dem Jakob-Fischer-Apfelbaum. Robert lauschte ihr sichtlich fasziniert und mit leuchtenden Augen. Sie wurde unterbrochen, als ihr Essen kam: Pommes frites mit geräucherten Fleischstückchen, Käsewürfeln und Bratensoße.

„Probiere ruhig! Es sieht nur etwas ungewöhnlich aus", sagte Robert, als er ihren skeptischen Blick sah.

Christine nahm eine Gabel voll und riss die Augen auf. „Es schmeckt wirklich köstlich!"

„Erzähl mir weiter von ihrem geheimen Treffpunkt", forderte Robert sie auf und legte sein Besteck beiseite.

„Der verwilderte Garten kam in den Besitz meiner Großmutter und sie hegte und pflegte ihn. Der alte Apfelbaum, den gibt es immer noch. Ich verbrachte viele Nachmittage in diesem Obstgarten. Half ernten, Laub zusammenrechen, saß unter dem alten Baum. Wenn ich jetzt daran denke, bekomme ich eine Gänsehaut."

„Wow, das ist so faszinierend. Ich bin in der Stadt aufgewachsen, ich bewundere das. Standst du deiner Großmutter sehr nah?"

„O ja. Ich verbrachte fast jeden Tag auf dem Bauernhof meiner Großeltern. Auch die Ferien. Meine Mutter war immer mit anderen Dingen beschäftigt … ihrer spirituellen Selbstfindung. Großmutter zog mich praktisch auf."

Er lächelte ihr zu.

„Dein Essen wird kalt", sagte sie. Auch sie hatte aufgehört zu essen.

Robert winkte ab. „Und dann machst du dich mit einem Stapel Briefe auf ins Unbekannte. Das ist großartig."

Sie wurde rot. „Ich bin gerade zurück in meine Heimatstadt gezogen. Oma bedeutete mir so viel. Der Garten, alles, was sie mir beigebracht hat als Kind."

„Das klingt … das passt so gut zu meinem derzeitigen Projekt, Christine."

„Was für ein Projekt? In der Firma?"

„Nein." Er schüttelte energisch den Kopf. „Die Firma, das mache ich, ehrlich gesagt, nur meiner Familie zuliebe. Ich male Bilder." Er sah zur Seite, beobachtete sie aus dem Augenwinkel, als erwartete er eine bestimmte Reaktion, doch Christine hörte ihm weiter zu.

„Ich male Gärten, das ist mein neustes Projekt. Inspiriert von den Märchen von Oscar Wilde. In diesem Buch kommen viele Gärten vor … und nun erzählst du mir vom Obstgarten deiner Großmutter. Christine, ich muss diesen Garten einmal besuchen!"

„Das ist spannend, aber … wie kannst du das mit der Firma vereinbaren?" Christine schämte sich fast für die Frage, aber die kleine, vernünftige Stimme in ihr konnte sich das nicht verkneifen.

Er zuckte die Schultern und aß eine kalte Pommes Frites. „Ich zeichne, seit ich ein Kind bin. Meine Eltern wissen, dass ich kreativ bin, aber sie wollten, dass ich BWL studiere. Ich fügte mich, aber die Sehnsucht wurde immer stärker. Dennoch redete ich mir ein, kein Talent zu haben, mein Job ist die Firma, dachte ich. Mit Zahlen kann ich umgehen."

Christine stutzte. Wovon er sprach, kannte sie nur zu gut.

„Aber irgendwann hielt ich es nicht mehr aus, schmiss alles hin, nahm eine Auszeit und ging nach Vancouver, um dort an einer Kunstschule mein Talent zu vertiefen. Meine damalige Freundin unterstützte mich, sie besitzt dort eine Galerie."

Roberts Gesichtsausdruck wurde auf einmal verschlossen, und er brach ab.

Christine wollte etwas sagen, doch ihr Handy klingelte und sie schrak zusammen. Stefans Name leuchtete auf dem Display. „Entschuldige." Sie stand auf, um draußen mit ihm zu sprechen.

„Hi Chrissi. Wie läuft es mit der Grabsuche?"

„Gut, hast du meine E-Mail bekommen? Ich muss nach Vancouver, dort liegt Wilhelm begraben."

„Wow, und hast du deinen Flug schon gebucht?"

„Nein, das will ich heute machen. Montreal ist so schön, ich würde gerne noch ein wenig Zeit hier verbringen", sagte sie. „Ich bin gerade im Gespräch mit Wilhelms Enkel, Robert, weißt du, er konnte mir so viel über seinen Großvater erzählen."

„Wilhelms Enkel? Wie alt ist der denn?"

„So in unserem Alter. Er ist total nett, wir verstehen uns, und er behandelt mich wie eine Verwandte. Stell dir vor, er hat mir ein Buch von Wilhelm gezeigt, mit der Widmung meiner Großmutter drin!"

„Das ist ja unglaublich", sagte Stefan, doch es klang nüchtern. Eine Pause, dann fügte er hinzu: „Jetzt genieße deine Zeit in Montreal. Wenn du zurück bist, wartet unsere gemeinsame Arbeit auf dich. Und unser Urlaub am Bodensee, bitte vergiss das nicht."

„Nein, natürlich nicht."

Christine seufzte erleichtert, er verstand sie und sagte ihr noch, sie solle sich erholen. Dann verabschiedete sie sich mit dem Versprechen, sich bald wieder zu melden.

Im Restaurant war Robert gerade dabei, zu bezahlen.

„Mein Freund", sagte sie. „Er wollte wissen, wie es mir geht."

Robert nickte und lächelte, aber die vertraute Stimmung zwischen ihnen, die eben noch geherrscht hatte, war verflogen. Deshalb überraschte es sie umso mehr, dass er ihr anbot, auf seiner Couch in der Bibliothek zu übernachten. „Nur, wenn du willst. Sieh es als Familiendienst an. Dann musst du kein Geld fürs Hotel ausgeben und Platz ist doch genug. Wilhelm würde dich auch einladen. Ich werde heute Nacht nicht zu Hause sein, du kannst also die ganze Wohnung für dich nutzen."

Christine zögerte. Das würde Stefan gar nicht gefallen. Doch die Aussicht, eine Nacht in Wilhelms Bibliothek zu verbringen, war zu verlockend. Und Robert wollte ihr, einer Wildfremden, die Wohnung überlassen, während er nicht da war! Es kam ihr so vor, als würden sie sich schon sehr lange kennen, nicht nur einen Tag. Also sagte sie zu.

Sie gingen zurück in seine Wohnung.

Robert brachte ihr Bettzeug und verabschiedete sich dann. Christine wollte nicht fragen, was er vorhatte. Er wollte wahrscheinlich zu seiner Freundin, und das ging sie nun wirklich nichts an. Merkwürdig war es schon gewesen, wie verschlossen er auf einmal geworden war, als sie auf seine Freundin in Vancouver zu sprechen kamen.

Christine genoss es, allein mit den Büchern zu sein, und setzte sich an Wilhelms alten Schreibtisch. Sie hatte es nicht mehr eilig und wollte jedes Detail dieses Raumes aufsaugen.

Sie starrte gedankenverloren auf die Bücherstapel auf dem Schreibtisch, nahm ein Buch zur Hand. Es war auf Französisch, sie legte es zurück. Robert teilte, im Gegensatz zu Stefan, ihren Hang zum Chaos.

Wenn sie schrieb, erlaubte sie sich, sich in Chaos auf dem Papier auszubreiten, zu kritzeln, Gedichte quer über die Zeilen zu schreiben. Wie oft war sie früher nach der Arbeit nach Hause gerannt, hatte es kaum erwarten können, zu ihren Gedichten zu kommen. Wirrer Kram, Alltagsbegebenheiten wie das Lachen eines Kindes, ihre Gefühle, all das floss aus ihr heraus auf das Papier. Oft hatte sie das Geschriebene nicht mal mehr durchgelesen.

Und dann hatte sie komplett aufgehört zu schreiben.

Das war jetzt anders. Die Idee, Wilhelm und Elisabeth ein glückliches Ende zu schenken, ließ sie nicht los. Christine spürte endlich wieder diese Lust zu schreiben. Ohne zu zögern holte sie ihr Notizbuch aus der Umhängetasche und setzte den Stift an. Die Briefe waren es wert. Ihre Liebe war so viele Worte wert.

Zwölf

CHRISTINE schrieb und schrieb, bis sie gegen Morgen müde auf die Couch sank. Traumlos schlief sie tief und fest.

Das Sonnenlicht, das durchs Fenster fiel, und die Geräusche, die von der Straße heraufdrangen, weckten sie Stunden später. Der Geruch nach Büchern. Christine öffnete die Augen, und ihr Herz hämmerte vor Glück. Sie war in Wilhelms Bibliothek. Sie drehte sich auf die Seite, sah das Notizbuch und hätte am liebsten sofort wieder geschrieben. Sie schaute auf ihr Smartphone, es war schon elf, der halbe Tag fast um. Also stand sie auf, zog sich Jeans und T-Shirt an und tappte in den Flur.

Aus der Küche hörte Christine das Geklapper von Geschirr und Besteck. Wann war Robert wiedergekommen? Musste er nicht arbeiten?

Sie fand ihn in seiner kleinen Küche an der Arbeitsfläche. Er war gerade dabei, zwei Bagelhälften in den Toaster zu stecken. Auf dem Herd zischte eine silberne Espressokanne.

„Guten Morgen", rief er fröhlich. „Hast du gut geschlafen?"

„Ja, danke. Ich hab dich gar nicht gehört." Sie fuhr sich durch die Haare. „Puh, hab ich lange geschlafen."

„Du hast Tinte im Gesicht." Robert lachte. „Auf der Nase."

„Oh." Christine rieb sich darüber. „Weg?"

Robert schüttelte den Kopf. „Weiter oben." Er ging zu ihr und deutete auf ihre Nasenwurzel. Nur ein paar Millimeter trennten sie von einer Berührung.

Verlegen drehte Christine den Kopf weg. „Ich geh mal schnell ins Badezimmer und wasche es ab", sagte sie und huschte an ihm vorbei.

Als sie aus dem Bad kam, klingelte ihr Handy.

„Schatz?", hörte sie die vertraute Stimme und war sofort hellwach.

„Hallo Stefan!"

„Genießt du Montreal? Ich habe dir einen Link mit Flügen nach Vancouver gemailt."

„Oh, danke. Ich wollte noch ein paar Tage in Montreal bleiben. Weißt du, ich habe heute bei Robert übernachtet, er hat mir seine Wohnung zur Verfügung gestellt, während er fort war ", wagte Christine sich vor.

„Aha." Stefan klang nicht begeistert. „Mir ist es nicht so recht, dass du bei einem Fremden übernachtest."

„Robert ist kein Fremder mehr. Er möchte mir Montreal zeigen, und das würde mir guttun", sagte Christine und wanderte, das Handy am Ohr, in die Küche. Sie brauchte Kaffee. Robert reichte ihr wortlos eine Tasse.

„Wie soll ich das verstehen? Ich dachte, du wolltest deinen Flug nach Vancouver buchen und so schnell wie möglich zu Wilhelms Grab kommen. Und bitte vergiss nicht unseren Urlaub am Bodensee, das sollten wir ja auch bald planen."

Christine seufzte. „Nein, das vergesse ich nicht. Aber auf ein, zwei Tage mehr kommt es doch jetzt nicht mehr an. Ich möchte noch etwas auf den Spuren von Wilhelm unterwegs sein. Ich buche bald meinen Flug."

„Okay. Pass auf dich auf, Chrissi, ja? Sei vorsichtig."

„Ja, das weißt du doch. Immer. Ich vermisse dich, Stefan."

„Ich dich auch, Chrissi. Bitte melde dich bald wieder."

Nachdem sie sich verabschiedet und aufgelegt hatte, nahm Christine einen Schluck Kaffee. Auf einmal fühlte sie sich schlecht, weil sie bei Robert übernachtet hatte.

„Mein Freund Stefan", erklärte sie, obwohl es überflüssig war. Sie lehnte sich an die Küchentheke, während Robert seinen Kaffee austrank und die Tasse in die Spüle stellte.

„Vermisst er dich?", fragte er.

„Ja." Und er ist eifersüchtig, fügte sie im Stillen hinzu. Das war doch sonst gar nicht seine Art. Gab es denn einen Grund dafür? Sie hatte ihm die Zweifel nehmen und ihm klarmachen wollen, dass es ihr nur um ihre Großmutter ging. Offenbar wenig erfolgreich. Vielleicht war Stefan beruhigter, wenn sie schließlich im Flieger nach Vancouver sitzen würde.

Robert reichte ihr einen Teller mit einem Bagel und lächelte sie an, mit diesem Schalk in den Augen. Stefan würde nur noch eifersüchtiger sein, wenn er wüsste, wie gut Robert aussah, fuhr es ihr durch den Kopf.

Nach dem Frühstück schlenderte sie mit Robert durch das Viertel Plateau.

Die Schönheit Montreals nahm sie gefangen und Christine konnte sich gut vorstellen, wie Wilhelm durch diese Straßen gegangen war. Sie kamen an Wendeltreppen vorbei, die von den Terrassen der Häuser zu rot, gelb und orangefarben gestrichenen Haustüren hinaufführten. Blumenläden, Straßencafés und Antiquitätengeschäfte säumten die Straße.

„Wir haben zwar keinen Jardin du Luxembourg hier, aber den Parc du Mont-Royal. Den würde ich dir gerne später zeigen. Davor statten wir Wilhelms Lieblingsbuchhandlung noch einen Besuch ab, was meinst du, Christine?", schlug Robert vor.

„Das klingt gut", sagte sie. „Es gibt so vieles, das ich gerne noch über Wilhelm erfahren möchte."

„Ich auch. Letzte Nacht gingen mir tausend Fragen durch den Kopf. Mir ist bewusst geworden, wie wenig ich ihn doch gekannt habe. Als er nach Vancouver zu seiner zweiten Frau zog, haben wir ihn ganz selten gesehen. Er wurde wegen ihr in Vancouver begraben - die Familie seiner Frau wollte, dass er neben ihr bestattet ist. Ich denke, wäre es nach ihm gegangen, hätte er in Montreal beerdigt werden wollen."

„Oder in seiner deutschen Heimat?", überlegte Christine laut.

„Hm. Ich kann es dir nicht sagen. Alles, was ich habe, sind die Kindheitserinnerungen hier mit ihm in Montreal. Einmal nahm er mich in die Buchhandlung mit, um mir ein Kinderbuch zu kaufen. Er fand es wichtig, dass ich viel las."

„Meine Großmutter kaufte mir auch Bücher." Christine lächelte. Sie wünschte sich, Elisabeth könnte sie so sehen, und sie könnte ihr sagen, dass sie wieder angefangen hatte, zu schreiben. Hier, in Montreal.

Christine genoss den warmen Wind, der mit ihrem Haar spielte. Für Anfang Juni war es warm, aber nicht heiß. In diese Stadt könnte sie sich verlieben: die alten Backsteinhäuser, die Blumen vor den Geschäften, die zwitschernden Vögel, das französische Stimmengemurmel um sie herum. In diesem Moment gestand sie sich ein, dass sie sich freute, noch nicht nach Vancouver zu müssen.

Robert blieb vor einer roten Hausfassade stehen. „Hier ist es."

Christine folgte ihm neugierig ins Innere des Geschäftes.

Bücherregale zogen sich bis zur Decke und bildeten schmale Gänge. In einer Ecke waren rote Samtkissen auf einem weißen Sofa arrangiert. In einer kleinen Café-Ecke saßen Menschen an schmalen, runden Holztischen und schmökerten in Büchern.

„Es ist … wie sagt man? Klein, aber fein", meinte Robert. „Natürlich wurde die Buchhandlung renoviert, das Café ist neu. Aber hier steckt immer noch dieser zeitlose Spirit, finde ich."

Eine Treppe führte ins Obergeschoss, wo es auch englische Bücher gab. Christine fühlte sich gleich wohl und stöberte durch Gedichtsammlungen, die auf einem Tisch ausgelegt waren. Ein schmales Bändchen mit einem Birkenwald auf dem Cover fiel ihr ins Auge.

Robert hatte es auch gesehen und griff schnell danach. „Woher kommt das denn? Das gibt's doch nicht."

„Was ist das für ein Buch?"

„Es ist mein Buch, sie führen es tatsächlich noch, das kann doch nicht wahr sein."

„Du hast ein Buch geschrieben? Zeig doch mal!"

Robert wurde rot und sah weg. Fast widerwillig reichte er es ihr. „Also, ich habe es im Eigenverlag veröffentlicht. Es sind Zeichnungen und Gedichte über Raben und eine verlorene Liebe."

Christine blätterte hindurch und betrachtete Roberts Bilder von Wäldern, Vögeln und einer Frau namens Sarah. Schlichte, schwarz-weiße Zeichnungen mit klaren Linien. Ihr Blick blieb an einem Gedicht hängen.

Geheimnisse, so der Titel.

Sie musterte ihn aus dem Augenwinkel. Ja, Robert steckte auch voller Geheimnisse. Dabei hatte er erwähnt, dass er malte. Doch dass er schrieb, überraschte sie. Und die Themen, die Suche nach Heimat und Liebe.

„Ich habe das Buch total verdrängt, Christine. Es ist Jahre her, dass ich es schrieb und unter die Leute brachte. Es entstand, als ich einen Sommer im Norden Kanadas verbrachte und einem Familiengeheimnis auf der Spur war. Mit meiner damaligen Freundin."

„Ich würde mir das Buch gerne kaufen", sagte Christine.

„Vergiss das Buch", sagte er. „Das Geheimnis, das ich gelöst habe, ist wichtiger. Meinen Eltern, besonders meiner Mutter, gefiel nicht, dass ich es wusste, es löste Unmut aus."

Nicht nur ihre Großmutter hatte also Geheimnisse gehütet, stellte Christine fest, als ihr Robert später im Buchhandlungscafé die Geschichte erzählte.

„Nach dem Tod meines Großvaters fand meine Familie heraus, dass er eine Blockhütte besaß, im Yukon-Territorium. Keiner wusste davon, nicht einmal seine zweite Frau." Robert rührte in seinem Milchkaffee, ohne einen Schluck zu nehmen, legte dann beide Hände um die Tasse, wie um sie zu wärmen. „Wilhelm verbrachte ganze Sommer dort. Wann er die Hütte gekauft hatte, was ihn in den Yukon zog, all das wissen wir nicht. Als ich das Haus in Montreal geerbt habe, schaute ich den Nachlass durch. So fand ich heraus, dass es diese Hütte gibt. Meine Mutter wusste davon, hat es aber nie erwähnt. Für sie ist die Scheidung ihrer Eltern und Wilhelms erneute Heirat wohl sehr schmerzhaft gewesen. Ich glaube, sie wollte die Hütte verfallen lassen. Widerwillig gab sie mir den Schlüssel, denn ich wollte hin, ich wollte ins Abenteuer, die Hütte sehen, mehr über meinen Großvater erfahren. Also reiste ich in den Yukon, verbrachte einen Sommer dort, der vieles für mich veränderte. Ich verliebte mich." Er atmete tief durch, den Blick auf das Büchlein geheftet, das auf Christines Seite des Tisches lag. Dann fuhr er fort: „Ich fahre manchmal im Sommer dorthin, um mir Inspiration zu holen, den Zauber dieses Ortes zu genießen."

„Aber wie passt diese rustikale Hütte zu dem Geschäftsmann Wilhelm? Er sieht so nobel und fein aus, ich kann mir das gar nicht vorstellen …", warf Christine ein.

„Konnte ich auch nicht. Ich meine, er hat ein Firmenimperium aufgebaut mit Standorten in Montreal und Vancouver, es lief bestens, warum musste er sich in den abgelegenen Norden zurückziehen?"

Sie schwiegen einen Moment.

Nachdenklich blätterte Christine durch den Gedichtband. Sie hatte ihn bereits bezahlt, obwohl es Robert unangenehm zu sein schien. „Die Zeichnungen sind beeindruckend, Robert", sagte sie.

„Danke. Ich arbeite daran, meine Technik zu verbessern. Das Büchlein, nun ja, ich schrieb damals Gedichte. Tobte mich aus." Nachdenklich schweifte sein Blick ab. „Eigentlich wäre es mal wieder Zeit, Wilhelms Hütte einen Besuch abzustatten. Ich habe bald eine Kunstausstellung." Er atmete hörbar aus. „Es ist meine erste in Vancouver."

„Du hast eine Ausstellung? Aber das ist doch toll!"

Woher nahm er nur die Zeit, um zu malen? Er war so vielseitig, so kreativ.

„Um ehrlich zu sein, ich mache den Job nur meiner Familie zuliebe. Ich bringe es nicht über mich, meine Eltern im Stich zu lassen."

Wieso musste Christine nur sofort an Stefans Eltern denken und die Panik, die sie gehabt hatte, ihrem Freund zu gestehen, dass sie nach Kanada reisen wollte?

„Meine Bilder für die Ausstellung sind fast fertig. Gerne würde ich eine kleine Reise unternehmen …" In Roberts braunen Augen funkelte es, er beugte sich zu ihr vor, schlug mit der Hand auf den Tisch. „Hast du Lust auf einen Roadtrip, Christine? Ich muss doch sowieso nach Vancouver, hatte vor, die Bilder mit dem Auto selbst dort abzuliefern. Mir ist nicht wohl dabei, sie zu verschicken. Du könntest Wilhelms Grab besuchen und die Briefe abgeben, wie geplant. Und vorher könnten wir einen Abstecher zu Wilhelms Hütte im Yukon machen. Hast du Lust?"

Sein Gesicht glühte, wie schön er aussah, so begeistert. Mit dem Auto auf dem Highway, die Weite Kanadas erleben, reisen … Doch eine kleine, nagende Stimme fragte, ob sie dafür Zeit hatte.

„Ein Trip nach Vancouver, mit dem Auto? Ist das nicht sehr weit?"

„Oh … na ja, so viertausend Kilometer. Ich überrumple dich gerade, nicht wahr?" Robert lachte und kleine Fältchen bildeten sich um seine Augen.

Sie spürte eine nie gekannte Aufregung in sich aufflattern. „Ich weiß nicht … das klingt verlockend. Hast du das schon mal gemacht?"

„Ja, als ich verliebt war." Robert stockte und sein Gesicht wurde wieder düster, als schöben sich Wolken vor die Sonne.

Was hat er nur, fragte sich Christine. *Dachte er an eine alte Liebe?*

Wie schön wäre es, mit Robert die Briefe noch einmal zu lesen. Ihr Herz klopfte heftig bei dem Gedanken. Und dann diesen abgelegenen Ort im Norden Kanadas zu besuchen, wo Wilhelm so viel Zeit allein verbracht hatte.

Doch Roberts Reaktion machte sie nachdenklich. Sie nahm sich ein Herz. „Fällt es dir schwer, an diesen Ort zu fahren, wegen deiner Freundin?"

Robert nahm das Buch zur Hand, blätterte darin, schüttelte leicht den Kopf und legte es beiseite. Dann heiterte sich seine Miene auf. „Wollen wir etwas an die frische Luft gehen? Ich würde dir gern den Mont-Royal zeigen."

„Gute Idee." Christine war erleichtert, dass das Liebesthema vom Tisch war.

Dreizehn

LIEBER Wilhelm,

ich erinnere mich, wie ich heimlich ein paar Kleidungstücke in einen Koffer packte, den ich auf dem Dachboden gefunden hatte. Ich war voller Freude. Damals war mir klar, du gehörtest nicht in dieses Nest, du warst zu edel und gebildet. Und ich wollte mit dir gehen, an deiner Seite sein, von dir lernen und mit dir leben.

Der Koffer lag gepackt unter meinem Bett. Unser Plan war, uns nachts um vier am Bahnhof zu treffen und in den Zug nach Karlsruhe zu steigen.

„Nimm nicht viel mit, ich kaufe dir ein elegantes Kleid in Paris", sagtest du bei unserem letzten Treffen, als du mich im Arm hieltest.

Auch du würdest mit leichtem Gepäck reisen und nicht viel mitnehmen. Deine liebsten Bücher, den guten Mantel, den deine Mutter dir genäht hatte. Auch sie wusste nichts, du würdest ihr schreiben. Aus Paris.

Brach es dir das Herz, sie zu verlassen? Was würde aus deinem Bruder werden?

„Sie werden ohne mich auskommen", sagtest du.

Wir wussten beide nicht, was wir in Paris arbeiten sollten.

„Ich suche mir erst irgendeine Stelle, sodass wir Geld haben. Vielleicht kann ich dann studieren? Oder als Lehrer arbeiten? Selbst einmal ein Buch verfassen?" Oh, du hattest so viele Ideen.

Schöne Ideen. Ich vertraute dir. Ich wusste, mit dir an meiner Seite würde ich alles schaffen.

Wie gut erinnere ich mich an dieses Gefühl - jetzt, Jahrzehnte später. Ich hatte den Mut aufgebracht, meinen Koffer zu packen, und Aufbruch lag in der Luft. Ich konnte ja nicht ahnen, was noch alles geschehen würde.

Deine Nachtigall

Robert las langsam, ohne über Worte zu stolpern. Christine gefiel seine Stimme, die weiche Art, Wörter auszusprechen. Sie blickte sich im Park um. Sie saßen auf einer Bank unter einem Ahornbaum, im Schatten. Es war schon recht warm für Juni. Wege wanden sich den Berg hinauf. Spaziergänger und Fahrradfahrer kamen an ihnen vorbei. Die frische Luft tat so gut, und als Christine den Blick hob, sah sie in der Ferne die Hochhäuser der Innenstadt. Ganz hinten glitzerte der Sankt-Lorenz-Strom in der Sonne. Der Himmel strahlte in einem reinen Blau. Wie schade, dass ihre Großmutter diesen Park nicht sehen konnte.

Wie konnte sie, Christine, dann nicht aufbrechen? Zu Wilhelms Hütte? Wie konnte sie zweifeln? Wilhelms Leben warf so viele Fragen auf, sie spürte die Vorfreude und Aufregung, auf seinen Spuren zu reisen. Wie hatte er nur Montreal, das er so liebte, verlassen können?

„Schafft sie es nach Paris?", fragte Robert.

Christine wollte ansetzen, etwas zu sagen, da unterbrach er sie.

„Warte. Sag's mir nicht. Ich will es selbst herausfinden."

Sie blickte auf ihr Handy und entschuldigte sich kurzentschlossen, bevor sie aufstand und ein paar Schritte durch den Park ging, die Aussicht betrachtend, während sie darauf wartete, dass Stefan sich meldete. Als er es tat, spürte sie die Anspannung in ihrer Brust.

„Hast du deinen Flug nach Vancouver gebucht, Chrissi?", fragte er. Seine Stimme klang müde.

„Nein", gestand Christine. „Stell dir vor, ich habe herausgefunden, dass Wilhelm eine Blockhütte im Norden Kanadas besaß, heimlich, niemand wusste davon." Sie betrachtete ein paar graue Eichhörnchen, die sich gegenseitig jagten.

„Aha, das ist ja spannend", sagte Stefan nüchtern. „Und jetzt? Chrissi, komm zum Punkt, ich muss gleich zu einem wichtigen Termin."

Für einen Moment verschlug es Christine die Sprache. Dann fing sie sich. „Also, Robert hat vorgeschlagen, einen kleinen Roadtrip in das Yukon-Territorium zu unternehmen und dann abschließend die Briefe in Vancouver abzugeben."

„Einen kleinen Roadtrip? Einmal quer durch Kanada mit diesem Robert, ist das dein Ernst?"

„Robert und ich sind Freunde geworden. Da ist nichts zwischen uns, alles, was ich im Sinn habe, ist, Großmutters Wunsch zu erfüllen. Nun habe ich die Möglichkeit, mehr über Wilhelm herauszufinden, Stefan. Stell dir vor, ich bin auf die Idee gekommen, ihre Geschichte aufzuschreiben und …"

„Tu, was du nicht lassen kannst", unterbrach er sie. „Ich muss jetzt los. Wir hören uns wieder, ja?"

Christine wollte noch etwas sagen, aber Stefan hatte schon aufgelegt. Ratlos starrte sie auf den Handy-Bildschirm, dann packte sie das Telefon weg.

In der Ferne stach ein Flugzeug durch die Wolken. Am anderen Ende der Erde saß Stefan, war genervt und gestresst. Doch Christine musste es tun. Sie würde seine Eifersucht aushalten, seine Zweifel, und hoffen, dass sich alles wieder legte. Die Reise hatte begonnen und es war unmöglich, jetzt einen Rückzieher zu machen.

Vierzehn

ALS sie am nächsten Tag in Roberts rotem Pick-up-Truck saß, fühlte sich Christine wie ein Kind am Weihnachtsmorgen. Die Weite Kanadas wartete auf sie. Raus aus der Stadt. Aber zuvor wollte Robert ihr noch sein Studio zeigen, das in einem Vorort lag. Christine setzte ihre Sonnenbrille auf, und Robert steuerte den Truck gelassen durch Montreal.

Sie klammerte sich an den Handgriff, als sie ein Taxi von rechts schnitt. Robert überholte auf der dreispurigen Straße einen Lieferwagen, jemand hupte hinter ihnen.

„Irgendwann gewöhnst du dich an diesen wahnsinnigen Verkehr. Warte, bis wir auf dem Highway sind", sagte Robert und lächelte.

Christine entspannte sich ein wenig. „Ich freue mich darauf."

Stefan hatte sich wieder beruhigt und ihr noch eine E-Mail geschrieben, dass sie sich unbedingt melden sollte und dass es ihm leidtat, wie er sich verhalten hatte. Er habe viel um die Ohren, vermisse und brauche sie. Wenn er doch nur verstehen würde, wie viel ihre Großmutter ihr bedeutet hatte! Hatte er überhört, dass sie wieder schrieb? Christine vertrieb die Gedanken an Stefan. Um sich zu sorgen würde später noch genug Zeit sein.

Als sie über eine Brücke in den Vorort fuhren, warf Christine noch einmal einen Blick in den Rückspiegel, wo sie Montreals Skyline sehen konnte. Die Hochhäuser verrieten nicht, welche Kleinode sich zwischen ihnen verbargen. Die Altstadt mit ihren Gässchen, das war es, was die Stadt so besonders machte, fand Christine. Alt und Neu, Englisch und Französisch, alles existierte zusammen in einer wunderbaren, bunten Mischung. Leicht wehmütig seufzte sie.

„Du wirst wieder nach Montreal kommen", sagte Robert.

„Ich hoffe es."

„Mir geht es auch immer so, wenn ich über diese Brücke fahre. Montreal ist meine Insel - keine Ruhe-Insel, klar, aber meine Arbeits- und Produktivitäts-Insel."

Robert steuerte auf ein Industriegebiet zu, dessen Gebäude verlassen wirkten und mit Graffiti besprüht waren.

„Hier arbeitest du?", fragte Christine.

„Warte, bis du die Aussicht siehst", erwiderte Robert und bog auf einen Parkplatz vor einem Fabrikgebäude aus braunen Backsteinen ein. Als sie ausstiegen, wehte ein kühler Wind. Christine ging hinter Robert her, der eine Stahltür öffnete. Sie folgte ihm durch ein ausgetretenes Treppenhaus in ein Loft. Irgendwo musste eine Band proben, der Klang eines Schlagzeuges drang aus dem Keller herauf.

Robert öffnete eine graue Tür, und sie betraten sein Studio. Durch die riesigen Fenster fiel Sonnenlicht und alles wirkte gleich viel freundlicher. Eine Staffelei lehnte an einem Fenster. Auf einem Tisch stapelten sich Papiere, Farbtuben, Stifte und Blöcke, wild durcheinander. Zerwühlte Decken lagen achtlos hingeworfen auf einem Futon in der Ecke.

Die Aussicht auf den Sankt-Lorenz-Strom und die Skyline war wirklich fantastisch. Christine sah die Kuppel des alten Marktes in der Altstadt silbern leuchten. Dahinter die Hochhäuser aufragen. Christine hielt einen Moment inne. Kein Wunder, dass Robert hier arbeiten konnte und inspiriert war.

„Hab ich zu viel versprochen?", fragte er.

„Nein", hauchte Christine. Robert hatte die perfekte Balance in seinem Leben, er war so ungezwungen, konnte einfach einen Termin absagen, eine Fremde auf sein Sofa einladen. Spontan auf einen Roadtrip gehen und das trotz aller Verantwortung.

In der Fensterscheibe sah sie ihr Spiegelbild, ihr Blick lebendig, wacher. Was für ein Leben könnte sie in dieser Stadt haben? Zwischen Hochhäusern und Altstadt? Schreiben und frei sein … Wer war sie nun, hier in Kanada? Immer noch die alte Christine, zögerlich und besonnen, oder eine andere, die von heute auf morgen einen Roadtrip unternahm? Mit Robert. Ihre Blicke trafen sich im Spiegelbild des Fensters.

Sie wandte sich von der Skyline ab. „Und wo sind deine Bilder?"

„Hier." Robert deutete auf ein paar Rahmen, die an der Wand lehnten, eingepackt in braunes Papier.

„Oh, ich dachte, ich könnte deine Werke einmal sehen", sagte Christine.

„Kannst du, wenn du zur Ausstellung kommst." Er grinste.

„Würde ich gerne. Wann ist sie?"

„Anfang Juli."

Da war sie längst wieder in Schutzingen. Christines Blick schweifte zu den zerwühlten Decken. „Schläfst du denn auch hier?" Unvorstellbar war es für Christine, dass jemand in diesem verlassen wirkenden Gebäude übernachten würde.

Er nickte. „Manchmal, wenn ich stundenlang bis spät arbeite, verbringe ich die Nächte hier. Meine Eltern wissen nichts davon. Dieser Ort ist meine Insel. Neulich Nacht verbrachte ich hier, ich bin einfach gern alleine."

Also doch keine Freundin. Christine verstand es gut, dass Robert diesen Rückzugsort brauchte. Vielleicht waren seine Eltern so ähnlich eingestellt wie Stefans Familie: Alles drehte sich um das Geschäft, den Erfolg, darum, was die Leute von einem dachten.

Sie half ihm, seine Bilder ins Auto zu tragen.

Robert konnte zeichnen, malte und hatte Gedichte geschrieben und veröffentlicht. Und sie besaß nicht einmal den Mut, zu ihrem Schreiben zu stehen, nicht einmal vor sich selbst. Obwohl … auch Robert war verlegen gewesen, als sie das Buch entdeckt hatte. Christine hatte es eingepackt und wollte es auf der langen Fahrt lesen.

Die Treppen hinauf und hinunter zu rennen, brachte sie ganz schön ins Schwitzen. Schließlich stand sie im Atelier, blickte durch die Fenster hinaus auf die Brücke, die über den Sankt-Lorenz-Strom nach Montreal hineinführte.

„Nur noch die zwei, dann war's das", sagte Robert und packte das letzte Bild. Christine drehte sich um und tat es ihm gleich.

„Danke fürs Helfen", meinte er. Sein Haar fiel ihm in die leicht verschwitzte Stirn, seine braunen Augen waren hell im Sonnenlicht, durchscheinend wie Bernstein. *Er ist selbst schön wie ein Kunstwerk.*

Der Gedanke erschreckte Christine so sehr, dass ihr beinahe das Bild entglitten wäre.

Lieber Wilhelm,

ich gehe mit dir durch die Straßen von Paris. Es ist unser Paris, das Paris, von dem wir träumten, von dem du erzähltest. Der Jardin du Luxembourg, wo wir im grünen Gras liegen. Die Sonne scheint, wir essen Feigen und Käse. Denken nicht mehr an die Vergangenheit und die Menschen, die wir zurückließen.

Heute lese ich manchmal Gedichte. Und leihe mir Bücher in der Stadtbücherei aus. Neulich entdeckte ich das Gedicht von Rilke über den Jardin du Luxembourg. Ich musste weinen. Nun sitze ich wieder hier und schreibe dir. Will dir erzählen, wie es mir damals erging, in der Nacht, als ich fliehen wollte ...

Ich lag wach, bis es Zeit wurde, aufzustehen. Ich holte den Koffer hervor. Als sei es gestern gewesen, erinnere ich mich an meine zitternden Hände.

Gerade als ich die Zimmertür öffnen wollte, wurde sie von der anderen Seite aufgerissen. Die Mutter im Morgenrock und mit rotem Gesicht. Erst dachte ich, sie sei wütend, weil sie mich mit einem Koffer in der Hand erwischte.

Nein. Die Mutter schrie: „Beeil dich, Maria liegt in den Wehen!"

O Gott, es war doch erst der achte Monat! Und ihr Mann Karl war auf einer Viehschau im Schwarzwald.

Ich ließ meinen Koffer fallen und hastete hinter der Mutter her, die nicht fragte, warum ich vollständig angezogen war, morgens um halb vier.

Ich hielt Marias Hand, wischte ihr die Stirn. Oh, es war grauenhaft. Sie schrie vor Schmerzen, und Mutter betete, und ich versuchte, sie zu beruhigen. Alle packten mit an, und als der Doktor kam, war das Kind schon auf der Welt.

Drei Wochen zu früh, aber laut und lebendig.

Ich wusch mir die Hände und das Gesicht, eine Minute endlich allein - da erstarrte ich. Wie spät war es? Ich lief in den Flur, sah auf der

Standuhr, dass es schon fünf Uhr morgens war. Ich wollte zum Bahnhof rennen, doch da rief die Mutter nach mir, ich solle Tee bringen.

Hätte ich dir nur erzählen können, was passiert war!

In den zwei Tagen, die folgten, kam ich nicht weg. Maria konnte das Bett nicht verlassen, und Karl war nicht zu erreichen. Also musste ich helfen. Die Unruhe wuchs, die Fragen quälten mich. Hattest du gar auf mich gewartet und warst nicht gefahren?

Ich fand einen Vorwand, sagte, dass ich in der Schneiderei Stoff für ein Taufkleid anschauen wollte und Mutter so etwas entlasten.

Ich musste mich einfach vergewissern, ob du noch da warst. Ich tat so, als betrachtete ich Stoffe, bevor ich endlich deine Mutter mit zitternder Stimme nach dir fragte.

Ihr Gesicht wurde finster. Sie sagte nur: „Der Wilhelm ist nicht da." Du hattest es also tatsächlich getan und warst fortgegangen.

Ich ahnte, wie enttäuscht du gewesen sein musstest, und fasste den Entschluss, dir nachzureisen.

Du solltest nicht denken, dass der Mut mich verlassen hatte. Dein Wille, wegzugehen, war so felsenfest. Und ich sehnte mich nach dir.

Deine Nachtigall

Sie ließ den Brief in ihren Schoss sinken und schaute hinaus ins Sonnenlicht. Grüne Wiesen, ab und zu eine Scheune darauf, und Wäldchen zogen an ihrem Fenster vorbei. Dies war Ontario, die Nachbarprovinz.

„Es ist so traurig, dass sie ihm nicht nachreisen konnte", sagte Robert.

„Ja, mir tut das auch richtig weh. Deshalb ist es mir wichtig, dass ich diese Reise mache, weißt du? Ich habe das Gefühl, sie ist bei mir."

„Ich bin mir sicher, dass sie das ist, Christine."

Sie schaute Robert an und war sich sicher: Er meinte es wirklich so, wie er es sagte. Er verstand sie.

„Neulich habe ich angefangen, die Geschichte der beiden aufzuschreiben. Ich möchte Elisabeth ein Happy End schenken."

„Elisabeth und Wilhelms Geschichte ist Hollywood-Stoff, davon bin ich überzeugt", sagte er. „Schreibst du schon lange?"

„Ja, von Kindheit an. Früher habe ich Gedichte geschrieben, so wie du. Und dann aufgehört damit."

„Warum das?" Robert warf ihr einen Seitenblick zu.

Sollte sie ihm von ihrer missglückten Lesung erzählen? Davon wusste nicht einmal Stefan. Es war doch so lange her und es erschien Christine lächerlich, dieses Ereignis zum Thema zu machen.

„Ich bin nicht gut genug, weißt du? Ich habe BWL studiert, mit Zahlen kann ich gut, die Schreiberei ist nur …" Ihr fehlten für einen Moment die Worte. Sie dachte an ihre Großmutter, die sie für ein poetisches Mädchen gehalten hatte. Ja, was bedeutete ihr das Schreiben?

„Ein Traum", kam es aus ihr heraus. „Der Traum, Dichterin zu werden, den hatte ich als Kind. Nun … Ich sehe das Ganze realistischer, weiß einfach, ich habe ja nicht einmal Literatur oder Germanistik studiert. Erst dann hätte ich das Gefühl, es richtig gut zu können."

„Wir sollten uns von diesem Druck befreien, immer gut sein zu müssen. Du erzählst eine Geschichte, Christine. Punkt. Was aus ihr wird, kommt später."

Wenn es doch nur so einfach wäre! Robert sagte das so leicht.

„Mein Freund weiß nicht einmal, dass ich schreibe. Ich habe das Gefühl, ich muss beweisen, dass ich gut bin, etwas zum Vorzeigen habe."

„Das kenn ich nur zu gut, Christine. Mit meiner kommenden Ausstellung habe ich ein ähnliches Gefühl. Sarah, meine Ex, organisiert sie und … Weißt du, sie hat Ahnung von Kunst, ich komme mir oft stümperhaft vor, wie ein Hobbymaler." Robert brach ab und schwieg.

„Was haben eigentlich deine Eltern zu deinem Buch gesagt?", fragte Christine, um abzulenken.

„Oh, meine Eltern haben das nur so am Rande registriert. Hm … Ich hab auch schon lange keine Gedichte mehr geschrieben, seit ich mich auf das Malen konzentriere. Aber an deiner Stelle würde ich nicht aufhören damit."

„Ich habe aufgehört, weil mein damaliger Freund Darian meine Gedichte nicht mochte." Christine fühlte wieder den bitteren Nachgeschmack dieses einen Abends. Er hatte ihr den Mut und die Kreativität genommen. Sie wusste nicht, woher sie jetzt den Mut nahm, um wieder zu schreiben.

„Wilhelm und Elisabeth brauchen eine Autorin wie dich, die ihre Geschichte zu einem glücklichen Ende führt."

Seine Worte waren Balsam für ihre Seele. Ja. Sie gab ihrer Sehnsucht nach, endlich!

Sie schwiegen einen Moment, aber es war ein angenehmes Schweigen. Christine lehnte sich in ihrem Sitz zurück. Ihr Blick ging in die Weite um sie herum. Die grünen Wiesen und Rapsfelder wurden immer weitläufiger, die Häuser weniger.

„Warum erzählst du Stefan nicht, dass du schreibst?", fragte Robert irgendwann.

Sie zögerte. „Ich weiß es nicht. Vielleicht sollte ich es tun, wenn ich wieder in Deutschland bin." Sie stockte wieder. Wie sollte sie sich erklären? Sie wollte Robert nicht so abspeisen und fuhr fort: „Er hat ein bestimmtes Bild von mir als vernünftige Bankerin. Versteh mich nicht falsch, das bin ich ja auch. Ich will einfach nicht, dass er denkt, ich wäre flatterhaft, würde umherirren, nicht wissen, was ich will, und verträumt sein."

„Bist du denn flatterhaft, Christine?"

Sie überlegte. Ja, sie hatte oft nicht gewusst, wohin im Leben, aber nun hatte sie Stefan und wollte endlich Wurzeln schlagen. „Ich war es früher, jetzt möchte ich mich niederlassen, zur Ruhe kommen."

Sie dachte an Angie. Bloß nicht so enden wie sie.

„Bei dem Wort flatterhaft muss ich an einen Schmetterling denken. Bunt und frei flattert er durch die Welt. Warum ist es nicht in Ordnung, so zu sein?" Roberts Stimme war weich und leise. „Aber dann ... Mir geht es manchmal genauso wie dir, ich bin hin- und hergerissen. Eigentlich will ich Bilder malen, aber ich habe auch Erfolg in der Firma. Ich weiß nicht, ob ich in Montreal leben will oder in Vancouver. Also flattere ich immer hin und her ... So ist das Leben, oder?"

„Meines nicht mehr. Stefan geht seinen Weg gradlinig, und ich möchte ihm zeigen, dass ich nun bereit bin für ein Leben an seiner Seite und mit ihm arbeiten möchte."

„Da haben wir etwas gemeinsam mit unserer … wie sagt man? Überzeugungsarbeit."

Christine konnte sich nicht helfen, sie musste über seinen Akzent und die Ernsthaftigkeit, mit der er das Wort aussprach, schmunzeln.

„Was grinst du denn so?", fragte Robert.

„Ach ich, es ist …"

„Es ist mein Akzent, nicht wahr? Gib´s zu! Ich hab schon oft gesehen, wie du grinst, wenn ich ernsthafte, lange deutsche Worte ausspreche."

Jetzt konnte Christine nicht mehr an sich halten und lachte los. „Tut mir leid! Dein Deutsch ist gut, sorry …" Sie kicherte.

Robert stimmte in ihr Lachen mit ein. „Weißt du, wir deutschstämmigen Kanadier können halt die Ernsthaftigkeit von euch nicht mehr so gut", sagte er, als sie sich beruhigt hatten.

Roberts Leichtigkeit war ansteckend. Flatterhaft wie ein Schmetterling. Zart orange, gelb und rot leuchteten seine Flügel. Er war frei, leicht und schön. Verwandelte das Umherirren in einen eleganten Tanz. Sie tanzte so gerne, lächelnd dachte Christine an ihre Abende in ihrem Lieblingsclub. Nicht durchs Leben irren, sondern tanzen, ein Schritt nach vorne, zur Seite, eine Drehung, ja, so hatte sie das noch nie gesehen.

Sie blickte wieder hinaus, auf den Highway vor ihnen, auf den blauen Himmel, über den weiße Schäfchenwolken zogen. Alles war so endlos. Ihr Auto nur eine kleine Requisite in diesem großen Land, unbedeutend für die gewaltige Natur um sie herum. Christine beschloss, ihre Zweifel über Bord zu werfen und einfach die Reise zu genießen.

Fünfzehn

DER See lag ausgebreitet vor ihr wie ein blaugraues Seidentuch. Christine setzte sich mit einer Tasse Kaffee und den Briefen ihrer Großmutter auf den weiß lackierten Holzstuhl auf der Terrasse des Motels. Die Kühle des frühen Morgens machte sie mit einem Schlag hellwach. Über dem Wasser tanzten Nebelschwaden, ein Schwarm Wildgänse flog vorbei. Es war so still, dass sie das Flügelschlagen der Vögel hören konnte. Die Luft füllte klar und frisch ihre Lungen. Zwischen den weißen Wolken bahnte sich langsam die Sonne ihren Weg.

Christine nahm einen Schluck von ihrem Kaffee.

Gestern waren sie in North Bay angekommen und hatten in ein Motel direkt am Lake Nipissing eingecheckt. Robert schlief wahrscheinlich noch tief und fest im Nachbarzimmer, also nahm Christine die Briefe hervor und begann zu lesen.

Lieber Wilhelm,

ich träumte einmal davon, dir eine rote Rose zu bringen, die Rose aus dem Märchen. Ich wusste, nur du allein würdest diese Geste verstehen. Aber in unserem Garten blühten keine Rosen. Ich wollte eine kaufen, sobald ich in Paris war. Oder sie stehlen aus einem Park. Für dich.

In einer der folgenden Nächte war es soweit. Mein Koffer lag immer noch gepackt unter meinem Bett. Ich schlief nicht, ich wartete, bis es vier wurde, zog meinen Mantel an und schlang mir ein blaues Tuch um den Kopf.

Für die Fahrkarte hatte ich Geld aus der Haushaltskasse gestohlen, doch ich verdrängte mein schlechtes Gewissen. Irgendwann würde ich es zurückzahlen.

Den ganzen Weg zum Bahnhof in der Dunkelheit dachte ich an dich, denn die vertrauten Straßen kamen mir fremd vor in der Nacht. Der

Wind blies zwischen den Häusern hindurch, ein Marder huschte über die Straße. Ich hielt mich mit meinen Gedanken an dich tapfer auf dem Weg. Bald würden wir uns in Paris in die Arme schließen. Ich stellte mir vor, wie du ein paar Tage zuvor denselben Weg zum Bahnhof gegangen sein musstest. In der Nacht. Hattest du an mich gedacht? Ich wollte dir so dringend alles erklären, Wilhelm.

Ich stellte mir vor, wie wir uns im Jardin du Luxembourg wiedersehen würden. Unsere Herzen würden sich dort finden, auf einer Bank im Sonnenschein. Ich wollte dort auf dich warten. Mit einer Rose. Die Gedanken hielten mich warm, ich fürchtete mich nicht in der Dunkelheit.

Alles lief reibungslos: Ich löste einen Fahrschein nach Karlsruhe und gab meinen Koffer auf. Mein Kopftuch war tief ins Gesicht gezogen, ich hatte Angst, dass mich jemand erkennen würde, vielleicht der Postbote. Der Mann hinter dem Schalter war müde und beachtete mich kaum. Der Bahnsteig war noch menschenleer, die ersten Vögel zwitscherten. Ich setzte mich auf eine Bank unter das Vordach und wartete auf den Zug. Den Mantel fest um mich geschlungen, wiegte ich mich in Träumen, während der Wind ums Bahnhofsgebäude pfiff. Morgen würde ich bei dir sein, und dann würde alles gut werden. Egal, was kommen mochte, wir würden es gemeinsam überstehen.

Der Zug fuhr ein. Ich stand auf, strich mir den Rock glatt, bereit für meine Reise zu dir. Die Bremsen quietschten, als der Zug zum Stehen kam. Die Türen öffneten sich, ein paar wenige Fahrgäste stiegen aus.

Dann hörte ich deine Stimme hinter mir, sie rief meinen Namen. Deine Stimme! Oh, Wilhelm, ich hatte gewusst, dass du zurückkehren würdest, für mich! Mein Herz erschlug mich fast. Voller Freude wirbelte ich herum.

Aber dann war es nur ein Wunschtraum gewesen. Dein Gesicht verschwand, und ich sah Karl, meinen Schwager, der vor mir stand und lächelte.

„Elisabeth, na, so eine Überraschung, dass du mich abholen kommst!", sagte er strahlend.

Mir blieb nicht viel Zeit. Wenn ich mitfahren wollte, musste ich mich umdrehen und einsteigen. Aber ich stand da wie gelähmt.

„Karl!", stotterte ich schließlich.

Er sprach auf mich ein, doch ich verstand kein Wort. In meinen Ohren rauschte das Blut. Es blieben nur noch Sekunden. Jetzt oder nie, dachte ich, jetzt oder nie, steig in den Zug, renn, lauf!

Der Schaffner pfiff.

Die Türen fielen zu.

Der Zug fuhr ab. Ohne mich. Es tut mir leid, Wilhelm, es tut mir immer noch so leid.

Nach all den Jahren spüre ich noch meine ungläubige Enttäuschung. Es reut mich.

Deine Nachtigall

Christine wischte ein paar Tränen fort und blickte auf das Wasser. Ein schwarzweißer Eistaucher war gerade gelandet, sie erkannte ihn von der Prägung auf der kanadischen Ein-Dollar-Münze. Er tauchte mit dem langen Hals kurz unter, kam wieder hoch und gab ein paar gurgelnde Laute von sich.

Sie war in Kanada. Christine holte ihr Notizbuch heraus und schrieb.

„Hey." Robert kam mit einem Kaffeebecher in der Hand zu ihr und setzte sich neben sie. „Darf ich dich stören? Du hast ganz konzentriert ausgesehen."

„Ja, klar." Ihre Stimme klang rau, und sie räusperte sich. „Ich hatte gerade einen Kanada-Moment." Sie deutete auf den Vogel, wollte ihre Traurigkeit vertreiben, nicht schon wieder über den Brief sprechen.

„Wusstest du, dass wir unsere Ein-Dollar-Münze Loonie nennen? Wegen dem Vogel, der Loon."

„Das ist ja lustig." Christine lächelte.

Robert trank seinen Kaffee und blickte auf den See hinaus. „Kommst du voran mit der Geschichte?"

Christine nickte.

„Ich finde das faszinierend, du gestaltest ein Happy End für Elisabeth und Wilhelm." Er schwieg und seine Gesichtszüge sahen ganz entspannt und weich aus. Mit diesem träumerischen Blick.

Dann kehrte er plötzlich ins Hier und Jetzt zurück, musterte sie eindringlich mit seinen braunen Augen.

„Und dein Happy End? Wenn du dir eines schreiben könntest für dein Leben, wie würde das aussehen?"

Diese Frage hatte ihr noch niemand gestellt. Christine musste darüber nachdenken. „Ankommen. Mit meinem Freund zusammenziehen und bei ihm im Geschäft mitarbeiten. Dass er nicht mehr an mir zweifelt."

Es hörte sich seltsam an, wie Sätze aus einem Theaterstück, die sie einmal vor langer Zeit auswendig gelernt hatte. Stefan. Er war plötzlich meilenweit fort in ihren Gedanken.

War das denn immer noch ihr Traum? Das zweite Bild, das ihr in den Sinn kam, war ein Schreibtisch. Sie saß davor, tippte die Geschichte ihrer Großmutter auf einem Laptop und vergaß die Welt um sich herum. Dies war ein neuer Traum, klarer als der alte.

Sie nahm einen Schluck Kaffee. „Und dein Happy End?", fragte sie leise.

Robert seufzte und fuhr sich durch die Haare. Er schwieg, dann sagte er: „Hm, ach, keine Ahnung. Vielleicht, als Maler zu leben. Die Firma hinter mir zu lassen, meine Kunst zu machen, mich dort weiterzuentwickeln, das wäre mein glückliches Ende."

„Vielleicht sogar in einer Mansarde in Paris", fügte Christine scherzend hinzu, um wieder Lockerheit herzustellen.

Er schnaubte, lächelte kopfschüttelnd.

„Das ist zwar ein Klischee. Aber dein Großvater hat davon geträumt", sagte Christine, als er immer noch nicht darauf einging. „Vielleicht sind manche Träume einfach schöner als die Wirklichkeit."

„Ja. Träume sind das Beste."

Christine sah Robert an, er schien wieder weit weg. Schließlich erhob er sich, lächelte ihr zu und sagte: „Auf in den Norden!"

Sechzehn

WEITER Himmel. Weiße Birken, Lärchen, dunkle Tannen. Seit fast zweihundert Kilometern war ihnen kein Auto mehr entgegengekommen, keine Tankstelle am Straßenrand, keine Siedlung, nichts. Nur der offene, glatte Highway, die schweigenden Wälder.

Jeder hing seinen Gedanken nach.

Christine konnte den Blick nicht von der Landschaft wenden. Die Unendlichkeit ließ sie staunen. In Deutschland versperrte immer etwas den Blick, selbst in den Alpen waren die Täler schmal. Hier tauchten die Berge als blaue Schemen am Horizont auf, und wenn Christine in den Himmel blickte, war es fast, als flöge sie wie ein Adler.

Die lange Strecke schreckte sie nicht mehr. Wenn alles gut lief, würden sie in zwei Tagen das Yukon-Territorium erreichen. Im Moment wollte Christine gar nicht ankommen.

Robert räusperte sich. „Ich freue mich schon sehr darauf, dir Whitehorse zu zeigen. Seit ich vor fünf Jahren dort einen Sommer verbracht habe, kehre ich jedes Jahr zurück. Nicht nur wegen Großvaters Hütte. Es ist ein magischer Ort."

„Warum verbrachte er so viel Zeit dort? Und das anscheinend allein?"

„Ich versuche, das immer noch herauszufinden. Aber es gibt keine Anhaltspunkte, keine Erklärung, was ihn in den Yukon führte. Immerhin zwei Flugstunden von Vancouver entfernt, und mit dem Auto braucht man drei Tage. Vielleicht sehnte er sich nach Einsamkeit?"

„Ob er wohl noch ab und zu an Elisabeth dachte?"

„All diese Fragen werden wohl unbeantwortet bleiben."

Ja, Wilhelm konnte die Fragen nicht mehr beantworten, doch das fand Christine gar nicht mehr so schlimm. Sie wollte selbst Antworten gestalten, in ihrer Geschichte. Sie blickte wieder aus dem Fenster.

„Es ist, als würden wir ans Ende der Welt fahren", sagte sie.

„Ja, wir sind schon sehr weit nördlich. Betrunkener Wald nennt man diese Gegend hier übrigens."

„Warum das denn?"

„Das ist der boreale Nadelwald, durch die Witterung sind die Bäume klein und krumm, sie schwanken im Wind und sehen aus, als wären sie betrunken."

Christine lachte darüber. Es stimmte tatsächlich, die kleinen, geduckten Bäume hatten ihren eigenen Charme.

Sie wollte nicht ankommen, lieber wollte sie weiter vor sich hinträumen und Robert lauschen.

„Komm, lass uns eine Pause machen", sagte Robert, als ein Schild zu einem See auftauchte. Spontan riss er das Lenkrad herum und bog in die Straße ein. Christine hielt sich aufgeschreckt fest.

Das Auto hoppelte über einen Schotterweg. Vor ihnen tauchte der See auf, blaugrau und glatt. In der Nähe des sandigen Ufers trieb schwarzes Treibholz.

Robert parkte auf dem kleinen Rastplatz. Holzbänke und ein Picknicktisch, mehr gab es nicht. Christine stieg aus und ging ein paar Schritte, während Robert sich streckte. Die Stunden auf dem Highway waren nur so dahingeflogen, wie spät war es überhaupt?

Eichhörnchen raschelten im Laub und stießen ihr abgehacktes Keckern aus. Weiße Wolken spiegelten sich im Wasser des Sees. Ruhe. Die Sonne schien, es war überraschend mild, und kein Wind wehte. Christine sog den Duft von Harz und Moos tief in sich ein und tauchte in die Stille. Sie lief hinunter ans Ufer, ihre Schuhe sanken in den feuchten Sand ein. Sie steckte die Hand ins Wasser und zog sie gleich wieder heraus, weil es eiskalt war. Dann ging sie ein paar Schritte am Ufer entlang und setzte sich schließlich etwas oberhalb der Wassermarke auf ihre ausgebreitete Jacke.

„Hey." Robert ließ sich neben ihr nieder. „Tut gut, diese frische Luft."

„Ja", sagte Christine, „unendlich gut."

Christine sog die Natur in sich auf. Sie füllte sie aus, machte sie entspannt und gelassen. Für einen Moment schloss sie die Augen.

Robert ließ ihr den Moment, bevor er wieder sprach. „Wir haben noch ein paar Briefe vor uns, wollen wir noch einen lesen?"

Sie nickte und holte das Bündel aus ihrer Tasche, betrachtete es im Licht der nördlichen Sonne. Dann las sie vor.

Lieber Wilhelm,

du hattest recht damals, ich war feige. Mein Mut entfernte sich von mir wie der Zug, der davonfuhr. Karl war froh, mich zu sehen, und überglücklich, als ich ihm von seinem gesunden Kind erzählte.

Was hatte ich mir nur gedacht? Im Nachhinein wurde mir klar, dass ich den Hof nicht im Stich lassen konnte. Hätte ich den Zug genommen, ich hätte mich nie mehr zu Hause blicken lassen können. Die Vernunft hatte ihre Schranke heruntergelassen - zwischen dir und mir. So kommt mir das heute vor.

Ich erinnere mich noch deutlich an jenen Markttag, als ich deine Mutter sah. Sie schien über Nacht gealtert. Ihre Hände huschten über das Obst, sie betrachtete erst die Äpfel, dann mich hinter dem Stand. Ich lächelte, aber sie sah mich nur kalt an.

Meine Mutter schenkte ihr ein paar Äpfel.

„ 'S läuft gerade nicht so gut bei ihnen", sagte sie zu mir, als deine Mutter gegangen war.

„Die Frau Karp führt die Schneiderei mit dem Andreas, seit der andre Sohn abgehauen ist nach Frankreich." Sie sah mich an mit diesem Blick, als wüsste sie etwas, als könnte sie Gedanken lesen. Ich sagte nichts.

„Kannsch dir des vorstellen? Der hot seine Muttr im Stich gelassen, ein Brief kam, des war alles, net mol Geld."

Ihre Worte schnitten wie ein Messer in mein Fleisch. Beinahe hätte ich meine Mutter auch im Stich gelassen, den Hof, alles. Für dich, der du mir nicht geschrieben hattest. Ich sah deiner Mutter nach, sah ihren schweren Schritt, das dunkle Schultertuch, das graue Haar.

Wenn du mich wirklich lieben würdest, hättest du mir längst geschrieben! Du hättest mir ein Zeichen senden müssen, so glaubte ich in meiner Trauer. Aber du hattest deinen Stolz und würdest nicht bitten und mich anflehen, dass ich kommen sollte.

110

Es verging kein Tag, an dem ich nicht an dich dachte. In meinem Inneren war ein Loch, durch das alles hindurchfiel. So leer fühlte ich mich.

Aber alles zurücklassen für ein Luftschloss?

Ich wusste nun, dass ich nicht mutig genug war. Ich fragte mich die ganze Zeit, ob du mich vermisstest oder wütend warst. Ich glaubte, es kümmerte dich nicht, dass ich nicht nachgekommen war.

Die einzige Antwort, die ich auf meine Fragen fand, war die, dass du recht hattest mit allem, was du gesagt hattest. Ich war feige, unfähig, die Bande zu durchtrennen.

Einige Tage nach meiner versuchten Abreise ging ich in unseren Garten. Setzte mich unter den Apfelbaum, der Früchte trug. Ich lehnte mich an seinen kräftigen Stamm und schloss die Augen. Ich stellte mir dich vor. Wenn ich die Augen öffne, ist Wilhelm da, sagte ich mir. Der Gedanke brachte mich zum Lächeln, und wie als Antwort strich mir ein weicher Wind übers Haar. Für einen Moment hörte ich deine Stimme an meinem Ohr.

„Sie sagte, sie würde mit mir tanzen, wenn ich ihr eine rote Rose bringe, eine einzige rote Rose ..."

Ich weiß nicht, wie lang ich dort saß, mich meinem Traum hingab.

Manchmal befinde ich mich immer noch in diesem Traum und hole deine Stimme zurück, sie ist hier, bei mir, ich halte sie fest in meinem Herzen.

Ich arbeitete damals für zwei, nur um dich zu vergessen und meine Reue.

Meine Eltern begannen, Heiratspläne für mich zu schmieden. Wäre ich in Paris bei dir gewesen, wäre mir das alles erspart geblieben.

Ich zog mein nachtblaues Kleid an und versuchte, nicht an dich zu denken. Die Stelle im Futter, in der du das Brieflein eingenäht hattest, glaubte ich immer noch zu spüren. Wir waren abgetrennt voneinander wie ein Faden aus dem Stoff, nur - hattest du mich oder hatte ich dich abgetrennt?

Ich sah älter aus, ernst war mein Blick im Spiegel. Ich ging mit meinen Eltern zum Tanz in die „Sonne".

Ich tanzte mit jungen Männern.

Einer hieß Peter und war Bauer. Er war groß und schlank, hatte weizenblondes Haar und grüne Augen. Das Akkordeon der Musikkapelle spielte auf, während er mich umherwirbelte.

„Du bist hübsch", sagte der Peter zu mir. Er war nett. Ernst und ruhig. Er wahrte den Anstand, brachte mich zurück an den Tisch meiner Eltern. Im Blick meiner Mutter sah ich Erleichterung. Auch dem Vater gefiel der Peter. Ich erfuhr später von meiner Mutter, dass Peters Bruder den Hof seiner Familie übernehmen sollte. Und da Vater Hilfe brauchte und der Peter zupacken konnte, passte es gut. Ich würde mich sicher an ihn gewöhnen, wenn wir heirateten und den Hof weiterführten.

Das war meine Pflicht, und davonzurennen war leichtsinnig und dumm.

Ich hatte mich entschieden. Es gab keinen Weg nach Paris, und ich begrub auch die Hoffnung, dass du zurückkehren könntest.

Deine Nachtigall

Christine blinzelte die Tränen fort, aber es liefen ihr immer neue über die Wangen. Sie vermisste ihre Großmutter schmerzlich, und gleichzeitig war sie enttäuscht, dass diese nie den Mut gefunden hatte, der Liebe ihres Lebens zu folgen. Jetzt, beim zweiten Lesen, traf es sie sogar härter als zuvor. Auf einmal kam sie sich selbst so unbedeutend vor. Die Liebe, die aus jeder Zeile der Briefe sprach - hatte Christine jemals solch eine Liebe gefühlt?

„Ich will nicht weinen, entschuldige", sagte sie und wollte sich abwenden, aber Robert legte seine Hand auf ihre Wange und wischte sanft ihre Tränen fort. Sie lächelte etwas gequält, schüttelte den Kopf. Seine Hand war überraschend warm und weich auf ihrer Haut. Seine Finger blieben auf ihrer Wange liegen, und Christine ließ es zu. Es war ihr, als wäre in ihr noch ein Quell endloser Tränen seit der Beerdigung ihrer Großmutter.

Sie konnte ihren Blick nicht von Roberts Augen abwenden. In ihnen war so viel zu lesen, wofür sie keine Worte fand. Es zog sie an ihn heran, wie ein Magnet, näher und näher. Der Brief sank in ihren Schoß, und er legte seine andere Hand auf ihren Arm. Sie roch seinen herben

Duft, der sie ein wenig an Zitrone erinnerte. Gleich würde er sie küssen. Sie schloss die Augen, ihr Herz trommelte in ihrer Brust. Berauscht von seiner Nähe, seinem Atem auf ihrem Gesicht.

Ein Rascheln von hinten erschreckte sie und riss sie von ihm los. Der Moment war vorbei.

Roberts Griff wurde stärker. Seine Augen weiteten sich.

„Was? Was ist?", fragte sie.

„Christine", flüsterte er mit rauer Stimme, „beweg dich nicht, hinter dir ist ein Bär."

Sie drehte langsam den Kopf und sah einen Schwarzbären, keine zweihundert Meter entfernt. Er wühlte mit seinen Tatzen in der Erde, den Kopf gesenkt. Seine Pfoten waren so groß wie ihre Schuhe, sein Rücken war breit wie ein großer Baumstamm und beängstigend muskulös. Sofort verwandelte sich ihre prickelnde Aufregung in pure Angst.

„Mach keine schnellen Bewegungen", zischte Robert durch die zusammengebissenen Zähne.

Christine konnte nicht sprechen, ihre Hände begannen zu zittern.

„Ruhig, er hat uns noch nicht gesehen."

Sie wollte etwas sagen, doch dann japste sie nur nach Luft.

„Okay, okay. Keine Panik. Steh langsam auf, schau nicht in seine Richtung, geh zum Auto."

Christine blickte zu dem Bären, der immer noch in der Erde wühlte. Er schnaubte - und sah plötzlich auf. Seine schwarzen Knopfaugen musterten sie. Interessiert hob der Bär die Schnauze und schnüffelte in ihre Richtung.

Christine erstarrte. Das Blut rauschte in ihren Adern.

„Christine." Robert packte ihre Hand und zog sie mit sich. Ihre Beine fühlten sich an wie aus Pudding, während sie hinter ihm her zum Auto stolperte. Der Bär trottete näher und begann, an ihrer Tasche zu schnüffeln, die immer noch am Seeufer stand. Er bohrte seine Schnauze hinein und tauchte mit einem Buch wieder auf. Roberts Buch! Der Bär tapste gegen die Tasche, sie fiel um und die Briefe verteilten sich auf dem Boden.

„Großmutters Briefe", entfuhr es Christine, und sie blieb stehen.

„Christine, komm mit. Wir sind gleich am Auto."

Wie hypnotisiert sah sie zu den Briefen. Inzwischen hatte der Bär eine Tüte Studentenfutter aus der Tasche gefischt.

„Christine, bitte komm!", forderte Robert erneut, doch sie konnte sich nicht rühren. Sie musste die Briefe retten!

In diesem Moment ließ der Bär von der Tasche ab und sah in Christines Richtung. Er hob den Kopf, schnüffelte erneut. Christine wich einen Schritt zurück. Hörte, wie Robert ihren Namen rief.

Das Tier stellte sich auf die Hinterbeine und sah auf einmal riesig aus. Es fletschte die Zähne und schnaubte.

„Christine", rief Robert. „Christine!"

Sein Schrei löste sie aus ihrer Schockstarre, sie ließ sich von ihm zum Auto mitreißen, er riss die Beifahrertür für sie auf. Mit einem Satz sprang sie hinein; keuchend, zitternd und schwitzend kroch sie durch zum Fahrersitz, damit er gleich hinter ihr herkommen konnte. Robert zog schnell die Tür hinter sich zu.

„Herrgott noch mal, Christine, das war verdammt knapp. Ich dachte, du kommst hinter mir her!"

Sie fädelte sich vor das Lenkrad. Hielt sich daran fest, versuchte, ruhig zu atmen.

„Die Briefe, Omas Briefe!" Ihr liefen schon wieder die Tränen.

„Er hätte dich töten können!" Robert wischte sich über die Stirn.

Christine atmete hörbar aus, sie zitterte noch mehr. Sie suchte den Bären und sah, dass er sie offenbar gar nicht verfolgt hatte. Wieder auf allen Vieren, widmete er seelenruhig seine Aufmerksamkeit ihrem Proviant, verdrückte ein Sandwich samt Verpackung.

Christine konnte gar nicht hinsehen, stützte den Kopf in die Hände. Vor ihrem inneren Auge sah sie schon, wie der Wind die Briefe ins Wasser treiben würde, wo sie sich auflösten.

„Er ist weg, er geht", flüsterte Robert.

Sie öffnete die Augen. Der Bär trottete davon. Kurz bevor er im Wald verschwand, drehte er sich noch einmal um und sah in ihre Richtung, als wollte er sie warnen, noch einmal aus dem Auto zu steigen. Das ist mein Revier, sagte dieser Blick.

Christine entfuhr ein Seufzer der Erleichterung. Fünf Minuten verstrichen, dann zehn. Sie sagten kein Wort. Robert sah immer noch aufgebracht aus.

„Ich geh jetzt raus und hole meine Sachen", sagte Christine irgendwann.

„Nein, warte lieber noch." Robert startete den Motor. „Lass mich an die Stelle fahren, dann steig schnell aus und sammle alles ein."

Langsam fuhr er zum Ufer, wo die Briefe lagen. Vorsichtig stieg Christine aus dem Auto, sah sich immer wieder um.

„Die Luft ist rein", rief Robert und machte den Motor aus. Er kam zu ihr und half.

Die Bögen lagen überall verstreut. Rasch sammelte sie alles ein, mit pochendem Herzen, und sprang wieder ins Auto.

„Ich hätte es besser wissen müssen, entschuldige, Christine, ich bin halt doch mehr Stadtmensch als ich dachte", sagte Robert. „War keine gute Idee mit der Pause."

„Nein." Christine dachte an den Beinahe-Kuss und schaute weg.

Das war keine gute Idee gewesen. Was war nur in sie gefahren, Robert so nahezukommen? In dem Moment hatte sie alles um sich vergessen und sich völlig hingegeben.

„Es tut mir leid, Christine", sagte Robert und sie ahnte, dass er wohl die gleichen Gedanken hegte.

Vergessen wir es einfach, sagte sie sich. *Wir hatten einen schwachen Moment. Der traurige Brief war schuld, sonst nichts.*

Als sie wieder auf dem Highway fuhren, tauchte ein Schild auf, das sie vorher übersehen haben mussten.

„Please don´t feed the bears", stand darauf.

Christine und Robert sahen sich an, dann brachen sie in zittriges Gelächter aus.

Am Abend deckten sie sich in einer kleinen Stadt mit Proviant ein. Dann fuhren sie weiter. In der Dunkelheit steuerte Robert einen Campingplatz an, der etwas verlassen wirkte. Christine hätte lieber in einem Motel übernachtet, nach allem, was vorgefallen war, wollte sie einen erneuten Beinahe-Kuss vermeiden. Aber sie waren zu müde, um eine Unterkunft zu suchen. Also klappten sie die Sitze nach hinten und dösten beide etwas vor sich hin.

Am nächsten Morgen fuhren sie weiter. Dieses Mal saß Christine hinter dem Steuer. Inzwischen befanden sie sich in Alberta, hatten Wälder und Seen hinter sich gelassen. Nichts als flache Ebenen, Prärien, wogende Grasflächen im Wind und ein endlos weiter Himmel. Christine war erleichtert, dass sie endlich wieder Handyempfang hatte. Sie fuhr eine Tankstelle an, um eine Pause zu machen und ihre E-Mails zu checken.

Stefan hatte geschrieben. Er fragte, wie lange ihr Trip noch dauere, er müsste auch den gemeinsamen Urlaub am Bodensee endlich Mal planen. Das hatte Christine völlig vergessen. Sie versuchte, Stefan zu erreichen. Vergeblich, er ging nicht ran. Eilig tippte sie eine Antwort. Ihr wurde bewusst, dass sie in den letzten Stunden gar nicht mehr an ihn gedacht hatte. Sie ließ das Handy sinken. Fühlte sich wie vor den Kopf geschlagen.

„Was ist los?", fragte Robert, der sie beobachtet hatte.

„Ach, nichts, Stefan hat mir gemailt", murmelte sie. Alles in ihr zog sich zusammen. Die Suche nach einer Heimat, danach, endlich irgendwo anzukommen, hatte sie zu Stefan geführt, und nun?

Robert blickte sie mit zusammengezogenen Augenbrauen an. „In den letzten Tagen warst du so locker, jetzt bist du wieder angespannt und ängstlich, und das alles nur wegen einer E-Mail von Stefan?"

Wer war Robert denn, so etwas zu fragen? Es ging ihn nichts an.

„Entschuldige bitte, es ist mir nur aufgefallen", sagte Robert, als sie nicht antwortete.

„Ich renne einfach weg und fahre mit jemandem, den ich kaum kenne, quer durch Kanada. Wie muss das auf Stefan wirken! Er ist so bodenständig."

„Frag dich doch mal, was du willst, statt immer nur, was Stefan möchte. Was bringt es dir denn, wenn du ihn glücklich machst, dich dabei verbiegst, um am Ende selber unglücklich zu sein? Christine, hier geht es doch um *dein* Leben!"

Christine stockte der Atem. „Für dich ist alles so leicht und easy. Du kannst das, machst dein Ding. Hast ja eine reiche Familie."

„Mach nicht den gleichen Fehler wie deine Großmutter."

Alles kochte über. „Wage es nicht, mir mit meiner Großmutter zu kommen! Du verstehst doch gar nicht, um was es wirklich geht. Wann hattest du denn das letzte Mal eine feste Beziehung? Du lebst völlig ungebunden, musst auf niemanden Rücksicht nehmen. Aber das will ich gar nicht, ich will mich binden, ich will Rücksicht nehmen! Du bist doch auch flatterhaft, also kümmere dich um deine eigenen Probleme."

Roberts Augen blitzten auf. „Du nimmst Rücksicht auf jeden anderen, aber nicht auf dich selbst! Woher willst du wissen, dass ich flatterhaft bin und dass ich mich nicht auch binden will!?"

Diese Wut in ihr, sie erschreckte Christine. Sie stieg aus dem Wagen. „Ich brauch frische Luft", sagte sie kurz angebunden und stapfte Richtung Tankstelle davon.

Über die breite, staubverwehte Straße lief sie bis in den verschlafenen Ort hinein und zu einem Lebensmittelgeschäft in einem alten Holzgebäude mit Fliegengittertür und verblassten Coca-Cola-Werbetafeln. Sie drehte sich nicht um, doch lauschte sie auf Motorgeräusche, ob Robert ihr folgte. Nichts.

Sie holte sich einen Kaffee, stand am Tresen, schüttete Milch in ihre Tasse und wurde ruhiger. War ihr Leben nicht in den vergangenen Tagen zu einer spannenden Reise geworden, bei der eigentlich der Weg das Ziel war? Vielleicht war Ankommen nur eine Illusion. Vor was fürchtete sie sich eigentlich? Die Freiheit war so verlockend, und Stefan würde auf sie warten, wenn er sie wirklich liebte und mit ihr zusammen sein wollte.

Die alte Angst, ihn zu verlieren, hatte sie unfähig gemacht, klar zu sehen, und Robert hatte ausgerechnet dann mit seinen Fragen kommen müssen.

Christine setzte sich für einen Moment mit ihrem Kaffee auf die Bank hinter dem kleinen Laden und blickte auf ein Kornfeld hinaus. Der Wind fuhr hindurch und nahm die Gräser mal nach links, mal nach rechts mit. Ein Blatt im Wind, dachte Christine. Plötzlich fühlte sie sich sehr erschöpft von den vielen verwirrenden Gedanken in ihrem Kopf und von den zwiespältigen Gefühlen in ihrem Herzen.

Als sie zurück zum Auto ging und Robert sah, sank ihre Laune noch weiter. Lässig lehnte er am Wagen, nickte ihr kühl zu und stieg ein. Dachte gar nicht daran, sich dafür zu entschuldigen, dass er sich zu weit aus dem Fenster gelehnt hatte mit seinen Bemerkungen.

In eisiges Schweigen gehüllt, startete Christine den Motor und fuhr zurück auf den Highway. Eine gefühlte Ewigkeit saßen sie so nebeneinander und sagten gar nichts. Christine trat immer härter aufs Gaspedal. Der Pick-up glitt auf dem Highway dahin.

In der Ferne sah sie etwas Schwarzes, so groß wie ein Motorrad, das sich auf sie zubewegte. Was war das? Eine Staubwolke wirbelte ihnen entgegen. Christine ging vom Gas, umklammerte das Lenkrad, setzte den Blinker und fuhr auf den Seitenstreifen. Sie starrte auf das Schauspiel vor ihnen.

Büffel nahmen den ganzen Highway ein, zum Glück stand der Wagen auf dem Seitenstreifen. Christine konnte das Geräusch, das ihre Hufe machten, bis ins Auto hören. Bildete sie es sich nur ein oder vibrierte die Erde? Noch massiger, noch breiter, als sie gedacht hatte, sahen die zotteligen Tiere aus. Christine hatte geglaubt, Büffel wären längst ausgestorben. Doch hier waren sie, und der Strom der Herde riss nicht ab. Die Digitalanzeige des Wagens zeigte an, dass sie schon zehn Minuten warteten.

Nach einer Weile räusperte sich Christine und sprach mehr zu ihren Fingern als zu Robert: „Weißt du, es ist nicht einfach für mich. Ich suche schon mein ganzes Leben lang eine Heimat, einen Halt. Ich bin mit einer chaotischen Mutter aufgewachsen, ständig hatte sie wechselnde Liebhaber. Meinen Vater kenne ich nicht, er war eine Urlaubsliebe. Nur wenn ich bei meiner Oma war, fand ich Geborgenheit. Aber das reicht mir nicht, immer habe ich gefühlt, dass mir etwas fehlt. Eine Heimat, Wurzeln."

„Es tut mir leid, wenn ich dir da zu nahegetreten bin. Ich kenne das Gefühl selber so gut. Ich bin doch auch ein Suchender. Und ich habe auch eine ganze Weile gebraucht, mich aus alten Gefühlen und Fesseln zu befreien."

Sie blickte Robert an.

Er legte seine Hand kurz auf die ihre.

Es waren keine weiteren Worte mehr nötig.

Christine sah wieder auf die Büffel. Einer spähte missmutig zu ihnen hinein, trottete dann weiter.

Christine lauschte den Hufschlägen und die Ruhe, die sie am See gespürt hatte, kehrte zurück. Sie würde einfach auf sich und auf die Zukunft vertrauen und sich nicht mehr sorgen.

Auch nachdem die Büffel den Highway freigegeben hatten, blieben Christine und Robert noch eine Weile schweigend in ihren Sitzen. Als sie schließlich langsam weiterfuhr, war es Christine, als ließe sie eine Last hinter sich.

Sie waren das einzige Auto auf dem Highway, angestrahlt von der Sonne.

Siebzehn

LIEBER Wilhelm,

ich erinnere mich an den Spruch, den meine Mutter ständig sagte: Arbeit ist die beste Medizin. Aber damals wirkte diese Medizin nicht.

Nicht gegen den nagenden Schmerz, der mein Herz stetig auffraß, Wilhelm.

Das Schlimmste war nicht, dich zu verlieren. Nein, was mich am meisten quälte, war, dass ich mir selbst nicht vergeben konnte. Dafür, dass ich feige war und mich für ein Leben ohne große Gefühle entschieden hatte. Es fühlte sich so an, als hätte ich mich selbst ein Stück weit verloren ...

Eines Nachts trieben mich meine Gefühle hinaus. Die Wut und der Schmerz ließen mich über Äcker und Felder laufen. Trieben mich an wie mit Peitschen, bis ich schließlich an den alten Weiher kam. Du weißt, ich kann nicht schwimmen. Du weißt, ich habe Angst vor Wasser.

Ich weinte. Alles brach sich einen Weg aus meiner Brust. Ich wollte lieber sterben, als ohne dich zu leben. Ich ging ins Wasser, um meinen Schmerz zu lindern. Ein Flüstern, ein Raunen, als würde jemand meinen Namen rufen: Komm, Elisabeth, lass dich fallen. Und ich ging tiefer und tiefer in das dunkle Wasser, das Rauschen im Ohr, ich verlor den Grund unter den Füßen und ließ los. Gib mir dein Leben, ich lindere deinen Schmerz ...

Aber dann bekam ich Panik. Ich begriff auf einmal, welche Dummheit ich beging. Ich schlug um mich, kämpfte, schrie um Hilfe. Ein Krampf in meiner Wade zog mich nach unten. Dann ging alles ganz schnell, zwei Arme packten mich, ich dachte, ich würde unter Wasser gedrückt, aber nein, jemand zog mich heraus.

Durch einen Vorhang aus Wasser sah ich in dein Gesicht, Wilhelm, du warst gekommen, um mich zu retten.

Dann verlor ich das Bewusstsein.

Zitternd kam ich etwas später zu mir.

„Elisabeth, was machst du für Sachen!"

Das vertraute Gesicht, das sich über mich beugte, gehörte Peter. Er hatte mich umherirren sehen, als er auf dem Heimweg von der Dorfschenke war, und war mir gefolgt.

„Es tut mir so leid, es tut mir so leid", stammelte ich immer wieder. „Bitte erzähl es keinem, bitte!"

Peter wickelte mich in seinen Mantel und nahm mich in den Arm. Er nickte nur und versuchte, mich warm zu reiben.

Er rettete mich vor mir selbst, ich war so dumm, Wilhelm. Peter brachte mich in die Scheune auf dem Hof seiner Eltern, gab mir Decken und Stroh, trocknete mich, wärmte mich in seinen Armen, wiegte mich wie ein Baby.

„Warum hast du das getan? Was ist nur in dich gefahren?"

Ich schluchzte. „Peter, ich schaffe es nicht. Ich hab solche Angst. Ich bin so feige, ich kann nicht mehr!"

„Elisabeth, bist du schwanger?"

„Nein!"

„Was ist es dann?" Er war ganz blass und besorgt.

„Ich liebe einen anderen Mann."

„Wen?"

„Er ist nicht mehr hier."

„Er kommt auch nicht zurück?"

„Nein."

„Elisabeth. Lass mich für dich da sein. Ich bin gut zu dir, und wir werden ein annehmliches Leben führen."

Ich sah ihn an und sah Liebe und Fürsorge in seinen Augen. Stark fühlten sich seine Hände an.

Diese Nacht bliebe unser Geheimnis, er versprach es.

Ich bekam eine kräftige Erkältung, musste das Bett hüten, das Murren meiner Eltern ertragen.

Bald würde ich also heiraten, und es war für mich in Ordnung. Peter ist gut, und er liebt mich, dachte ich. Ich habe es in jener Nacht in seinen Augen gesehen.

Nur, dass ich ihn nicht voll und ganz zurücklieben konnte, Wilhelm. Nicht so wie dich. Mein Herz fühlte sich stumpf und taub an.

Deine Nachtigall

Dieses Mal hatte Robert vorgelesen, während Christine hinter dem Lenkrad saß. Aus seinem Mund hörte sich der Brief anders an - sanfter, denn er las sehr langsam und betont, setzte Pausen an den richtigen Stellen, baute Spannung auf, zog Christine sofort wieder in die Liebesgeschichte hinein.

In der weiten Landschaft um sie herum konnten sich Christines Gedanken ausbreiten und neben dem Auto mitfliegen, ihre Sorgen um Stefan vertreiben und auch Roberts Ausbruch vergessen lassen. Seit sie in Britisch-Kolumbien waren, zogen türkisfarbene, glasklare Bergbäche neben der Straße dahin. Schneebedeckte Berge rückten näher und der Highway kletterte immer höher.

„Das ist mein Großvater Peter, von dem sie schreibt. Ich habe mir nie wirklich Gedanken gemacht, ob die beiden sich liebten. Ich dachte immer, das müsste ja so sein. Hat Wilhelm seine Frau geliebt?"

Robert runzelte die Stirn. „Als meine Großmutter starb, war ich erst zehn Jahre alt. Bald darauf war Wilhelm geschäftlich viel in Vancouver, lernte dort seine zweite Frau Louise kennen, die sehr nett und herzlich war. Leider sah ich sie selten, und sie starb an Krebs. An meine Großmutter erinnere ich mich nicht so genau. Ob er sie liebte? Was zog ihn in den Yukon? So viele Fragen, Christine. Ob wir in Whitehorse Antworten finden?"

Sie schwiegen eine Weile.

„Du bist selbst schon im Yukon gewesen, was hat dich denn dahin gezogen?"

„Die Künstlerszene dort und …" Er fuchtelte mit den Händen in der Luft, seine Augen strahlten. „Warte, bis du die Mitternachtssonne siehst, jetzt, Mitte Juni, ist die beste Zeit dafür, es wird ja nie wirklich dunkel."

Achtzehn

IM Licht der hellen, weißen Mitternachtssonne erreichten sie um zehn Uhr abends Whitehorse. Die Stadt lag in die Biegung eines Flusses geschmiegt wie in die Armbeuge eines Riesen. Taghell kam es Christine vor, als sie auf dem Klondike Highway in die Stadt hineinfuhren. Die Straße war ruhig. Sie kamen an einer alten Kirche aus Holz vorbei, daneben standen modernere Gebäude. Auf der rechten Seite zog sich der breite, blaugraue Fluss zwischen Hügeln und Sandklippen dahin.

„Ist das der berühmte Yukon?"

Robert nickte. In seinen Augen glitzerten Tränen, als er Christines Blick bemerkte, wischte er sie schnell fort und lächelte dann. „So gerührt bin ich immer, wenn ich von einer langen Reise hierher zurückkehre. Ich liebe diesen Fluss, er ist magisch." Er räusperte sich und sagte mit heiserer Stimme: „Willkommen im Yukon."

Sie bezogen zwei Zimmer im Gold Rush Hotel an der Hauptstraße. Die Veranda davor, die Holzfassade, das breite Schild mit der geschwungenen Hotelschrift, all das erinnerte Christine an ein Gebäude aus der Wild-West-Zeit. Von ihrem Zimmer aus blickte Christine auf die mit Espen bewachsenen Sandklippen am Ende der Hauptstraße. Kaum hatte sie ausgepackt, klopfte Robert an ihre Tür.

„Ich muss runter zum Fluss, das ist das Erste, was ich tue, wenn ich hier ankomme. Den Fluss begrüßen wie einen alten Freund. Ich habe ihn vermisst!" Er streckte seine Hände nach ihr aus, als wollte er sie mit sich ziehen, trat von einem Bein aufs andere. „Komm mit, Christine!"

Seine Stimmung steckte sie an. Trotz ihrer Müdigkeit spürte sie den Zauber, der über diesem Ort lag, sobald sie auf die Straße trat. Was genau es war, konnte sie noch nicht sagen. War es die Sonne, die um halb elf abends noch am Himmel stand? Die bunte Mischung aus alten und neuen Gebäuden, die die Straße säumten? Eine Statue des Schriftstellers Jack London stand auf einem Sockel an einer Kreuzung. Sein Lächeln sah aus, als wollte er sagen: Ich weiß, dass du dich in diesen Ort verlieben wirst. Die Geschäfte hatten schon geschlossen, nur aus einem Café klimperte leiser Jazz auf die Straße und ein paar Jugendliche hingen neben einem Fast-Food-Restaurant in einer Seitenstraße herum.

Christine folgte Robert zu einem alten Holzgebäude am Ende der Straße.

„Das ist der alte Bahnhof der White Pass und Yukon Route", erklärte Robert. „Hier sind früher die Züge angekommen. Dies war ja eine Goldgräber-Stadt, weißt du?" Er führte sie um das Blockhaus herum und kletterte voran, die steinige Böschung zum Ufer. Das Wasser strömte an ihnen vorbei, hier und da bildeten sich Strudel und Wellen. Christine genoss die kühle, klare Luft und die leisen Rufe der Möwen. Sie schaute fasziniert auf das graublaue Wasser hinaus, der Yukon war breit, auf der gegenüberliegenden Seite sah sie Sandsteinklippen.

„Und hier ist mein Freund", sagte Robert, lachte und breitet seine Arme aus, warf den Kopf in den Nacken, sog die Luft tief ein.

In Christines Bauch kribbelte es, so ansteckend war seine Freude. Sie lauschte dem Rauschen des Flusses, der von Abenteuern erzählte.

„Ein Jahr ist es her, seit ich hier war", sagte Robert kopfschüttelnd, als sie auf dem Weg am Fluss entlang schlenderten. Sie kamen an einem geschnitzten, rot-schwarz bemalten Totempfahl vorbei, von dessen Spitze ein Rabe auf sie herunterblickte.

„Der Yukon zieht mich magisch an. Hier am Ufer hab ich oft gesessen und gezeichnet, Gedichte geschrieben. Stundenlang, es hat so etwas Verzaubertes und inspiriert mich so sehr."

„Es ist schön hier", sagte Christine und meinte viel mehr damit. Robert schien es zu verstehen und lächelte sie an. Es tat gut, sich die Beine zu vertreten nach der langen Autofahrt.

Sie kamen an einer großen Garage aus Holz vorbei, in der ein gelb lackierter Straßenbahnwagen untergestellt war. Historisch anmutend, mit einem einzigen Scheinwerfer wie ein Zyklop und weißgerahmten Fenstern, die eher in eine Villa gepasst hätten.

„Das ist der Trolley, 1925 in Portugal gebaut. Der fährt jeden Sommer auf den Eisenbahnschienen von einem Ende der Stadt zum anderen. Eine Touristenattraktion. Ständig hört man sein Hupen", erzählte Robert. „Ach, wie ich das vermisst habe!"

Als nächstes erreichten sie die Rückseite eines weißen Gebäudes, das am Fluss stand.

„Hier hatte ich übrigens einmal eine Lesung aus meinem Buch, in der Bücherei", sagte Robert. „Die einzige Lesung, die ich je hatte." Er lachte.

Christine schluckte schnell den Kloß im Hals hinunter, den allein das Wort auslöste. „Das ist toll! War sie gut?"

„Ja, ich habe viele andere Autoren und Künstler kennengelernt, das hier ist ein perfekter Ort für kreative Menschen. Zieht sie an wie ein Magnet. Es ist dieser Ort ..." Robert rang noch Worten, zuckte die Schultern, warf die Arme in die Luft.

„Ich freue mich schon darauf, etwas zu schreiben, mehr über Wilhelm herauszufinden ... hier", sagte Christine.

„Hm. Er hatte kaum persönliche Sachen in seiner Hütte. Bücher, ja. Jack London, Robert Service, die Dichter des Yukon. Die liebte er wohl. Was ihn hierherführte?"

„Vielleicht dasselbe wie dich? Die Magie des Yukon, eine Frau ..." Christine sah sich um. „Dies ist der ideale Ort für meine Geschichte. Sie könnte hier enden, Elisabeth könnte in den Yukon reisen." Christine versuchte, sich ihre Großmutter an dem wilden Fluss vorzustellen. In ihrem Roman war Elisabeth eine andere Version ihrer selbst: mutig und selbstbewusst.

Zwei renovierte Blockhäuser tauchten am Flussufer auf, etwas entfernt davon gab es einen Picknickplatz mit Holzbänken. Im Gras saß eine Familie auf einer Decke. Christine und Robert taten es ihr nach und setzten sich, weil die Kinder so laut tobten, etwas entfernt ins Gras.

„Das hier ist für mich genauso eine Heimat wie Montreal", sagte Robert.

Heimat, dachte Christine, ja. Sie hatte bis jetzt geglaubt, Schutzingen sei ihre Endstation. Dort würde sie sich endgültig niederlassen - in der Heimat. Nun war sie sich nicht mehr so sicher. Nichts schien mehr sicher zu sein. Und das machte ihr immer weniger Angst.

„Die, die den Yukon lieben, kommen immer wieder zurück", sagte Robert, „so einfach ist das." Er blickte auf den Fluss. „Ich glaube, Wilhelm hat sich mit der Blockhütte einen Traum erfüllt. Sie war sein Paradies, sein Rückzugsort."

Christine blickte in den Himmel, die Sonne nährte immer noch den Horizont mit ihrem goldenen Licht.

Lieber Wilhelm,

ich erinnere mich daran, dass deine Mutter freundlicher zu mir wurde, als ich verheiratet war. Sie kam immer auf den Markt, um Obst und Gemüse zu kaufen. Eines Tages sagte sie, dass der Einzugsbefehl für deinen Bruder gekommen war. „Nur gut, dass der Wilhelm in Kanada ist", sagte sie. Ich musste überrascht ausgesehen haben, denn sie erzählte weiter: „Französisch-Kanada. Da schafft der in einer Firma. Nachdem er in Frankreich nimmer sicher war."

Kanada. Ganz weit weg also.

Deinen Namen zu hören, brachte mein Herz immer noch zum Flattern und Straucheln, Wilhelm, obwohl ich eine verheiratete Frau war.

Und dann die Neuigkeit, dass Peter ebenfalls an die Front muss. Gerade hatte ich mich an ihn gewöhnt, und jetzt musste er fort. Er half auf unserem Hof mit, nur mit ihm konnte der Hof weiterbestehen. Ich würde für zwei arbeiten müssen ohne Peter.

Er liebte mich. Er liebte mich mehr als ich ihn. Einer liebt immer zu viel, oder? Ich liebe dich, immer noch, jetzt, wo du mich längst vergessen hast. Du bist wie mein Spiegelbild, meine andere Seite. Dir darf ich alles schreiben, weil du die Briefe nie lesen wirst. Manchmal denke ich noch an die Nachtigall und die Rose. Dann kann ich deine Stimme hören, die mir vorliest. In unserem Haus gibt es kaum Bücher, aber diese Geschichte kann ich auswendig.

Das ist wahre Liebe, was die Nachtigall getan hat, denkst du nicht auch? Sich geopfert, geblutet, sie wusste ja nicht, was aus der Rose am Ende werden würde. Hätte sie es auch getan, wenn sie es gewusst hätte? Ja. Ich bereue nichts. Hätte ich früher gewusst, dass wir ... Ich habe es gewusst. Tief in meinem Inneren habe ich gewusst, dass ich nicht mit dir gehen würde. Weil der Preis dafür zu hoch war.

Ich betete für Peter. Ich betete auch für deinen Bruder. Oft ist es das Einzige, das mir bleibt: beten und schreiben.

Deine Nachtigall

Beten und heimlich schreiben. War das erfüllend gewesen? Wohl nicht. Christine sah sich um, das Gras, die alten Holzhütten aus der Goldgräberzeit, der Fluss. All das hatte ihre Großmutter nicht erleben dürfen, stattdessen hatte sie kämpfen müssen – im Alltag und in ihrem Inneren.

„Ich werde morgen an der Geschichte weiterschreiben", sagte Christine, faltete den Brief sachte zusammen und verstaute ihn in ihrer Tasche. „Ich bin noch nicht bereit, die Briefe abzugeben, Robert." Das wurde ihr erst jetzt richtig klar. „Solange das Happy End noch nicht fertig geschrieben ist."

Er berührte kurz ihre Hand. „Das verstehe ich, und wir haben ja noch etwas Zeit. Wenn du magst, können wir den Sommer hier verbringen."

Sie fuhr auf. „Den ganzen Sommer?"

Er lächelte gelassen, legte seine Hand auf ihren Arm. „Die Sommer hier dauern nicht so lange, wie du das von Europa kennst. Du blinzelst einmal, und er ist vorbei. Du könntest in Ruhe schreiben, und wenn du so weit bist, reisen wir nach Vancouver. Ich habe noch etwas Zeit bis zu meiner Ausstellung. Organisatorisches kann ich auch per E-Mail machen."

Den Sommer hier verbringen? Das klang verlockend. Schreiben und Wilhelms Spuren folgen. Aber ...

„Christine, schau!" Robert stupste sie leicht an und deutet nach oben.

Über ihnen kreiste ein Adler. Die Flügel weit ausgebreitet, zog er mit elegantem Schwung seine Kreise. Der weiße, winzige Kopf hob sich gegen den blauen Himmel ab.

„Wenn du einen Adler siehst, bedeutet es, dass du Glück haben wirst", sagte Robert. „So sagen es jedenfalls die Ureinwohner. Einen Adler zu sehen, bedeutet Glück auf der Jagd, denn dort, wo der Adler ist, gibt es Beute."

Ja, dachte Christine, während sie staunend nach oben blickte. Bis jetzt hatte sie sehr viel Glück gehabt auf dieser Reise.

Neunzehn

AM nächsten Morgen setzte Christine sich in ein Café an der Hauptstraße. Sie vergaß jegliches Zeitgefühl. Die Sonne stand immer noch am Himmel, die Helligkeit gab ihr Energie, trotz der kurzen Nacht, die Luft war sommerlich leicht. Robert war losgezogen, um sich mit der Poesie-Gesellschaft zu treffen, und Christine genoss die Zeit allein. Im Café ging es gemächlich zu, alte Schwarz-Weiß-Fotografien von Goldgräbern und rote, plüschige Möbel gaben dem ganzen Raum einen altmodischen Charme. Der perfekte Ort, um zu schreiben. Doch erst einmal verband sie ihr Handy mit dem Internet und tippte eine E-Mail an Stefan, dass sie noch nicht wisse, wann genau sie zurückfliegen würde. Sie berichtete von ihrem Roadtrip, den Büffeln, und allein bei der Erinnerung klopfte ihr Herz.

Sie stand auf, um sich einen weiteren Milchkaffee zu bestellen. Als sie zurück zu ihrem Platz kam, betrat Robert das Café. Er trug ein blaukariertes Hemd und Jeans mit Stiefeln wie ein Cowboy.

Seine Augen strahlten sie an, seine Wangen waren leicht gerötet.

„Guten Morgen, Christine." Er setzte sich zu ihr und sah aus, als würde er gleich platzen. Ehe sie fragen konnte, was passiert war, sprudelte es aus ihm hervor: „Wir können noch nicht zu Wilhelms Blockhütte fahren, Christine, etwas unglaublich Tolles ist geschehen, und ich brauche vielleicht deine Hilfe."

Christine sah ihn erwartungsvoll an und Robert hielt ihr eine Ausgabe seines Gedichtbandes hin. „Ich habe eine Lesung, ich werde meine Gedichte lesen, auf einem Abend der Poesie-Gesellschaft. Ist das nicht klasse? Sie hatten meinen Gedichtband schon lange im Auge für so eine Veranstaltung." Er strahlte sie an.

„Das ist ja der Hammer", sagte Christine und schob Freude vor. Bei dem Wort Lesung wurde ihr wieder unbehaglich.

„Wäre es also okay, wenn wir mit dem Besuch der Hütte noch etwas warten?"

„Ich weiß nicht, ich meine, auf ein paar Tage kommt es nicht an."

Robert nickte eifrig, saß kerzengerade am Tisch. „Das ist in drei Tagen, verschiedene Yukon-Autoren werden lesen, und ich bin einer von ihnen. Es stört sie ganz und gar nicht, dass ich ein Fremder bin und nur immer im Sommer hier Zeit verbringe. Sie finden meine Gedichte toll." Seine Stimme überschlug sich fast.

„Hey, gratuliere."

„Ja, und es ist vielleicht eine gute Möglichkeit, um auf mich als Künstler aufmerksam zu machen. Und meine Frage an dich ist: Liest du mit mir?"

„Was?" Christine gefroren die Glieder, sie japste nach Luft. „Ich soll aus deinen Gedichten vorlesen?"

„Ja, warum nicht?"

So vieles hatte sie sich von der Erinnerung an diesen schrecklichen Abend kaputtmachen lassen. Und jetzt? Eine Ewigkeit lag zwischen ihr und diesem Erlebnis - ein Roadtrip und neuer Mut. Christines Herz klopfte heftig. Sie schluckte die Angst hinunter. Jetzt hätte sie die Möglichkeit, eine neue Chance, und es handelte sich dabei nicht einmal um ihre eigenen Gedichte.

„Ja, ich helfe gerne", hörte sie sich sagen und staunte selbst.

Robert sprang auf und umarmte sie spontan. „Danke", sagte er und drückte sie an sich.

Lieber Wilhelm,

ich habe dir das nie erzählt, aber es kommt gerade hoch und will aufs Papier.

Als dein Bruder im Krieg fiel, erschien er mir im Traum. In der Nacht, bevor die Nachricht kam, sah ich Andreas, er hielt eine Fackel in den Händen. Mehr geschah nicht, und ich war verwundert, dass ich von ihm träumte, ich kannte ihn doch kaum. Er war immer eher ruhig und unauffällig, arbeitete still vor sich hin. Dein Gegenteil: blond, hell und klein.

Ich weiß, dass dich sein Tod tief getroffen haben muss, als du von ihm erfahren hast. Auch, weil du dir Vorwürfe gemacht hast, dass du damals weggingst. Ich weiß das alles, du sprachst zwar nie davon, aber ich fühlte es.

Auch mein Vater verstarb in jenem Jahr. Peter kam aus dem Krieg zurück. Wir hatten genug Vorräte, doch gaben viel weg, um anderen zu helfen. Dann kam ein bitterkalter Winter und alles wurde knapp. Ich erinnere mich, dass ich manchmal in den Spiegel sah und mich kaum wiedererkannte, so dünn und blass war ich geworden. Die Sorgen um Hof und Familie fraßen mich fast auf. Nur meine kleine Tochter Angelika hielt mich am Leben.

Damals machte es mir Angst, dass ich von Andreas träumte. Rückblickend zeigt es mir, dass wir zwei tief miteinander verbunden sind, dass ich dich erfühlen kann, wo auch immer du gerade bist. Ich fühle deine Seele, sie fliegt an manchen Abenden zu mir. Wenn ich hier sitze und dir schreibe, bist du mir ganz nah. Dein Wesen ist hier. Ich rede mit dir, streiche dir über dein Haar, bin für dich da, auch in deiner Trauer. Denn ich weiß, dass sie dich verfolgt und du dich manchmal fragst, ob du nicht egoistisch gehandelt hast mit deiner Flucht.

Als deine Mutter verstarb, starb auch das Geschäft. Aber du, du wärst doch nicht fähig gewesen, hierzubleiben. Das weißt du tief in deinem Herzen: Hier wärst du eingegangen wie eine Pflanze in der Wüste. Du brauchst die große Welt, in der du lebst. Die Weite, die Freiheit, das, was du dir aufgebaut hast in der Fremde.

So bin ich hier und spreche zu deiner Seele. Wir müssen nicht körperlich zusammen sein, denn wir sind vereint, du und ich, in unseren Herzen.

Deine Nachtigall

Christine lauschte dem Rauschen des Yukon. Sie saß mit Robert auf einem Felsen, der vom Ufer in den Fluss ragte. Hier, zwischen Sträuchern und Espen, hatten sie einen schattigen Platz gefunden.

Das graublaue Wasser strömte schäumend und mit unheimlicher Kraft vorbei. Flüsternd, murmelnd, reißend - das Wasser sprach zu ihr, wie der Brief, den sie gerade vorgelesen hatte. Christine lauschte und sog die reine Luft ein. Nichts tun müssen, einfach am Flussufer sitzen, war das nicht herrlich?

Sie waren den Millennium Trail gelaufen, einen Rundweg, der fünf Kilometer am Ufer entlangführte und eine Brücke am Staudamm überquerte.

Sie saßen auf einer kleinen Halbinsel, die in der Nähe eines Kiefernwäldchens lag. Vom angrenzenden Campingplatz zog der Duft von Lagerfeuer zu ihnen herüber. Rostbraune Eichhörnchen rannten die Bäume hinauf und hinunter, rosafarbene Weidenröschen blühten am Wegrand zwischen hohem Gras.

„Wenn du einen Schluck Yukon-Wasser nimmst, bist du für immer an den Yukon gebunden. Dann ist er in dir und du wirst wieder hierher zurückkommen", sagte Robert auf einmal. Er stand auf, hielt sich an einem Baum fest, streckte den Arm aus, beugte sich zum Fluss hinunter und schöpfte spielerisch Wasser in seine Hand.

„Ist das wahr?"

„Traust du dich, Christine?" Robert lachte. „Ich mach den Anfang. Ich komme ja immer wieder hierher zurück. Aber was ist mit dir?"

Sie sah auf das Wasser, es wirkte rein und klar.

Ja, diesen Ort in sich tragen, wie wäre das? Sie lachte auf und Robert spritzte sie übermütig an.

„Hey", meinte sie prustend und wollte zurückspritzen, aber er war schon aufgesprungen und hatte sich in Sicherheit gebracht.

„Okay, du hast gewonnen, ich trinke einen Schluck."

Sie formte eine Mulde mit der Hand, schöpfte Wasser. Sie schloss kurz die Augen und fühlte das klare, eiskalte Wasser ihre Kehle hinuntergleiten, es schmeckte herrlich. Als sie die Augen wieder öffnete, stand Robert neben ihr.

„Jetzt wirst du immer wieder hierher zurückkehren", sagte er.

Was war das in seinem Blick? Christine erhob sich und blinzelte leicht verwirrt ins Sonnenlicht. „Schauen wir mal, was das Leben mit mir noch so vorhat."

Zwanzig

LIEBER Wilhelm,

ich zittere immer noch wie ein Blatt im Wind, wenn ich heute daran zurückdenke.

Ein Augenblick, ein kurzer Augenblick, der all die Jahre ohne dich dahinschmelzen ließ, der all die Tränen und Schmerzen vergessen ließ.

Wilhelm! Ich erinnere mich, als sei es gestern gewesen.

Ich ging mit Peter und Angelika von der Kirche nach Hause, an diesem windigen Sonntag. Weiße Wolken zogen unruhig über den blauen Himmel, jagten sich wie meine Gedanken. Es war Juni, aber ein kühler Wind wehte. Angelika war inzwischen sieben Jahre alt, sie sang das Lied aus der Kirche vor sich hin. Peter schwieg, und ich war unruhig, als ahnte ich etwas.

Wir liefen an der Schneiderei vorbei. Ein auffälliger schwarzer Mercedes parkte davor. In Schutzingen besaßen nur der Bürgermeister und ein paar Fabrikanten ein Auto. Wir blieben stehen, Peter und Angelika schauten fasziniert.

Die Autotür wurde geöffnet und du stiegst aus. Du. Ganz in Schwarz gekleidet. Ich dachte, mein Herz erschlägt mich, meine Knie wurden weich, ich hatte Mühe, nicht zu schwanken. Du warst es wirklich, deine schwarzen Locken schauten unter dem Hut hervor. Und du sahst mich, schautest mich an, für eine Sekunde, unsere Blicke trafen sich, ich wollte etwas sagen, aber dann stieg eine Frau aus dem Auto. Sie sah aus wie ein Filmstar, schlank, blond und groß.

Ihr hattet es eilig, du tipptest dir zum Gruß an den Hut, und schon verschwandet ihr in der Schneiderei.

Peters Worte hörte ich wie aus der Ferne. „Die alte Schneiderin ist gestorben, hast du das gewusst?"

Ich schüttelte den Kopf.

Ich hatte es nicht gewusst, es tat mir leid.

Du warst zurückgekommen und hattest mich gegrüßt, als wären wir zwei alte Bekannte und sähen uns jeden Tag. Und ich wusste nicht, was ich denken oder fühlen sollte, wie konntest du mir das antun?

Deine Nachtigall

Die Worte flossen dahin wie das Wasser des Flusses. Trugen sie fort in ein intensives Gefühl der Liebe. Als Christine den Stift absetzte, war sie glücklich. Sie war an den Platz am Ufer zurückgekehrt, den sie gestern mit Robert entdeckt hatte. Der Yukon, die Berge im Hintergrund, diese unbeschreiblich herrliche, klare Luft. Diese Freiheit, die sie schwindelig machte.

Wie würde es weitergehen? Wollte Christine tatsächlich im Küchenstudio arbeiten? Gab es vielleicht eine Möglichkeit, zu schreiben, ein kreatives Leben zu führen, so wie Robert es tat? Stefan könnte auch eine andere Verkäuferin finden, vielleicht würde er sie unterstützen und ihr den Rücken freihalten?

Sie schaute wieder auf das Wasser. Der Fluss flüsterte ihr zu, dass alles gut werden würde.

Christine hatte noch so viel vor. Die Lesung mit Robert stand an, und danach würden sie zu Wilhelms Hütte fahren und ein paar Tage dort verbringen.

Seufzend stand Christine auf, streckte sich, sog noch einmal den Duft von Harz, klarem Wasser und warmer Erde tief in sich ein. Sie verstand, was Wilhelm an diesem Ort geliebt hatte. Sie konnte es kaum erwarten, seine Hütte zu entdecken. Vielleicht war sie ja der perfekte Ort für das Wiedersehen in ihrer Liebesgeschichte.

Während Christine auf dem Trampelpfad zurück in die Stadt lief, fühlte sie, dass es die richtige Entscheidung gewesen war, hierherzukommen.

Robert stand vor ihr auf dem Steg am Wasser. Er hielt sein Gedichtbändchen in den Händen und las vor. Christine lauschte und fand, dass seine Stimme wundervoll klang. Es war ihre Idee gewesen, diese Probe am Fluss zu machen, vielleicht half es, ihre Nervosität zu unterdrücken.

Am liebsten hätte sie die Erinnerung an ihre Lesung in München wie einen Stein von sich geworfen, einfach in den Fluss hinein, und die ängstlichen Gedanken an Stefan gleich hinterher.

Robert gab ihr das Buch und zeigte ihr ein Gedicht, das sie lesen sollte. „Es ist für eine Frauenstimme geschrieben", sagte er.

In dem Gedicht ging es um das Ende des Sommers und die schwarzen, fetten Raben, die im Winter überall zu sehen waren. Etwas abstrakt, aber Robert hatte vor, seine Zeichnungen während der Lesung mit einem Beamer an die Wand zu projizieren.

Christine begann zu lesen, ihre Stimme leise, aber dann schnell kräftiger. Hier fiel es ihr leicht, allein mit Robert. Sie kam in das Gedicht rein und vergaß ihre Umgebung.

„Du liest sehr gut", sagte er, als sie geendet hatte.

„Danke, das tut gut, zu hören."

„Und du wirst dich in der Location, wo wir lesen, wohlfühlen."

Robert schwärmte von „Well-Read-Books", dem Geschäft, in dem die Lesung stattfinden sollte. Es war eine Mischung aus Veranstaltungsort, Café und Buchladen.

„Wilhelm hätte es dort sicher auch gefallen, aber ich weiß nicht, ob es diesen Laden schon gab, als er in den Yukon reiste. Seine Hütte ist übrigens klein und gemütlich, weißt du? Ich denke, es wird dir gefallen. Es ist schlicht, nicht der Luxus, den er in Montreal gehabt hat." Robert stockte, sah nachdenklich aus. „Vielleicht brauchte er das auch gar nicht mehr."

„Wie weit ist die Hütte von hier entfernt?"

„Fast eine Stunde mit dem Auto. Einfach zu finden, an einem See. Hey, wir fahren direkt nach der Lesung raus! Hast du mal über mein Angebot nachgedacht?", fragte er.

„Ich würde gerne den Sommer hier verbringen", sagte Christine leise und setzte sich neben ihn auf den Steg, streckte die Beine aus. Sie waren allein am Ufer, an dem sonst Kanufahrer anlegten. Nur das Plätschern des Wassers war zu hören. Es war eine weitere taghelle Mittsommernacht, und leichte, warme Luft streichelte über sie hinweg.

„Aber jetzt will ich erst mal die Lesung überstehen. Ich bin nervös. Das letzte Mal, als ich meine Gedichte vorlas, ging es schief", sagte sie.

„Aber morgen wird es gutgehen. Ich bin bei dir, lese mit dir."

Sie nickte, und seine Worte schenkten ihr Mut. Irgendwie würde sie die Lesung meistern und dann konnte die Reise weitergehen. Wäre der Sommer nur noch länger! Hier zu sein, den Zauber des Yukon zu spüren, trotz aller Ängste und Sorgen - sie war frei in diesem Moment.

Sie stand auf, streckte sich. „Ich bin müde, wollen wir zum Hotel gehen?"

Robert nickte, erhob sich und sie schlenderten nebeneinander die Hauptstraße entlang. Gerade warteten sie darauf, dass die Fußgängerampel an der Kreuzung auf Grün umsprang, als Christine plötzlich ihren Namen hörte. Eine vertraute Stimme.

Christine drehte sich reflexartig um. Robert lief los, aber sie rührte sich nicht vom Fleck.

Er kam angelaufen, direkt auf sie zu.

Der Mann, an den sie vorhin noch gedacht hatte. Die Haare zerzaust, keuchend und über das ganze Gesicht strahlend.

„Stefan", stammelte Christine. „Wie kommst du … was machst du denn hier?"

„Ich hab die ganze Stadt nach dir abgesucht, im Hotel warst du nicht, und da bin ich losgelaufen und habe dich gefunden."

„Das ist ja … unglaublich. Wie bist du hierhergekommen?"

„Also, geschwommen bin ich nicht", sagte er, lachte und umarmte sie. Über die Schulter sah sie, dass Robert zurückgekommen war. Er beobachtete sie, die Miene undurchdringlich, doch seine Mundwinkel zuckten.

Stefan drückte sie an sich und flüsterte: „Ich bin so froh, dass ich dich gefunden habe, Chrissi."

Der vertraute Duft seines Rasierwassers, vermischt mit dem Geruch der Sprühstärke seines Hemdes, umschloss sie wie ein Kokon. In ihr rauschten die Gefühle wie ein Wasserfall: einerseits unglaubliche Erleichterung, andererseits ein leichter Schock - er, hier! In Whitehorse.

„Dann bist du mir also nicht mehr böse?"

Er schüttelte den Kopf und küsste sie. Christine erwiderte den Kuss seiner weichen Lippen.

Sie befreite sich sanft aus seiner Umarmung und stellte ihm Robert vor. Sie schüttelten sich die Hände und Christine betrachtete die beiden. Robert lächelte, und Stefan musterte ihn mit zusammengekniffenen Augen.

„Ich lass euch mal alleine", sagte Robert, nickte ihnen zu und verschwand in Richtung des Hotels.

Stefan wandte sich wieder ihr zu. „Du siehst überrascht aus, freust du dich denn nicht?"

„Und wie ich mich freue! Damit hätte ich niemals gerechnet. Was für eine schöne Überraschung."

Was hatte er im Sinn, war er gekommen, um sie nach Hause zu bringen? Christine fühlte wieder Enge in ihrer Brust. Nein, sagte sie sich, jetzt hatten sie Zeit, um über alles zu sprechen. Er war für sie um die halbe Welt geflogen. Dabei hatte er Flugangst.

Stefan lächelte noch immer, griff nach ihrer Hand, zog sie erneut an sich. „Komm, wir gehen ins Hotel."

Stefan in Whitehorse, das war so unwirklich. Er lief neben ihr her, sprach mit dem vertrauten schwäbischen Akzent, sah genauso aus wie immer, das glatt gebügelte Hemd, keine Spur von Müdigkeit in seinem Gesicht. Fremd fühlte sich seine Gegenwart dennoch an. Fremd und vertraut zugleich, eine seltsame Mischung.

„Ich wollte dich heute noch anrufen", sagte Christine.

„Na, das hat sich jetzt wohl erledigt. Ich habe mich schlaugemacht und herausgefunden, dass es im Sommer tatsächlich einen Direktflug von Frankfurt nach Whitehorse gibt. Kurzerhand hab ich gestern ein Ticket gekauft, und hier bin ich", sagte er.

Diese Spontanität sah ihm nicht ähnlich, er musste sie tatsächlich vermisst haben. Oder wollte er sie kontrollieren? Hatte er auf einmal Angst bekommen, sie könnte nicht mehr zurückkehren zu ihm? Tausend Gedanken schossen Christine durch den Kopf, jede Gelassenheit war wie weggeblasen.

Wenig später saß sie mit Stefan auf ihrem Bett, sein Koffer stand neben der Tür.

Er streichelte ihre Hand und blickte sie prüfend an. „Du siehst so anders aus. Oder kommt mir das nur so vor?"

„Wie meinst du das?"

„Du hast Farbe bekommen, und irgendwie wirkst du viel … viel wacher."

„Seit ich hier im Yukon bin, es ist wie Magie … Dies ist ein ganz besonderer Ort. Und ich habe hier so viel Inspiration bekommen …"

„… dass du mich ganz vergessen hast?"

„Natürlich nicht, Schatz", sagte Christine schnell.

Er nickte leicht, drückte ihre Hand an seine Brust, zog sie an sich und flüsterte ihr ins Ohr: „Ich dachte, wenn du nicht zu mir kommst, komme ich eben zu dir, Chrissi."

Chrissi, ja, so nannte er sie immer, aber auf einmal passte es nicht mehr zu ihr. Wie ein Kleidungsstück, das ihr zu eng geworden war.

„Ich vermisste dich ganz schrecklich, ich dachte, du kommst nie mehr zurück", sagte Stefan in ihr Haar.

Sie löste sich von ihm und blickte ihn ernst an. „Aber warum sollte ich hierbleiben? Natürlich werde ich zurückkommen. Es haben sich eben viele Dinge ergeben, und ich habe mit dem Schreiben angefangen. Ich hab früher so gerne geschrieben. Weißt du, meine Mission ist noch nicht erfüllt …"

Stefan unterbrach sie mit einem Kuss.

Sie versteifte sich, war verwirrt.

Hatte er ihr früher schon nicht zugehört? Es war ihr wichtig, dass er sich ihre Geschichte anhörte, merkte er das denn nicht?

Sie schob ihn zurück und fragte: „Willst du denn nicht wissen, was alles passiert ist?"

„Natürlich. Und mit Robert, ihr seid ja richtig gute Freunde geworden?" Stefans Augenbrauen schossen in die Höhe.

„Ja. Er ist wie ein verlorener Bruder für mich." Sie fühlte sich unwohl dabei. Da war doch mehr zwischen ihnen. „Wir haben so viel gemeinsam."

„Aha."

„In Montreal hat er mir Wilhelms Lieblingsbuchhandlung gezeigt. Das war toll, ich liebe Buchhandlungen."

Christine schwärmte von ihrem Aufenthalt in Montreal, und Stefan hörte tatsächlich zu. Sie erzählte von Robert, von dem Roadtrip quer durch Kanada. Sie verlor sich in der Erinnerung.

„Dann kam mir der Bär auf einmal gefährlich nahe", sagte sie und bemerkte erst jetzt, dass Stefan leise schnarchte, den Kopf an ihre Schulter gelehnt.

„Hey, du kannst doch jetzt nicht einschlafen!" Sie stupste ihn an.

„Entschuldige, Schatz", nuschelte Stefan und legte sich auf den Rücken.

Christine seufzte und ließ ihn schlafen. Er war müde von dem langen Flug und der Zeitumstellung, klar. Sie blickte in das Licht, das durch das Fenster hereinfloss. Sie war nicht müde.

Stefan, er zeigte ihr eine neue Seite, er kam zu ihr. Vielleicht wäre mehr möglich mit ihm, als sie dachte? Das Kreative und die Sicherheit.

Fürsorglich nahm sie ihm die Brille ab und zog ihm die Schuhe aus. Lange betrachtete sie sein markantes Gesicht. Dann stand sie auf, um die schweren Vorhänge zuzuziehen.

Als Christine am nächsten Morgen erwachte, brauchte sie einen Moment, um zu begreifen, dass sie nicht allein war. Sie setzte sich auf, sah Stefans Koffer im Raum stehen. Er selbst war nicht mehr im Zimmer. Vielleicht holte er Kaffee?

Verschlafen tapste sie ins Badezimmer, um zu duschen und wach zu werden. Als sie angezogen in das Zimmer zurückkam, stand ein riesiger Strauß roter Rosen auf dem Nachttisch. Der Tisch am Fenster war mit einem weißen Tischtuch für das Frühstück gedeckt, daneben eine Flasche Champagner in einem Kübel mit Eiswürfeln.

„Guten Morgen, mein Schatz!" Stefan schenkte ihr Kaffee aus einer silbernen Kanne ein.

„Guten Morgen, Stefan." Träumte sie? Wie hatte er das alles organisiert?

Er kam herüber und küsste sie sanft auf den Mund. Er roch frisch, nach Hotelseife und Rasierwasser, und trug ein weißes, kurzärmliges Hemd und eine schwarze Hose.

„Kaffee, die Dame?" Er hielt ihr die dampfende Tasse hin.

„Danke." Sie griff danach und atmete den Kaffeeduft ein.

„Ich hab den Zimmerservice rund laufen lassen!" Er strahlte, als hätte er im Lotto gewonnen.

„Wow und diese wunderschönen Rosen!", sie ging zu dem Strauß, strich über ein Blütenblatt. Es war so zart, sie schnupperte an einer Blüte und sog ihren Duft auf. Christine dachte an die Nachtigall und die Rose, was Stefan nicht ahnen konnte. Sie setzte sich zu ihm an den Tisch, auf dem Toast, Butter, Marmelade, zwei hartgekochte Eier, Pancakes, Ahornsirup und eine Schale Obst angeordnet waren.

Stefan öffnete geschickt die Champagnerflasche und schenkte zwei Gläser ein.

„Auf uns!"

„Auf uns!" Christine nippte an ihrem Champagner. Unwillkürlich musste sie an das letzte Mal denken, als sie mit ihm in seiner Wohnung Sekt getrunken hatte. Es kam ihr vor, als wäre das eine Ewigkeit her.

„Du siehst heute wunderschön aus, Chrissi", sagte Stefan mit rauer Stimme. Er stellte das Glas ab, kam zu ihr herüber und umarmte sie. Dann ging er in die Hocke.

„In der Zeit, als du fort warst, habe ich gemerkt, wie viel du mir bedeutest. Und was wir gemeinsam alles möglich machen können."

Es kribbelte an ihrem ganzen Körper, Christine konnte kaum ruhig sitzen, ihre Hände waren feucht.

„Chrissi, ich möchte, dass du bei mir einziehst, ich möchte jeden Morgen mit dir erwachen. Ich will, dass wir zusammenarbeiten, wie geplant."

Christine war etwas vor den Kopf gestoßen von seinem sachlichen Einstieg. Klar, ja, sie würde im Küchenstudio anfangen. Nur noch nicht gleich, das wusste er doch. Ehe sie etwas sagen konnte, zog er eine kleine, schwarze Schachtel aus seiner Hosentasche. Seine Hände zitterten, als er den Deckel öffnete und ihr einen funkelnden Ring entgegenhielt.

„Chrissi, möchtest du meine Frau werden?"

Es war die Erfüllung all ihrer Träume, eingefangen in einem königsblauen Juwel in goldener Fassung. Der polierte Edelstein glitzerte und Christine starrte ihn gebannt an. Die Fassung so elegant, die Farbe satt und strahlend. Ihr Herz setzte einen Moment aus. Sie brachte kein Wort heraus. Stefan schaute zu ihr hoch. Dieses geliebte Gesicht. Seine blauen Augen. Angespannt war er, platzend vor Spannung und Freude.

Sie musste ihn erlösen, etwas sagen.

„Stefan …"

„Willst du mich heiraten, Chrissi, willst du?"

„Ja!" Sie kniete sich zu ihm auf den Boden. Er steckte ihr den Ring an den Finger.

Wie im Märchen kam sich Christine vor: der Ring, seine bebenden Hände, der Champagner. Sie holte tief Luft, roch sein Rasierwasser, spürte den rauen Teppich unter ihren Knien. Es war real, es war kein Traum.

„Ich heirate dich! Wir werden heiraten!" Dann fiel sie ihm um den Hals.

Einundzwanzig

LIEBER *Wilhelm,*

ich erinnere mich an dein Herz, ich lauschte seinem Pochen so gerne, den Kopf auf deine Brust gelegt.

Weißt du noch, unser Wiedersehen? Als du plötzlich wieder in Schutzingen auftauchtest. Ein Sommergewitter hatte sich in jener Nacht entladen, und ich schlief nicht.

Ich lauschte dem Regen, der gegen die Scheiben schlug, dem Wind, der ums Haus brauste, dem Donnern und sah Blitze zucken. Es war mir, als hörte ich in diesem Heulen deine Stimme, die mich rief. Beinahe wäre ich rausgerannt in den Regen. Am nächsten Morgen schien die Sonne, als sei nichts gewesen. Ich sagte mir, dass unsere Liebe vorbei sei, du jetzt verheiratet warst, wir beide andere Leben lebten – weit voneinander entfernt.

Aber mein Herz schlug laut - lauter als all die vernünftigen Gedanken.

Ich küsste wie automatisch meinen Mann zum Abschied, der an diesem Tag zu einer Landwirtschaftsmesse nach Offenburg aufbrach. Ich brachte Angelika in die Schule und dann tat ich es: Ich machte mich auf den Weg, den ich seit langer Zeit nicht mehr genommen hatte.

Unser Garten - er war zugewachsen. Holunderhecken und Schlehenbüsche hatten sich ausgebreitet und bewachten unseren Platz. Der Apfelbaum stand noch, mitten im hohen Gras, stolz und mächtig. Natürlich würdest du nicht kommen, nur weil ich von dir geträumt hatte. Natürlich rief ich mich zur Vernunft. Aber das Brausen der Vorahnung war stärker, die Hoffnung, die Sehnsucht. Ich lehnte mich zitternd an unseren Baum. Sein kühler Stamm tat gut. Für einen Augenblick schloss ich die Augen.

Ein Rascheln im Gebüsch, und ich erwachte in einem Traum, der Wirklichkeit wurde. Du standest vor mir, deinen Hut in der Hand, befreitest deine Schultern von Laub. Mein inneres Zittern wurde stärker, als ich dich sah. Nie werde ich deinen Gesichtsausdruck vergessen - Ungläubigkeit, Freude, Liebe. In einem Atemzug warst du bei mir, deine Arme schlangen sich um mich. Ich hielt mich an deinen Schultern fest und weinte. Weinte zwischen unseren Küssen, weinte Tränen der Freude.

All die Jahre schmolzen dahin, lösten sich auf in unserem Kuss.

Als ich später meinen Kopf auf deine Brust legte, die Hand auf dein Herz, pochte es so laut, als wollte es aus dir herausspringen, in meine Hand.

Wir hatten uns wiedergefunden - für einen Moment, der so schnell vorbeiging wie ein Traum.

Deine Nachtigall

Wie ein Traum, dachte Christine. Ihr Wiedersehen mit Stefan hatte nicht diese Intensität gehabt wie jenes zwischen Elisabeth und Wilhelm, oder? Christine strich zärtlich über den Brief - diese Liebe war so stark gewesen wie eine Naturgewalt. Was hätte Elisabeth zu ihrer Verlobung mit Stefan gesagt? Hätte sie ihr Gewissensfragen gestellt? Liebst du ihn wirklich?

Das war eine andere Zeit gewesen, damals, in der man sich die Frage nach der Liebe selten stellte. Ihre Großmutter war nicht frei gewesen. Sie, Christine, war nun frei, den Mann zu wählen, den sie liebte.

Würde sie Stefan in zehn Jahren immer noch lieben? Würde ihre Liebe Bestand haben, so wie die Gefühle ihrer Großmutter für Wilhelm?

Christine saß auf dem geschlossenen Klodeckel im Bad, den Brief in der Hand.

Als sie den Ring betrachtete, entdeckte sie, dass sie sich in dessen Schliff leicht spiegelte. Das Juwel sah so elegant aus und schmiegte sich an ihre Haut.

Christine wünschte sich, ihre Großmutter wäre hier - bei ihr, sie könnte sie fragen, über die Liebe, dieses Gefühl, das Elisabeths ganzes Leben begleitet hatte. Großmutter hätte sie angesehen und gewusst, was sie fühlte, ob sie das Richtige oder Falsche tat.

Heute Abend war die Lesung, ihr großer Auftritt mit Robert. Bei dem Gedanken wurde ihr etwas flau.

Sie stand auf und ging zum Spiegel. Ihre Wangen waren leicht gerötet, sie sah müde und aufgekratzt aus.

Stefan würde zur Lesung kommen und im Publikum sitzen. Und Robert würde neben ihr auf der Bühne stehen. Robert, der sie als eine andere kannte.

Gestern hatte sie Stefan von ihrem neuen Ich erzählt, doch er hatte nicht richtig zugehört, glaubte sie nun.

Christine wischte die Gedanken beiseite und trug Wimperntusche auf. Als sie ihre Haare gekämmt hatte und sich ein wenig hübscher fand, öffnete sie die Tür und ging zu Stefan hinüber, der noch im Bett lag.

„Ich muss in die Buchhandlung, wir treffen uns früher", sagte sie. Das stimmte zwar nicht, aber sie wollte noch ein wenig allein sein, um sich vor dem Auftritt zu sammeln. „Kommst du später nach?"

„Gut. Wo ist das noch mal?"

„Fourth Avenue, ich habe es dir im Stadtplan eingezeichnet."

„Okay, Chrissi. Danach feiern wir weiter?"

Sie nickte. „Machen wir."

Er stand auf, noch immer in Boxershorts, und küsste sie. „Bis später, Schatz."

Als sie die Straße hinunterging, stand Robert zu ihrer Überraschung schon vor der Buchhandlung.

Er begrüßte sie mit einem Lächeln, das Christine etwas Unsicherheit verriet.

„Da bist du ja. Wo warst du denn den ganzen Tag?"

Christine stockte, murmelte etwas davon, dass sie den Tag mit Stefan vertrödelt hatte. Dabei glitt ihre linke Hand wie von selbst in ihre Hosentasche, und sie streifte sich mit dem Daumen den Ring vom Finger. Sie wusste nicht, wie sie es Robert sagen sollte, dass sie sich verlobt hatte. Nicht jetzt, wenn ihr Herz raste, als gelte es, einen Marathon zu gewinnen.

Christine betrachtete Robert, als wäre es das erste Mal. Er sah gut aus in seiner Jeans, dem weißen T-Shirt, und in seinen Augen lag dieser Glanz, den sie so mochte.

„Stefan kommt auch zur Lesung", sagte sie.

„Das ist also der Mann, den du nicht verlieren wolltest. Ich denke, deine Sorgen waren unbegründet. *Er* ist es, der dich nicht verlieren will - aus gutem Grund." Robert sah sie prüfend an.

Sie senkte den Blick und fühlte sich noch flauer und nervöser als zuvor. Ihr Magen rebellierte, und sie schwankte leicht.

„Alles in Ordnung? Du bist ganz bleich im Gesicht."

„Alles okay, die Aufregung ist stärker, als ich dachte - ich brauch nur einen Schluck Wasser. Oder einen Whiskey." Sie rang sich ein Lächeln ab.

„Komm, wir gehen rein, da gibt es Wasser und auch ein Bier für mich." Robert legte ihr sanft die Hand auf die Schulter und öffnete die Tür.

Drinnen war es angenehm kühl. An den holzvertäfelten Wänden zogen sich Bücherregale nach oben. Eine kleine Bühne befand sich im hinteren Teil des Ladens. Leseecken mit roten Sitzkissen, helle Lampen und eine kleine Theke mit Getränken machten den Raum gemütlich. Der Besitzer grüßte sie herzlich, so als würde er sie schon lange kennen, und bedankte sich für ihre Bereitschaft, den Abend mitzugestalten. Sie legten ihre Bücher auf den Tisch auf der Bühne und holten sich an der Theke etwas zu trinken.

Immer mehr Zuhörer betraten den Laden, Touristen, Einheimische. Robert machte Christine mit Jo, der Leiterin der Poesie-Gesellschaft, bekannt. Sie hatte kurze, graue Haare und trug eine Brille. Freundlich lächelte sie, und Christine wurde noch nervöser.

Hier handelte es sich um gestandene Autoren, die alle ein oder zwei Bücher veröffentlicht hatten und es gewohnt waren, vorzutragen. Christines Herz sank, wie sollte sie vor ihnen lesen? Noch dazu auf Englisch, mit ihrem deutschen Akzent?

Christine hielt nach Stefan Ausschau, doch die Veranstaltung begann schon, und er war nirgends zu sehen.

Alle setzten sich, und ein Musiker mit langen blonden Haaren spielte zu Beginn ein Gitarrenstück.

Jo begrüßte die Gäste, stellte sich vor, doch Christine hörte nichts, weil ihr Herz bebte. Sie applaudierte wie mechanisch mit den anderen, als Jo ihre Ansprache beendet hatte. Eine junge Frau mit kräftiger Stimme machte den Anfang. Christine sah nur, wie sich ihre Lippen bewegten. Erneuter Applaus. Robert stand vor ihr, lächelte sie an und winkte sie zu sich. Sie folgte ihm auf die Bühne und setzte sich auf einen Stuhl neben ihn.

Auf einmal war alles wieder da: die dunkle Kneipe in München, der Geruch nach Zigarettenrauch, Damian, der in der ersten Reihe saß, den Kopf lauschend in den Nacken gelegt. Die erwartungsvollen Blicke der anderen.

Ein Zittern zog durch Christines Körper und sie blickte zu Boden. Ihre Kehle war trocken, die Stille quälte sie, doch es war ihr unmöglich, sie zu durchbrechen.

Sie hörte Damians Stimme, fühlte seinen Blick auf sich wie einen Schatten. Erstarrt saß sie da.

„Ich kann das nicht!" Hatte sie das wirklich laut ausgesprochen? Das konnte doch nicht wahr sein!

Christines Wangen glühten, plötzlich nahm sie jemanden neben sich wahr. Robert lächelte sie sanft an, legte seine Hand auf ihre, drückte sie kurz und sie erwachte.

Sie war hier, mit ihm, er unterstützte sie, und sie musste keine Angst mehr haben. Er las mit seiner weichen Stimme, wie am Ufer des Yukon. Sie hörte den Fluss förmlich im Hintergrund rauschen.

Robert würde sie nicht auslachen, niemals. Der dunkle Schatten verzog sich. Christine lächelte Robert dankbar an, und als er geendet hatte, las sie einfach das nächste Gedicht vor. Ihre Stimme war anfangs noch wackelig, wurde dann immer sicherer, wie ein Kleinkind, das gerade laufen lernte. Sie staunte über sich selbst. Sie wagte, den Blick ins Publikum zu richten. Die Zuhörer beugten sich vor, lauschten ihr gespannt. Sie straffte sich.

Spontaner Applaus brandete auf.

Es war, als hätte sie eine schwierige Wanderung hinter sich gebracht, einen Pfad voller Stolpersteine. Nun stand Christine auf dem Gipfel und hatte sich selbst überwunden. Ihre Angst und Scham, die schlechte Erinnerung waren wie ausgelöscht. Sie lächelte und hörte zu, als Robert das nächste Gedicht übernahm. Mit ihm könnte sie sich vorstellen, ein Buch zu schreiben. Er könnte es illustrieren.

Aber nun würde die Verlobung alles ändern, oder? Unauffällig blickte sich Christine um, ob sie Stefan übersehen hatte, aber er war nicht hier. Hatte er es vergessen? Sie schob die Enttäuschung schnell beiseite. Dies war ihr Moment.

Danach folgte Christine der Lesung, lauschte den Stimmen der anderen Dichter und bewunderte, wie ruhig und gelassen sie vorlasen. Egal, sie hatte es auch geschafft und würde mit etwas Übung noch besser werden.

„Ich bin beeindruckt, Christine, dein Auftritt war großartig. Ich konnte sehen, wie du mit dir gekämpft und dich überwunden hast. Das zu beobachten war wunderschön. Wie eine Blume, die gerade aufblüht", sagte Robert, als sie gemeinsam zu einem Stehtisch im hinteren Teil des Raumes schlenderten. Hier gab es Snacks und die Leute unterhielten sich in Grüppchen.

„Danke, ich bin überrascht von mir selbst." Wieso musste sie jetzt rot werden? „Deine Gedichte sind gut", fügte sie hinzu.

„Nicht nur die Gedichte, du bist gut!", sagte er.

Ihr wurde noch wärmer in der Brust, wie Wellen aus Feuer.

Er fuhr fort: „Weißt du, wenn du liest, dann malt deine Stimme Bilder. Das geht mir auch immer so, wenn du mir aus den Briefen vorliest. Ich mag es besonders, dass du mit Bedacht sprichst und den Zuhörer mitnimmst auf die Reise in eine andere Welt."

Seine Worte trafen Christine mitten in ihr Herz. Er meinte es ernst! Für einen Moment war sie sprachlos. Dann kam sie zu sich.

„Robert, ich wollte dir etwas erzählen." Sie holte tief Luft, aber das Flattern ihres Herzens konnte sie damit nicht stoppen.

Er sah sie mit einem Blick an, der sie im Innersten berührte. „Ich muss dir auch etwas sagen, bevor es zu spät ist, Christine." Er nahm sanft ihre Hand in seine.

Alle Geräusche um sie herum traten in den Hintergrund. Sie fühlte nur den Puls ihres eigenen Herzens und Roberts Wärme, die in ihre Hand floss und von dort in ihre Brust. Sie konnte keinen klaren Gedanken mehr fassen.

„Chrissi, da bist du ja!"

Stefan. Auf einmal stand er neben ihr und riss sie aus ihrer Wolke. Christine zog schnell ihre Hand zurück.

„Tut mir so leid, ich bin im Hotel eingenickt. Hab ich's verpasst, ist es schon vorbei?"

Christine nickte. Stefan küsste sie auf den Mund. Sie sah Roberts Miene, als sie sich von Stefan löste. Ja, es ist vorbei, durchfuhr es sie.

„Hast du es ihm schon erzählt, Chrissi?", fragte Stefan.

„Was erzählt?", fragte Robert.

„Ich wollte es gerade …", setzte Christine an. Der Boden unter ihr schwankte.

Stefan strahlte. „Wir sind verlobt."

Zweiundzwanzig

„DU bist verlobt, Christine?" Robert war mit einem Mal ganz blass im Gesicht. Er sah aus, als habe sie ihm gerade in die Magengrube getreten.

Christine musste den Blick abwenden. „Ja, seit ein paar Stunden", murmelte sie, und es klang wie eine Entschuldigung.

Auf einmal wünschte sie sich, sie könnte den ganzen vergangenen Tag auslöschen. Sie wollte sich Robert erklären, aber Stefan kam ihr zuvor.

„Ich bin extra aus Deutschland gekommen, um Christine zu fragen, ob sie mich heiraten will."

„Herzlichen Glückwunsch", sagte Robert und blickte zur Seite. „Entschuldigt mich einen Moment, ich gehe kurz an die frische Luft."

Christine blickte ihm nach und unterdrückte den Drang, ihm hinterherzulaufen.

„Tut mir leid, dass ich es verpasst habe. Wie war es?", fragte Stefan.

„Gut", antwortete Christine knapp.

Sie versuchte, zu begreifen, was gerade passiert war, was da in ihr geschehen war. Roberts Worte waren wie eine Liebkosung gewesen. In ihrem Inneren rauschte es, als stünde sie unter einem Wasserfall. Gefühle prasselten auf sie nieder, wie durch einen Schleier hörte sie Stefans Stimme.

Sie traten hinaus in die helle Nacht und gingen Richtung Hauptstraße. Von Robert war nichts zu sehen. Christine wusste, dass er genauso gefühlt hatte, in diesem Moment nach der Lesung, wie sie. Sie wusste es einfach, und ein Stein lag auf ihrem Herzen, wenn sie Stefan ansah.

Lieber Wilhelm,

jedem Rausch folgt die Ernüchterung. Diese kam für uns damals in der zweiten Nacht, als wir uns trafen. Vor einem Tag waren wir uns noch so nah gewesen, hatten beieinander gelegen. In dem niedergedrückten Gras, auf unseren Jacken. Auch an jenem zweiten Abend wollte ich deine Nähe spüren. Aber dann sagtest du es, als wir wieder zu uns kamen: „Ich bin verheiratet." Die Reue stand in deinem Gesicht geschrieben.

Auf einmal war da eine unsichtbare Mauer zwischen uns. Deine Frau, die ich nicht kannte. Wir trieben voneinander fort, jeder auf einer Eisscholle.

Deine Reue traf mich damals, Wilhelm. Warum hast du mich so angesehen, so voller Begehren? Warum nahmst du meine Hand? Warum presstest du mich an dich, voller Verlangen? Ich wollte unsere Verbindung spüren. Dieses Gefühl, das ich mit keinem anderen Mann hatte. Wenn du deinen Kopf in meinen Schoß legtest und ich dein Gesicht streichelte und du sagtest: „Mein Gesicht ist in deinen Händen."

Aber nichts von dem bekam ich an jenem Abend. Du zogst dich schnell wieder an. Und auf einmal steckte mich deine Reue an. Peter … Angelika … Aber ich liebte dich umso mehr …

Ich weiß noch, dass ich an jenem Abend dachte, das war es zwischen uns. Ich wollte vernünftig sein - unsere Leben, beide voller Verpflichtungen, Kinder, Haus, Hof, was stand alles auf dem Spiel!

Aber dann kamst du wieder, zwei Tage später. Deine Frau war zum Einkaufen nach Stuttgart aufgebrochen. Du kamst wieder, als ich in den Obstgarten gelaufen war, um mich zu beruhigen. Weißt du, ich war noch so aufgewühlt und hatte auch Hoffnung, dass sich unsere Herzen hier wieder verabredet hatten.

Und dann standest du hinter mir. Wispertest meinen Namen.

Ich drehte mich um. In deinem Gesicht konnte ich sehen, dass du mein Gefühl spiegeltest. Ich war verletzlich, dünn wie Pergamentpapier. Ich konnte es nicht verbergen, du sahst es mir an. Ich wollte distanziert sein, stattdessen empfand ich nur Traurigkeit.

„Es tut mir leid", sagtest du. „Ich wollte das nicht."

Ich nickte nur stumm und ließ mich in deine Arme fallen.

„Ich liebe dich noch immer", sagtest du und kuriertest damit meinen Schmerz.

Ich schloss die Augen, und mit unserem Kuss tauchten wir wieder ein in unsere Liebesgeschichte. Deine Lippen auf meinen. Dein Atem, der in meinen heißen Mund floss. Du küsstest mich innig, flüstertest immer wieder meinen Namen und ich deinen - wie ein Lied.

Doch später dachte ich über meine Gefühle nach.

Ich empfand Eifersucht, anfangs, weißt du? Was teiltest du mit deiner Frau? Hattest du diese Verbindung auch mit ihr? Tief in meinem Inneren fühlte ich, dass das, was uns verband, niemand anderes empfinden konnte. Es ist nur für uns, es sind nur wir, die füreinander etwas Besonderes sein können.

Ich wusste damals, ich war nicht mehr das Mädchen, das ich einmal gewesen war. Traurigkeit erfüllte meine Seele von Zeit zu Zeit. Aber wenn ich dann an dich dachte, in einem gestohlenen Moment, allein in meinem Zimmer, wurde ich wieder zu diesem Mädchen, das nur auf dich wartete. Jede Stunde und jeden Tag.

Und nun, nach all den Jahren, empfinde ich immer noch so. Ich warte nicht mehr, denn schon lange ist Funkstille zwischen uns. Doch die Liebe flackert immer wieder in mir auf und ist wie ein Licht in meinem Herzen.

Deine Nachtigall

Christine saß auf einem Kalkfelsen, während Stefan etwas weiter entfernt Fotos von der Aussicht schoss. Sie blickte gedankenverloren in den blauen Himmel. Zarte Wolkenfetzen, die sie an Wattestücke erinnerten, zogen vorbei. Sie kam sich mit ihren wirbelnden Gedanken vor wie auf einem Karussell, während sie nach außen hin versuchte, ruhig zu bleiben.

Sie betrachtete die umliegenden Berge, die sich bis ins Unendliche aneinanderzureihen schienen. Drei Stunden lang war sie mit Stefan auf den Grey Mountain, den Hausberg der Stadt, gewandert. Sie hatte gehofft, es würde ihr Klarheit bringen.

Von hier oben konnte sie den Yukon in der Ferne sehen, er wirkte wie ein Rinnsal, die Häuser der Stadt wie Spielzeuge.

„Schatz, wollen wir ein Selfie machen? Und es nach Hause senden?", fragte Stefan mit der Kamera in der Hand.

„Hm? Ja." Christine legte den Brief beiseite. Weiße, blaue und gelbe Wildblumen blühten zwischen den Steinen. Es war windstill auf dem Grey Mountain, und Christine wäre gerne alleine gewesen.

Roberts Blick verfolgte sie bis hier herauf. Sie konnte nicht aufhören, darüber nachzudenken, was gestern Abend im Well-Read-Books passiert war. Wie glücklich sie sich gefühlt hatte, mit Robert. Da war diese Nähe zwischen ihnen gewesen, die alles andere ausgelöscht hatte.

Stefan setzte sich neben sie und hielt die Kamera auf Armlänge entfernt. Er drückte seine Wange an ihre, Christine rang sich halbherzig ein Lächeln ab. Stefan ließ die Kamera sinken, nachdem er ein paar Fotos gemacht hatte.

„Du bist so abwesend heute, Chrissi, was ist los?" Er musterte sie besorgt.

Christine nahm einen Schluck aus ihrer Wasserflasche. „Ich bin nur müde von gestern."

„Das war ein wichtiger Abend für dich, oder?"

Sie nickte. Wie wichtig, das konnte sie erst jetzt verstehen. Sie hatte sich überwunden, obwohl sie sich geschworen hatte, nie wieder vor Publikum vorzulesen. Sie hatte es getan.

Sie stand auf, blickte in den weiten Himmel. In der Ferne stach ein Flugzeug in die Wolken.

„Bald sitzen wir auch wieder im Flieger. Ich habe uns schon die Rückflugtickets besorgt."

Christine fuhr zu Stefan herum. „Was?"

Er nickte.

„Du hast den Flug schon gebucht, obwohl du weißt, dass ich die Briefe meiner Großmutter noch in Vancouver abgeben will?"

„Ich dachte, das hast du längst erledigt?"

„Nein!" Wut stieg in ihr auf. „Ich habe dir doch geschrieben, dass ich noch Zeit brauche."

„Hab ich total vergessen. Vielleicht können wir ja umbuchen und einen Stopp in Vancouver einlegen."

„Du hast wirklich schon den Rückflug gebucht?"

„Ja, du hattest doch geplant, nach zwei Wochen zurückzufliegen, die neigen sich dem Ende zu."

„Ja, aber damals wusste ich noch nichts von Wilhelms Hütte im Yukon."

„Ich dachte, jetzt, da wir verlobt sind, freust du dich so sehr, dass du mit mir zurückfliegst. Meine Eltern würden sich auch sehr freuen."

Seine Eltern. Stefan hatte immer noch nichts begriffen. Sie versuchte es anders. Vernünftig. „Du könntest doch hierbleiben, mit mir, und wir reisen später zurück?" Wollte sie das wirklich? Stefan mitnehmen in Wilhelms Blockhütte?

„Chrissi, ich kann das Geschäft nicht so lange allein lassen. Außerdem brauche ich dann den Urlaub für unseren Trip an den Bodensee im Juli."

Die ganze Stimmung war dahin. Stefan schaute verkniffen drein, und Christine wollte, dass er verschwand, damit sie nachdenken konnte - aber sie waren zusammen auf diesem Berg, es gab keine Ausweichmöglichkeit.

„Ich möchte mehr Zeit im Yukon verbringen und beenden, was ich angefangen habe." Christine atmete tief durch und sah ihn fest an. „Hast du dich nur mit mir verlobt, um mich sofort zurück nach Hause holen zu können?" Kaum waren die Worte ihr entwichen, hätte sie sie am liebsten zurückgenommen.

Stefan zuckte, kniff die Lippen zusammen, runzelte die Stirn, mahlte mit dem Kiefer.

„Stefan, das war jetzt nicht so gemeint." Eisiger Schreck lähmte sie.

„Ich weiß schon, wie das gemeint war, Chrissi", brummte er, stand auf und ging einfach los. Christine blieb einen Moment unschlüssig stehen. Folgte ihm dann langsam. Es würde ein langer Weg zurück ins Tal werden.

Die Stimmung zwischen ihnen besserte sich den ganzen Abend lang nicht. Christine war völlig erschöpft von der Wanderung. Dazu das

Schweigen, das schwer wie Blei wog. Stefan hatte sich ins Bad verzogen. Christine wollte reden, aber er blieb ewig unter der Dusche.

Sie waren beide hungrig, Christine schlug vor, in ein Restaurant zu gehen. So saßen sie sich im Rib-and-Salmon gegenüber, das berühmt für seine Steaks, Rippchen und den frischen Lachs war. Christine starrte auf die rot-weiß karierte Tischdecke und spielte mit ihrer Gabel.

Kellnerinnen trugen Platten an ihnen vorbei zu einer Gruppe amerikanischer Touristen. Vor dem Restaurant standen die Leute Schlange. Auf der Terrasse lachten Gäste, Kinder krabbelten unter dem Tisch einer Familie herum, und ein paar Männer prosteten sich mit vollen Biergläsern zu. Irgendwann hielt Christine es nicht mehr aus und sah Stefan an.

„Jetzt sag doch was! Was hab ich denn falsch gemacht?", fragte sie verzweifelt.

„Chrissi", seine Stimme war ruhig, seine Miene angespannt. „Du hast nichts falsch gemacht. Du hast wohl recht, ich bin hierher geflogen, auch in der Hoffnung, dass du mit mir zurückkommst."

„Wie stellst du dir das vor?"

Stefan zuckte die Schultern und wich ihrem Blick aus. „Ich hatte mir deine Reaktion anders ausgemalt. Es ist, als möchtest du gar nicht mehr nach Hause kommen."

„Das stimmt nicht", protestierte sie, hörte aber selbst, wie schwach es klang. Damals, als sie von einem gemeinsamen Leben mit Stefan geträumt hatte, hatte sie noch nicht die Weiten Kanadas gekannt, die Briefe, Wilhelm. Robert.

Ihr Blick wanderte die Straße hinunter bis zu dem Holzgebäude des alten Bahnhofs der White Pass und Yukon Route. Was Robert wohl gerade tat? Warum hatte er sich nicht gemeldet?

Es waren nur wenige Minuten zu ihm, das Hotel war nah. Plötzlich schlug ihr das Herz bis zum Hals.

„Chrissi? Alles okay? Lass uns erst mal was essen, wir sind beide hungrig nach der Wanderung ... ja?" Stefan legte die Speisekarte beiseite und seine Hand auf ihre.

„Ja, in Ordnung", willigte sie ein.

Er spürt es. Stefan merkt, dass ich geistig nicht bei ihm bin, mit dem Herzen nicht bei ihm. Sie schluckte. *Dabei machte er alles richtig. Sie war es, die durcheinander und zerrissen war.*

Sie bestellten beide Lachs. Immer wieder wanderten Christines Blicke die Straße hinunter, und immer wieder versuchte sie, zurück zu Stefan zu kommen, ihm zu sagen, was sie bewegte.

Christine nahm einen Schluck Wasser, und Stefan brach die Stille, versuchte, über die Landschaft zu sprechen. Zum Glück kam ihr Essen schnell, und Christine konnte die Aufmerksamkeit auf ihren Teller richten. Halbherzig nahm sie einen Bissen von ihrem Lachs.

Stefan aß mit gutem Appetit und lobte das Gericht. *Mit Robert konnte sie zusammen schweigen, ohne dass es peinlich wurde. Er hatte ihr vorgelesen mit seiner weichen Stimme, seinem Akzent. Die Art, wie er sich durch die Haare strich …*

Auf einmal wog der Ring an ihrem Finger einen Zentner und schien sie in einen Abgrund zu ziehen. Christines Herz klopfte, als wollte es aus ihrer Brust springen, die Straße hinunterhüpfen - zu Robert. Sie wollte etwas sagen, brachte aber kein Wort heraus, und Stefan griff in diesem Moment ein anderes Thema auf.

„Also, Chrissi, was ist das mit deiner Schreiberei, bist du jetzt unter die Schriftsteller gegangen?", fragte er und nahm wieder einen Bissen von seinem Lachs.

„Ich schreibe Großmutters Geschichte auf und erfinde ein Happy End für sie."

„Willst du sie veröffentlichen?"

Christine zuckte die Schultern. „Keine Ahnung, ich tue es für mich, für sie, für ihre Liebe."

„Dir ist aber schon klar, dass neben der Arbeit im Küchenstudio nicht viel Zeit dafür bleiben wird, oder?"

Das Küchenstudio - zählte das jetzt noch? Christine nahm einen weiteren Bissen, ohne etwas zu schmecken.

„Was passiert denn in der Geschichte und in den Briefen?", fragte Stefan.

„Großmutter heiratete einen Mann, den sie nicht liebte." Genau wie du, sagte eine leise Stimme in ihr, und Christine erschrak. „Ich schreibe nun Großmutters Liebesgeschichte neu."

„Wie weit bist du?"

Sie zögerte, langsam wurde sie gereizt. Wieso fragte er das jetzt?

„Ich bin noch am Anfang, als Elisabeth klar wird, dass sie ihre Träume leben will. Sie geht nach Paris, sie hat den Mut, diese Reise zu machen, und folgt Wilhelm dann nach Kanada. Natürlich warten dort auch Schwierigkeiten auf sie. Aber mit der Kraft der Liebe schaffen sie es."

Die Kraft der Liebe, echote es in ihr. Das Ziehen in ihrer Brust wurde stärker. Sie konnte die Verzweiflung und Mutlosigkeit ihrer Großmutter spüren, die diese durchlebt hatte. Aber sie, Christine, lebte in anderen Zeiten! Alles, was sie brauchte, war der Mut, sich selbst einzugestehen, was sie wollte. Ihr wurde beinahe schwindelig bei dem Gedanken. Der Drang, aufzustehen und loszulaufen, war überwältigend.

„Wie geht die Geschichte aus?" Stefans nüchterne Frage erreichte sie wie durch einen Schleier.

„Sie verlässt ihn."

„Wen? Wilhelm?"

„Nein, meinen Großvater. Sie nimmt ihren Mut zusammen und sagt ihm, dass sie ihn nicht liebt. Dass sie lieber ein freieres Leben wählt, mit einem Mann, der selbst frei ist. Leichtigkeit ausstrahlt und sie mitreißen kann. Ein Mann, für den sie nicht die Bodenständige spielen muss. Sich selbst treu sein kann." Christine biss sich auf die Lippen. Tränen traten in ihre Augen, sie senkte den Blick.

„Chrissi." Stefans Stimme klang rau. „Sprechen wir hier noch von deiner Großmutter oder von dir?"

Christine war überrascht über seine Klarheit, dass er sie so einfach durchschaute.

„Stefan, ich kann dich nicht heiraten." Jetzt war es raus. „Bitte verzeih mir, es ist nicht mehr das, was ich will."

„Wie bitte?"

Christine zog an ihrem Verlobungsring, der viel zu fest an ihrem Finger saß. Sie wagte nicht, Stefan anzusehen.

„Ist es wegen diesem Robert? Steckt der dahinter?"

Christine schwieg.

„Ich wusste es!"

Sie schaute hoch. Stefan saß wie vom Donner gerührt auf seinem Stuhl, umklammerte mit einer Hand die Gabel. Sie riss sich zusammen, gab sich einen Ruck.

„Schau, Stefan, ich bin nicht mehr die Chrissi, die du kanntest. Ich kann dich nicht heiraten und mit dir nach Schutzingen gehen. Ich entdecke gerade so viel Neues, es tut mir so leid." Tränen rollten über ihre Wangen, aber endlich bekam sie den Ring vom Finger. Sie legte ihn neben Stefans Teller.

Er war bleich im Gesicht, verschränkte die Arme vor der Brust, wie um sich selbst festzuhalten. „Das kannst du mir nicht antun! Ich bin extra wegen dir nach Kanada gekommen!"

„Es tut mir leid!" Sie stand auf.

„Ich hab's geahnt!" Seine Stimme wurde lauter, er sprang auf, ließ die Gabel klirrend auf den Teller fallen. „Du weißt überhaupt nicht, was du willst, erst sagst du mir, ich soll dir vertrauen und dann … Verdammt, Chrissi, ich hätte wissen müssen, dass du nicht standhaft bist!"

„Stefan, es ist viel passiert und ich habe mich verändert, du bist …"

„Hast du mit ihm geschlafen?"

Die Leute am Nachbartisch, ein Pärchen in zueinander passenden Hawaiihemden, starrten zu ihnen herüber.

Dachte er, es ginge ihr nur darum? Stefan tat ihr immer noch leid, aber er begriff es einfach nicht!

„Nein!"

Er schüttelte den Kopf. „Und was sag ich jetzt meinen Eltern?", kam es schwach von ihm.

„Es tut mir so leid", sagte Christine erneut. Dann drehte sie sich um, stürmte von der Terrasse und rannte davon, ohne sich noch einmal umzusehen.

Sie musste zu Robert, musste ihm sagen, was sie für ihn fühlte!

Ihre Emotionen waren wie der Yukon, rauschten und strömten. Bis zur Mündung, dem Meer, war es nicht mehr weit. Mut, es erforderte Mut. War es jetzt zu spät, ihm ihre Gefühle zu gestehen?

Die Zeit, die sie mit ihm verbracht hatte, der Moment, in dem sie sich fast geküsst hatten, Wilhelms und Elisabeths Geschichte, all das verband sie beide. Die Lesung gestern, wie er sie angestrahlt hatte. Die Tage davor, wie sie die ganze Nacht lang miteinander geredet hatten.

Er war genau wie sie, er war wie sie, er musste das Gleiche empfinden!

Christine hastete ins Hotel, die Treppen hinauf, stand atemlos vor Roberts Zimmertür. Sie klopfte. Keine Antwort.

Christine klopfte erneut.

Nichts.

Sie versuchte es noch einmal, ging dann zur Rezeption und erkundigte sich nach ihm.

Die Empfangsdame blickte auf ihren Computer. Es schien eine Ewigkeit zu dauern.

„Tut mir leid, er hat gestern ausgecheckt", sagte sie.

„Was? Er ist abgereist?"

„Ja, es tut mir leid." Freundlich und professionell lächelte die Frau sie an. „Kann ich sonst behilflich sein?"

Christine schüttelte nur den Kopf, drehte sich um und stürmte wieder auf die Straße.

Robert war abgereist. Das war seine Antwort. Sie brauchte frische Luft.

Über dem Yukon kreischten die Möwen. Christine lief am Ufer entlang in Richtung der Halbinsel. Sie wollte zu dem Felsen, auf dem sie vor Tagen noch gesessen und Ruhe gefunden hatte. Einen klaren Kopf bekommen. Warum war Robert abgereist? Hatte die Verlobung ihn so sehr geschockt?

In Vancouver gab es Dinge für ihn zu tun, vielleicht hatte er sie mit Stefan alleine lassen wollen. Robert … Ihr stiegen Tränen in die Augen. Was hatte er ihr denn gestern Abend sagen wollen? Und sie?

Atemlos kam sie auf der Halbinsel an, lehnte sich gegen einen Baum.

Durch den Tränenschleier sah sie das graublaue Wasser, das nun fast schwarz wirkte, die Mitternachtssonne drang nicht zu ihr durch, sie fühlte sich wie abgetrennt vom Licht. Sie fröstelte und wischte sich ihre Tränen fort. Ihr war schwindelig, sie setzte sich ans Ufer. Erinnerungsbilder kamen auf. „Traust du dich?", hatte Robert gefragt, Wasser in der hohlen Hand. Jetzt hatte sie sich getraut, und er war abgereist. Enttäuscht? Verletzt?

Sie blickte auf das Wasser, das in Strudeln wirbelte wie ihre Gedanken. Sie saß einfach nur da und weinte.

Christine war völlig allein. Kopfschmerzen machten sich breit. Sie war allein, vielleicht war es gut so? Weil sie es nicht anders verdient hatte und alle unglücklich machte mit ihren Schwankungen? Irgendwann versiegten ihre Tränen. Zurück blieb eine namenlose Traurigkeit, die sie erschöpfte, und eine leise Stimme in ihr sagte: *Geh nach Hause, geh schlafen.*

Dreiundzwanzig

CHRISTINE wollte sich nur noch ins Bett verkriechen, aber die Dame an der Rezeption rief ihr zu und erkundigte sich, ob alles in Ordnung sei.

Christine nickte nur schwach.

„Sie waren vorhin so schnell weg, ich wollte Ihnen noch etwas geben", sagte die Rezeptionistin. „Robert Karp hat etwas in seinem Hotelzimmer vergessen. Sehen Sie ihn gelegentlich wieder? Sonst müssen wir es ihm nachsenden."

Christine wollte antworten, dass sie nicht wüsste, ob sie ihn jemals wiedersehen würde, hielt aber inne.

Einen Schlüssel mit einem Anhänger aus Holz in Form einer Schneeflocke. Weil der See Ice Lake hieß, fiel es Christine wieder ein, da Robert ihr einmal die Adresse genannt hatte. Es sei leicht zu finden, hatte er gesagt, die einzige Hütte am Ice Lake.

„Ja, ich gebe es ihm."

Dankbar lächelte die Rezeptionistin ihr zu und wünschte eine gute Nacht.

Stefan hatte sämtliches Gepäck aus ihrem Zimmer geräumt. Ihr schlechtes Gewissen plagte Christine wieder. Sie wollte sich entschuldigen, dass sie ihn so verletzt hatte.

Morgen. Heute war es zu viel. Erschöpft sank sie auf das Bett und versank in einen tiefen Schlaf.

Unruhige Träume schreckten Christine auf. Es war immer noch Nacht, sagte ihr ein Blick auf die Uhr.

Sie hatte von einem schleimigen Monster geträumt, das aus einem See auftauchte. Es war der See vor Wilhelms Hütte gewesen. Das Monster hatte einen reptilienartigen, grünen Körper und blutunterlaufene Augen. Es zog sie mit in die Tiefe des Sees. Wassermassen schlugen über ihrem Kopf zusammen. Hier unten gab es nichts, woran sie sich orientieren konnte. Nur die Trauer, die sie tiefer zog, als hätte man ihr einen Betonklotz an die Beine gebunden. Sie wehrte sich nicht, bis sie auf einmal weiße Blüten über sich sah. Halt, das waren keine Blüten, das waren die Briefe ihrer Großmutter, die Tinte verlief, rann wie Blut über das Papier. Christine schlug wie wild um sich, aber das Monster hatte sie im Griff. Sie schrie, es kamen aber nur Luftblasen aus ihrem Mund.

Die Briefe, Großmutters Briefe, sie musste die Briefe retten! Mit diesem Gedanken war Christine schweißgebadet aufgeschreckt.

Sie brauchte einen Moment, um sich zu beruhigen und zu realisieren, dass sie im Hotelzimmer auf dem Bett lag. Alles war gut.

Und die Briefe waren noch da, wie sie feststellte, als sie ihre Tasche hervorholte. Erleichtert ließ sich Christine wieder aufs Bett fallen. Dennoch hinterließ der Traum einen bitteren Nachgeschmack. Sie dachte an Elisabeth und wie diese versucht hatte, sich zu ertränken. So musste sich das angefühlt haben. Der Gedanke ließ Christine schaudern. Hatte Elisabeth ihr den Traum als Warnung geschickt? Sich nicht in der Liebe zu einem Mann zu verlieren? Aufzuwachen und Klarheit zu bekommen?

Christine betrachtete den Rosenstrauß auf ihrem Nachttisch und fühlte sich noch elender. Doch obwohl es ihr leidtat für Stefan, wusste sie: Sie hatte das Richtige getan. Im Grunde ihres Herzens hatte sie Stefan nie heiraten wollen. Alles, was sie von ihm gewollt hatte, waren Sicherheit und eine Heimat gewesen.

Sollte sie nicht nach Vancouver reisen, die Briefe abgeben, sich noch kurz mit Robert treffen, ihm den Schlüssel zurückgeben und dann nach Deutschland fliegen? Was wollte sie in Deutschland? Vielleicht konnte sie ihre alte Arbeitsstelle in Stuttgart wiederbekommen? Einen Augenblick lang sah Christine sich in der Bank arbeiten, und es kam ihr absurd vor. Wie in einem falschen Film. Was tun?

Sie stand auf und griff nach dem Einzigen, das ihr jetzt helfen konnte: ein Brief ihrer Großmutter.

Lieber Wilhelm,

in dieser einen Woche damals sahen wir uns jeden Abend. Und der Moment der Reue und der Distanz rückte in den Hintergrund. Diese Woche wurde die intensivste und glücklichste meines Lebens.

Für dich brachte sie Trauer mit, denn der Tod deiner Mutter war nur einige Tage her.

Unter deinen Augen sah ich Schatten, so dunkel wie die der Bäume in unserem Garten. Ich strich über dein Gesicht und wünschte, ich könnte sie fortwischen.

Wir saßen unter unserem Apfelbaum. Die Zeit war knapp, ein paar gestohlene Momente für uns. Wie viel Zeit braucht es, um zu heilen, die Trauer zu überwinden? Vielleicht ein Leben lang. In meinen Armen kamst du zur Ruhe. Alles wich aus dir, und du hattest Tränen in deinen Augen, als du vom Tod deiner Mutter sprachst.

„Es tut mir so leid", sagte ich.

Auch deinen Bruder vermisstest du. „In Kanada war alles so weit weg, erst jetzt begreife ich, dass er nicht mehr da ist."

Du weintest in meinen Armen, es brach mir fast das Herz. Stumme Tränen, du ließest sie laufen.

Hier in unserem Garten erlaubtest du dir das. Als der Wind durch die mächtige Krone unseres Jakob-Fischer-Baumes fuhr, wusste ich, dass du beschützt warst. Dass wir beschützt waren, dass irgendein Gott unsere Liebe beschützen musste - da oben.

„Ich wollte immer fort von hier", sagtest du und blicktest dich um. „Erst jetzt sehe ich, wie schön es in der Heimat ist. Ich gehe durch die Straßen von Schutzingen, und jede Ecke birgt eine Erinnerung. Ich lebe in einer Großstadt, Elisabeth. Ständig bin ich geschäftig. Dann komme ich hierher und frage mich, was aus meinen Träumen geworden ist. Ich habe keine Zeit mehr für Poesie."

Ich strich dir über dein Haar. Mit leiser Stimme erzählte ich dir die Geschichte von der Nachtigall und der Rose. Gab dir die Poesie zurück, die dir so sehr fehlte. Ich vermisste sie auch, Wilhelm.

„Manchmal, wenn ich an meinem Schreibtisch sitze und über die Dächer von Montreal blicke, träume ich mich in unseren Garten."

Deine Worte machten mich sprachlos. Alles, was ich tun konnte, war, dich zu streicheln. Dir ging es also genauso wie mir. Du sehntest dich nach mir, nach unserem Garten.

„Deine Hände sind rau, ganz rau", sagtest du, als du sie zum Abschied hieltest. „Aber dein Herz ist immer noch sanft." Ich lachte wie ein junges Mädchen.

Und du sagtest, du würdest gerne bleiben. Aber wir beide wussten, dass dies nur ein Traum war.

Du wolltest jeden Tag auf den Friedhof gehen, sagtest du. Zu deiner Familie. Du wolltest jede Nacht in den Garten kommen. Bei mir sein. Ach, Wilhelm, was für ein schöner Traum das war!

Doch du bliebst nicht. Natürlich nicht.

In Kanada war deine Firma, deine Familie.

Wir küssten uns zum Abschied.

Wir hielten uns noch lang, dann trennten wir uns langsam, deine Hand in meiner bis zum Schluss. Jeder ging in seine Richtung davon.

Ich spüre dich noch immer und unsere Liebe, jeder Moment mit dir ist mir so präsent und nah. Es war doch erst gestern, Wilhelm, oder?

Deine Nachtigall

Allein diese Schrift zu sehen, beruhigte sie. Christine strich kurz darüber, legte den Brief auf den Nachttisch und schlief wieder ein.

Sie sah sich selbst im Obstgarten sitzen unter dem Apfelbaum. Eine Gestalt kam auf sie zu, erst konnte sie nur Umrisse sehen. Weiß und durchscheinend war sie. Dann wurde sie immer klarer.

„Oma!" Christine sprang auf.

„Hallo mein Kind, bleib sitzen", sagte Elisabeth lächelnd und ließ sich neben ihr nieder.

Christine wollte Elisabeth so viel sagen, doch ihre Großmutter kam ihr zuvor.

„Schau diesen Garten an! Er ist wie dein Leben. Du musst ihn pflegen, säen und ernten."

Christine nickte eifrig und fühlte sich wieder wie damals als Kind, als Großmutter ihr alles über Pflanzen erklärt hatte.

„Du musst dich selbst kennen. Die Richtung einschlagen. Du bist viel mutiger, als du glaubst."

„Was soll ich jetzt tun, Oma?" Ihre Stimme war ein Flüstern.

„Du weißt es selbst. Du weißt es ganz genau."

Christine erwachte. Die Stimme ihrer Großmutter noch im Ohr. Elisabeth hatte recht.

Mit einem Ruck setzte sich Christine im Bett auf und erhob sich dann. Sie ging zum Tisch, suchte ihre Tasche und kramte nach dem Schlüssel zu Wilhelms Hütte. Sie wusste genau, was zu tun war.

Tatsächlich war es einfacher, als sie geglaubt hatte. Sie erzählte der freundlichen Dame an der Rezeption, was sie vorhatte, und diese buchte ihr einen Mietwagen. Sie gab ihr Tipps, was Christine zu beachten hatte, und zeigte ihr den Weg auf der Karte.

Sie telefonierte ein wenig herum und wollte ihr noch ein Satellitentelefon für den Notfall organisieren, das Christine in der Stadt abholen konnte. Christine wurde kurz mulmig, als sie begriff, dass es in der Wildnis kein Internet gab. Sie überlegte, wie wohl solch ein Notfall aussehen würde. Aber was sollte ihr schon passieren? Wilhelm hatte es dort auch alleine ausgehalten und er war ein Großstadtmensch gewesen. Kein Internet zu haben, tat vielleicht einfach mal gut. Ruhe und Stille und Rückzug.

Christine ging einkaufen, versorgte sich mit Lebensmitteln für etwa zwei Wochen und mit Bärenabwehrspray. Eine Stunde später saß sie in einem Jeep mit Allradantrieb und fuhr den Alaska Highway entlang Richtung Norden. So einfach war das, es gab nur zwei Richtungen: Süden oder Norden.

Vor einem halben Jahr hätte sich Christine das niemals allein zugetraut. Aber nun war sie stärker. Sie war über sich hinausgewachsen und wuchs immer noch. Wie ein Baum.

Christine entdeckte die ersten kleinen, krummen Tannen am Straßenrand und lächelte. Betrunkener Wald, hatte Robert dazu gesagt.

Robert ... der Gedanke an ihn ließ ihr Herz weit werden, dann sich schmerzhaft zusammenziehen. Robert war fort, wahrscheinlich in Vancouver. Christine konzentrierte sich wieder auf die Straße und das, was vor ihr lag. Ab und zu kam ihr ein Wohnmobil entgegen. Wo würde sie ankommen, wenn sie immer weiterfuhr? Am Ende der Welt? Am Horizont zeichneten sich Berge ab, das Kluane Gebirge mit seinen schneebedeckten Gipfeln. Ankommen - war das immer noch ihr Ziel? Inzwischen fühlte sich ihr ganzes Leben an wie eine Reise. Ihre Großmutter begleitete sie. Fragen an die Zukunft hatte Christine zurückgelassen.

Beinahe hätte sie das Holzschild, das zu einem Schotterweg wies, übersehen. „Ice Lake" stand darauf. Der See, an dem Wilhelms Hütte lag. Christine bog scharf ab und ihr Auto ruckelte über den Weg. Sie war es nicht gewohnt, eine Schotterpiste zu fahren, gab aber instinktiv mehr Gas und hielt das Lenkrad fest umklammert. Als sie sich schon fragte, ob sie hier richtig war, sah sie einen weiteren Holzwegweiser. Links ging es zum See.

Eine Blockhütte mit moosbewachsenem Dach tauchte vor ihr auf. Sie lag auf einer Lichtung. Zwischen den Bäumen glitzerte Wasser, ein paar hundert Meter entfernt. Die Hütte war aus ganzen Baumstämmen gebaut. Das helle Holz leuchtete, als wäre es vor Kurzem poliert worden. Die Fensterrahmen waren weiß gestrichen. Ein blaues Schild, auf dem in weißen Lettern „Karp" zu lesen war, hing davor an einer Tanne.

Christine parkte direkt am Ende der Schotterstraße. Ihr Herz pochte schneller. Das war sie also, Wilhelms Hütte. Und weit und breit keine anderen Hütten, Häuser oder Nachbarn. Sie sprang aus dem Wagen, aufgeregt wie ein Kind.

Die Tür öffnete sich und ein großer Mann mit schwarzem, nicht mehr so vollem Haar trat heraus. Sein Gesicht war von strengen Stirnfalten beherrscht, er trug Hemd und Jeans, stand im Türrahmen und lächelte sie an. Endlich bist du gekommen, sagte er und ging ihr mit federnden Schritten entgegen. Elisabeth! Wo warst du so lange?

Liebste! Nachtigall!

Der Wind fuhr durch die Espenbäume am Ufer des Sees, und Christine schauderte. Die Stimme hing in der Luft. Die Tür zur Hütte war verschlossen, ihr Traumbild verblasste. Ehe sie den Schlüssel ins

Schloss steckte, spähte sie durchs Fenster. Da waren ein Ofen, ein Tisch und die Glastür zu einer Holzveranda, alles sehr schlicht eingerichtet und doch modern. Vielleicht hatte Robert die Hütte renoviert? Christine atmete tief durch und öffnete sanft die Tür.

Der Duft nach frischem Holz hing in der Luft. Der Boden war mit roten Teppichen ausgelegt.

An den Wänden links und rechts ragten Regale voller Bücher bis zur niedrigen Decke hinauf. Ein Zimmer mit Kochstelle, Esstisch und Ohrensessel am Fenster.

Im einzigen anderen Raum der Hütte stand ein einfaches Bett mit bunten Kissen und Wolldecken. Christine dachte an Robert und fragte sich unweigerlich, ob sie mit ihm das Bett geteilt hätte. Bei dem Gedanken wurde ihr heiß und dann wieder kalt.

Sie war allein. Und würde sich dem auch stellen. Wo war das Badezimmer? Christine blickte sich ratlos um. Es gab keins. Sie öffnete die Tür zur Holzveranda, erkundete die Gegend um die Hütte und fand ein Plumpsklo, ein sogenanntes „Outhouse", mit Riegel und stabiler Tür als Schutz vor Bären. Waschen musste sie sich wohl im See oder an der Küchenspüle.

Christine räumte die Lebensmittel aus dem Auto. Es gab einen Kühlschrank, den sie erst an einen Stromgenerator anschließen musste. Während sie von der Hütte zum Wagen zurücklief, um ihren Koffer zu holen, fühlte sie sich, als würde sie beobachtet. Einen Moment lang hielt sie inne und lauschte. Nichts. Nur ihr eigener Herzschlag, der Wind und ein paar Eichhörnchen, die im Laub raschelten.

Wollte sie wirklich hier die Nacht verbringen? Zum Glück wurde es nicht dunkel, beruhigte sich Christine. Sie könnte jederzeit zurück in die Stadt fahren. Als sie ihren Koffer ausgepackt hatte, setzte sie sich auf den Holzstuhl, der auf der Veranda stand, und las einen weiteren Brief ihrer Großmutter.

Lieber Wilhelm,

unser Platz: der Obstgarten. Er gehört zu unserer Geschichte. Eines Tages wurde er offiziell zu meinem Garten. Doch für mich war und ist er immer ein Stück von dir.

Jahrelang hatten dort Büsche und Bäume vor sich hin gewuchert. Der Besitzer kümmerte sich nicht darum. Unser Paradies - seine Wildheit machte es besonders. Unser Versteck, unser Geheimplatz ... Was passiert mit einem wilden Ort, wenn er auf einmal nicht mehr wild ist?

Peter kam zu mir und sagte, er wolle das Grundstück am Weiher kaufen. Der alte Bauer war verstorben und hatte keine Erben.

Mir blieb die Luft weg, als er mich fragte, was ich davon hielte. Unser Garten, Wilhelm!

„Elisabeth, du hättest deinen eigenen Obstgarten, das wolltest du doch immer", sagte Peter.

Ich stimmte zu. Und so kaufte mein Mann diesen Garten für mich. Ob Peter ahnte, was er mir bedeutete?

Wilhelm, dieses Paradies war so schön, weil es wild war und frei. Keine Gartenschere, die Sträucher und Büsche züchtigte. Das Gras wucherte kniehoch im Sommer, die Äpfel reiften ungesehen - nur wir aßen davon. Nun lag es in meiner Hand, diese Wildnis zu zähmen. Ich tat es gerne, aber nicht ohne Trauer. Während ich Büsche zurechtstutzte, wusste ich, dass unsere Liebe nur so kraftvoll war, weil sie wild war wie dieser Garten. Frei, wild und geheimnisvoll. Hätten wir im Alltag Bestand gehabt, Wilhelm? Jeden Tag miteinander verbringen? Die Sorgen des täglichen Lebens teilen? Nach einiger Zeit wäre es wie unser Garten gewesen: geordnet, zurechtgeschnitten, ohne dunkle Ecken. Überschaubar.

Soll die Liebe so sein? Wächst sie nicht, wohin sie will? All das beschäftigte mich, während ich fleißig das Gras mähte und Bäume trimmte. Unser Garten ist nun zahm. Das Paradies ist beschnitten.

Und Peter? Er freute sich, dass er mir einen Garten hatte schenken können. Wusste er doch nichts von seiner Bedeutung für mich. Aber von Anfang an hat er gewusst, dass ich einen anderen liebe. Die Jahre bewiesen, dass Peter und ich ein perfektes Team waren, gute Kameraden, die Zuneigung füreinander empfanden. Wir arbeiteten zusammen, alles lief reibungslos. Aber die Leidenschaft, nun ja, sie war nicht da. Wir brauchten sie nicht in unserem Leben. Denn ich habe dich, Wilhelm, mein Feuer brennt für dich.

167

Ist der wilde Garten nun auch schon lange gezähmt - in mir wächst diese Wildheit immer noch.

Deine Nachtigall

Das leise Rauschen des Windes in den Espen ließ Christine von dem Brief aufblicken. Nach all dem inneren Chaos der vergangenen Tage spürte sie nun wieder ihre Großmutter neben sich. Vielleicht hatte sie sich deshalb so beobachtet gefühlt? Sie war zwar allein, doch Elisabeths Anwesenheit stärker denn je. Auch Wilhelm, sein Geist hing in der Hütte. Was hättest du gemacht, Oma, hier in dieser Hütte? Ihn gesucht, in seinen Büchern, Papieren? Den Blick auf den See genossen, den er jeden Tag in sich aufgenommen hat? Versucht, ihn zu verstehen? All die unbeantworteten Fragen an ihn gestellt, die du so lange mit dir herumgetragen hast?

Das Blau des Sees, die warme Sonne, all das berührte Christine tief in ihrem Inneren. Die Ruhe bereitete sich wie eine Decke über ihr aus.

Vierundzwanzig

AM nächsten Morgen erwachte Christine früh. Die Stille, fast hörbar, hatte sie schnell einschlafen lassen. Sie lag noch kurz da, spürte die raue Wolldecke, die etwas muffig roch. Wie ruhig es doch war, so unendlich ruhig und friedlich. Christine schlüpfte in Jeans und T-Shirt, tapste in die Küchenecke.

Als sie den Korb mit Holzscheiten und alten Zeitungen betrachtete, wurde Christine bewusst, dass sie noch nie im Leben ein Feuer gemacht hatte. Sie erinnerte sich aber, es schon bei Angie beobachtet zu haben, wenn diese Feuer für die Schwitzhütte machte. Christine nahm das Zeitungspapier, zerknüllte es, warf es in die Feuerstelle, legte Holzscheite darauf, baute das Ganze wieder um, suchte im Korb nach dünneren Holzstücken, die sie entzünden konnte.

Nach vielen Versuchen brannte endlich ein Feuer. Sie hatte Mineralwasser mitgebracht, das sie nun in den Teekessel goss und erhitzte. In den nächsten Tagen würde sie das Wasser vom See schöpfen müssen, denn der Hahn in der Küche war trocken. Wie hatte Wilhelm das nur gemacht?

Als der Kessel pfiff, goss Christine löslichen Kaffee auf. Mit der dampfenden Tasse in der Hand trat sie nach draußen und sog die klare, frische Luft ein.

Glitzernd im Sonnenlicht lag der See vor ihr. Außer dem Spiel des Windes in den Bäumen war nichts zu hören. Doch heute Morgen fühlte sich Christine nicht mehr beobachtet, sondern beschützt von der Stille.

Sie ging hinunter zum See. Der Wind ließ das Wasser in feinen Wellen ans sandige Ufer kräuseln. Rosa blühende Weidenröschen sprossen überall hervor. Christine bewunderte die Blume, Fireweed genannt, weil sie oft nach Waldbränden erblühte. Sie nahm einen Schluck Kaffee. Ja, es war, als hätte sie gerade einen solchen Waldbrand überlebt. Nur, dass dieser in ihr gewütet hatte. Lange stand sie einfach nur da. Als sie den Kaffee schließlich austrank, war dieser schon kalt, aber das störte Christine nicht. Auf dem Weg zurück in die Hütte entdeckte sie an einer Außenwand einen leeren Wassertank und eine Pumpe. Christine dachte nicht lange nach. Ein Blick in den Wassertank verriet ihr, dass dieser geputzt werden musste. Der Tank war mit der Leitung in der Küche verbunden.

Christine machte sich an die Arbeit, schrubbte das Innere des Tanks mit Essig und Wasser aus dem See. Es war mühsam, immer wieder einen Eimer am Ufer zu füllen und nach oben zu tragen. Sie musste den Tank seitlich kippen und ihn immer wieder ausspülen. Mit Hilfe der Handpumpe konnte sie ihn schließlich füllen. Ihr taten die Arme weh.

Verschwitzt aber glücklich betrachtete Christine ihr Werk. Sobald der Tank voll war, lief das Wasser durch die Leitung zum Hahn in der Küche. Sie freute sich wie ein Kind über das klare, reine Seewasser. Und war sich sicher, dass sie es trinken konnte. Allein der frische Duft!

Und jetzt? Sollte sie sich am Küchenwaschbecken waschen? Nein, kurzentschlossen zog Christine sich aus und rannte los. Kleine Äste piekten ihre Füße. Sie sog scharf die Luft ein, als ihre Zehen ins Wasser eintauchten. Aber sie hielt nicht an. Ganz oder gar nicht! Sie kreischte und schnappte nach Luft, weil das eiskalte Wasser ihre Lungen fast einfror. Mit kräftigen Zügen schwamm sie ein paar Meter hinaus. Sie tauchte unter, kam prustend nach oben. Es war immer noch kalt. Schnell wieder ans Ufer! Sie blickte sich vorsichtig um. Doch keine Menschenseele war hier, vor der sie ihre Blöße verstecken musste. Wie ungewohnt das war. Ihre Haut prickelte im Sonnenlicht, und ein warmer Wind strich über ihre Gänsehaut. Christine lief zurück in die Hütte, trocknete sich ab und zog sich wieder an. Noch nie hatte sie sich so sauber gefühlt.

Lieber Wilhelm,

die Sehnsucht nach dir ist groß - immer noch. Wochen, Monate, Jahre hatte ich auf dich gewartet. Dann unsere großen Momente, die wir in jener Woche hatten, als wir uns wieder in den Armen lagen.

Ich bewahre diese Momente auf, in der Schatzkiste meines Herzens, und hole sie hervor in einsamen Stunden. Unsere gemeinsamen

Augenblicke sind mir so kostbar wie Diamanten. Die Woche war die längste, die wir je gemeinsam verbrachten. Ich betrachte sie von allen Seiten, poliere sie, spiegele mich darin wider. Mich, dich, uns, wir zwei auf unserer Spielwiese ... im Garten.

Unser kleines Paradies, das jetzt mir allein gehörte. Ab und zu schaute Peter vorbei, nickte zufrieden, wenn er sah, wie ich die Holunder- und Schlehenbüsche gestutzt hatte. Es gibt ein Häuschen aus Holz. Einen Schuppen. Ich träumte davon, ihn zu unserem Liebesnest ... Ach, du weißt schon. Hier sollten und wollten wir uns wiedersehen. Du sagtest, du würdest wiederkommen, du hattest eine Idee ... Aber ich wusste nicht, ob du tatsächlich wiederkommen würdest, Wilhelm.

Es gab Tage, an denen mir alles schwer erschien. Die Arbeit, mein Körper, mein Herz. Als läge ein Stein auf meiner Brust. Aber warum nur? Der Liebesschmerz, nun ja, ich hatte ihn gewählt, und ich mochte mein Leben. Ich hatte mich entschieden, den Hof fortzuführen. Das Gemüse und Obst, das ich auf dem Markt feilbiete, meine Marmeladen, all das bedeutet mir etwas. Ich erledige und bearbeite alles, wie meine Mutter es mir beigebracht hatte. Das ist meine Lebensaufgabe, und es gibt Zeiten, da macht mich das sehr glücklich. Aber dann ... Die dunklen Tage, die Traurigkeit wollen nicht völlig weichen und ich sitze manchmal stumm da, untätig in der Küche, und drifte ab. Mein Schatzkästchen scheint in diesen Augenblicken verloren, unzugänglich. Als sitze ein Drache darauf und faucht mich an, jedes Mal, wenn ich nach unseren Momenten greifen will. Es ist so viel Zeit vergangen, seit wir uns das letzte Mal in den Armen hielten. Jeder Atemzug, jede Berührung dieser Begegnung ist mir das Liebste auf der Welt.

Deine Nachtigall

Elisabeths Worte gaben Christine Halt. Wilhelm war zurückgekommen und wieder gegangen, und alles, was ihrer Großmutter letztendlich geblieben war, waren die glücklichen Erinnerungen, die aus einzelnen Augenblicken bestanden. Deshalb war sie, Christine, hier. Hier, wo Wilhelm seine Tage allein verbracht hatte.

Als sie Stefan davon erzählt hatte, war es so einfach gewesen: Schreiben. Aber dann war Robert weg gewesen und hatte Christine erinnert, dass es eben doch nicht so einfach war.

Elisabeths Situation schien kompliziert: Verheiratet mit Kind - war sie nun an einem Punkt, an dem es kein Zurück gab? War es je einfach gewesen für ihre Großmutter? Vor dem Krieg nicht, und danach hatte Elisabeth geheiratet und den Hof bewirtschaftet. Der Weg zu Wilhelm blieb versperrt, die große, weite Welt fern. Wo ansetzen, an welchem Punkt in ihrem Leben hätte Elisabeth ausbrechen können?

Christine blickte in die Weite. All dies hätte ihre Oma erleben können, wie sehr hätte sie sich das für Elisabeth gewünscht.

Doch Christine wusste nicht mehr, wie sie ihr das schenken sollte.

Fünfundzwanzig

SCHREIBBLOCKADE. Es ging nicht mehr weiter. Ihr fiel nichts ein, der Fluss aus Wörtern war versiegt. Am Morgen hatte Christine angefangen, doch nach einem Absatz kam der Schreibfluss erst ins Stocken, dann zum Erliegen. Starr saß sie vor dem Notizbuch.

Also putzte Christine die Hütte. Sie fing mit den Fenstern an, fegte den Boden und staubte Wilhelms Bücher ab. Sah sie durch. Buch für Buch. Wilhelm hatte keine persönlichen Gegenstände in der Hütte gelassen außer seinen Büchern.

Während sie durch einen Pflanzenführer blätterte, überlegte Christine immer noch krampfhaft, wie sie weiterschreiben könnte. Die Geschichte zu einem glücklichen und schönen Ende bringen. Ein Wunder hätte passieren müssen im Leben ihrer Großmutter, eines, das Elisabeth auf den Weg geschickt hätte. Aber Veränderungen passierten nicht einfach aus heiterem Himmel, sie verlangten Mut.

Den Mut, in einen Flieger zu steigen, so, wie sie das getan hatte. Den Mut, den sie wiedergefunden hatte, um allein hier draußen zu bleiben. Würde sie auch den Mut finden, nach Vancouver zu reisen, um die Briefe abzugeben? Schmerzhaft würde es werden, sie loszulassen. Robert - ob er an die Briefe dachte? Dieses Ziehen in ihrer Brust - Christine wollte zu ihm, mit ihm sprechen, seine Stimme hören, in seine Augen blicken. Robert - er wusste nicht, dass sie ihre Verlobung gelöst hatte. Könnte Liebe wirklich so einfach sein? Mut im Gepäck? Sich auf den Weg machen, ihm gestehen, dass sie ihn liebte? Christine wurde heiß bei dem Gedanken, dann zwang sie sich zurück ins Hier und Jetzt. Nein, sie konnte noch nicht fort.

Nicht, solange sie das Ende der Geschichte noch nicht geschrieben hatte.

Sie stellte das Buch zurück ins Regal zu den anderen. Ihr Blick streifte einen Band mit Kurzgeschichten von Jack London. Vielleicht würde eine kleine Lesepause ihr Inspiration geben?

Ein Feuer machen, so der Titel des Buches. Ein Feuer machen. Christine schlug die erste Seite auf.

Da fiel ihr etwas entgegen - eine Postkarte, die zwischen den Buchseiten gesteckt hatte. Sie nahm sie auf. Der See war darauf abgebildet - Ice Lake, im Herbst. Die Bäume um den See flammten in Gelb und Orange und das Wasser glitzerte im Sonnenlicht.

Christine drehte die Postkarte um, und ihr stockte der Atem.

Liebe Elisabeth,

ich habe mir hier eine Hütte gekauft. Einen Traum erfüllt. Er ist nicht komplett ohne dich, Elisabeth. Wage es, hab Mut und: Komm!

Komm zu mir, denn ich

Keine Unterschrift, nichts. Wilhelm hatte die Postkarte nicht zu Ende geschrieben, nicht abgeschickt, in einem Buch vergessen.

Mit wild klopfendem Herzen saß Christine auf dem Boden, strich über das Geschriebene. Denn ich … vermisse dich? Liebe dich? Hatte er abgebrochen, weil er eingesehen hatte, dass es keinen Sinn mehr hatte, weiterzuschreiben, und Elisabeth nicht kommen würde? Was, wenn er die Karte damals abgeschickt hätte?

Das war genau das, was Christine brauchte. Tränen traten ihr in die Augen, sie sprang auf und eilte zu ihrem Notizbuch. Genau das - diese Zeilen konnten zu einem glücklichen Ende führen! Christine würde die Postkarte an ihre Großmutter senden. Innerlich schickte sie ein Dankeschön an Wilhelm, als sie den Stift zur Hand nahm und weiterschrieb.

Die Briefe und die Postkarte lagen auf dem Tisch neben ihrem Buch. Sie war nicht allein, im Gegenteil, in ihrem Kopf lebten Elisabeth und Wilhelm auf. Alles, was Christine tat, war die Geschichte so niederzuschreiben, wie die beiden sie ihr einflüsterten. Gänsehaut kroch über ihre Arme und die Worte flossen nur so aus ihr heraus.

Lieber Wilhelm,

wenn der Herbst begann, fing für uns der Frühling an. Es duftete nach feuchtem Laub und morgens war es kühler, aber mir machte es nichts aus, denn du kamst. Du hattest deine Idee umgesetzt und es dir so eingerichtet, dass du jeden September zur Kosmetik-Messe nach Stuttgart reisen konntest.

Und wir hatten Glück, alles fügte sich.

Peter arbeitete dreimal in der Woche in einer Schreinerei. Angelika ging in die Volksschule. Selbst wenn es nicht so gewesen wäre, hätte ich alles möglich gemacht, um dich zu sehen. Und du kamst vorbei, und für ein paar Stunden entführte ich dich in den Garten.

Im Schuppen hatte ich Platz gemacht für eine Decke ... denn in dem gezähmten Garten hätte jeder Spaziergänger uns gesehen, unter dem Apfelbaum.

Du stauntest, während du die Beete mit Erdbeeren, Salat, Kräutern und die ordentlich geschnittenen Holunderbüsche betrachtetest. „Ich erkenne unseren Garten kaum wieder!"

Ich erzählte dir die ganze Geschichte, wie der Garten in meinen Besitz kam. Ich streichelte deine Locken, die immer noch ihre Wildheit bewahrt hatten, auch wenn sie nun kurz geschnitten waren und du immer einen Hut trugst.

Du folgtest mir in den Schuppen. Dort küssten wir uns und sanken auf die Decke. Es war schön, wie immer, wenn wir uns liebten.

„Ich vermisse den wilden Garten", sagtest du, als wir auf dem Rücken lagen und uns an den Händen hielten. Ja. Dein Leben war sehr geschäftig. Du hattest viel erreicht und warst wohlhabend. Wo blieb Platz für das Wilde?

Nun lebtest du schon lange in Kanada und sprachst mit einem leicht französischen Akzent.

Du sagtest, du wolltest nach Hause kommen, manchmal sei da dieses Heimweh. Unendlich stark zerre es an dir. Du offenbartest mir, dass du manchmal in deinem Büro aus dem Fenster blicktest und dich nach Schutzingen wünschtest.

Mal kurz nach Schutzingen. Auf den Friedhof gehen, am Grab deiner Familie stehen. Zu mir in den Garten kommen. Durch die Straßen schlendern, an der Schneiderei vorbei, an der Schule. Erinnerungen.

Ich sagte dazu nichts, denn ich wusste, dass deine Sehnsucht, in der Heimat zu sein, meiner eigenen glich, wegzugehen. Diese Wünsche blieben unerfüllt.

Ich gab dir ein Glas von meinem Apfelkompott mit. Und du schenktest mir ein paar Fotos von dir. Eines zeigte dich auf dem Gipfel eines Berges. Um dich nur Weite und Gebirge. Du erklärtest mir, dass es in der Nähe von Montreal aufgenommen worden war. Dort fändest du Frieden, sagtest du. Auf dem Bild lagst du entspannt in der Sonne, den Hut tief im Gesicht, sodass man nur deinen Mund sah und ein paar schwarze Locken an der Seite.

Ich schaue es oft an und stelle mir vor, ich sei mit dir auf dem Berg. Ich würde dich küssen und mich zu dir legen. Hier oben, nur wir zwei. Gemeinsam könnten wir die Wolken am Himmel zählen und die Welt um uns vergessen. So wie in unserem Garten ... nur, dass ich in meinem Traum wieder mit dir ins Tal wandere. Und wir reisen zusammen zurück nach Montreal, denn in dieser Fantasie lebe ich mit dir in der Stadt, die ich nur aus deinen Erzählungen und von Fotos kenne.

Nun hatten wir, was man wohl eine Affäre nennt. Wir beide. Hattest du jemals wieder ein Gefühl der Reue? Ich nicht. Ich liebe dich, schlicht und einfach. Da ist nur Liebe für dich und Freundschaft für Peter.

Ja, damals ging das so, ein paar Jahre. Gerade ist auch wieder Herbst und ich blicke hinaus auf Felder und Wiesen, bevor ich gleich den Stift beiseitelegen werde und in den Garten gehe, um Äpfel zu ernten. Es ist alles wie damals, nur, dass du nicht mehr kommst, Wilhelm.

Deine Nachtigall

Unruhig hatte Christine Wilhelms restliche Bücher durchsucht. Vielleicht fand sie noch mehr? Angefangene Briefe, Notizen, Karten? Doch nichts.

Die Postkarte, die Wilhelm niemals abgeschickt hatte, behielt Christine in ihrem Notizbuch. Bald würde sie am Ende ihrer Geschichte angekommen. Kein Roman, nein, es war eine Novelle. Die

Freude über die Inspiration überstrahlte alles, obwohl sich Christine vor dem Ende scheute. Denn das würde Aufbruch bedeuten. Aufbruch nach Vancouver, zu Wilhelms Grabstätte. Und zu Robert?

Christine packte die Briefe und etwas Proviant ein und machte sich zu einer Wanderung auf, um einen klaren Kopf zu bekommen. Hinter der Hütte führte ein Pfad in die Berge. Ob Wilhelm hier entlangspaziert war? Wie hatte er seine Tage verbracht? Lesend, seinen Gedanken nachhängend? Hatte er die Einsamkeit genossen? Sie war wohltuend und hatte für Christine nichts Erschreckendes mehr an sich, nachdem sie sich einmal in ihr zurechtgefunden hatte.

Der Pfad war schmal. Allein mit ihren Gedanken, stieg Christine über Wurzeln und Steine, nichts war zu hören außer ein paar Vögeln, ihren Schritten und ihrem Atem, der schneller ging, je steiler der Hang wurde. Sie hoffte, auf dem Berg anzukommen, den sie von der Hütte aus sehen konnte. Er hatte keinen Namen, war einfach nur ein kleiner Berg, hinter dem sich ein Gebirge erhob.

Sie schwitzte, jetzt, Ende Juni. Der Sommer dauerte nur zwei Monate, hatte Robert gesagt. Und dieser wäre außergewöhnlich warm.

Könnte Christine nur für immer hierbleiben, zurückgezogen von der Welt, auch von Schutzingen. Dort warteten unausgepackte Kisten auf sie.

Wie würde es weitergehen? Unmöglich, sich nun wieder in das alte Leben zu begeben, eine Stelle in der Bank anzufangen! Nein, es musste einen anderen Weg geben.

Sie kämpfte mit sich, schwitzend und keuchend. Je höher sie kam, desto kühler wurde die Luft. Christine wanderte tapfer weiter, fühlte, wie ihre Beinmuskeln schwer wurden.

Der Pfad führte nun über raue, dunkle Felsen, auf denen Inseln aus graugrünem Moos wuchsen. Christine war bereits oberhalb der Baumlinie, nur vereinzelt kämpften sich niedrige Büsche und Sträucher empor. Christine blieb stehen, um ein wenig auszuruhen, blickte zurück auf den Weg, den sie gekommen war, und freute sich, wie weit sie es geschafft hatte. Ganz schön anstrengend. Jetzt umdrehen, zurück ins Tal? Von ihrem Punkt aus konnte sie die Hütte sehen und den See. Weiße Wolken kreuzten langsam das Blau wie Schiffe. Christine Herz weitete sich wie der Himmel um sie herum. Sie schloss die Augen, die Sonne auf ihrem Gesicht.

Nein, weiter! Der Gipfel lag vor ihr, es fehlte nicht mehr viel.

Endlich auf dem Gipfel angekommen, hatte Christine einen Dreihundertsechzig-Grad-Rundblick auf die fernen Berge, Seen, grünen Wälder. Der Yukon schlängelte sich in der Ferne dahin. Es wehte ein kühler Wind, kleine Flecken von Schnee lagen auf dem Gipfel. Schwarze Felsen, dazwischen rotes, grüngraues und weißes Moos. Der Wachholder, der hier wucherte, verströmte einen würzigen und holzigen Duft. Christine streckte ihre Arme aus und lachte. Sie hätte die ganze Welt umarmen können! Sie hatte es geschafft. Um sie herum nur weite, endlose Natur.

Ja, sie war in den vergangenen Wochen über sich hinausgewachsen, wenn auch nur ein kleines Stück - aber die alte Chrissi, die unbedingt ein bodenständiges Leben wollte, sich an einen Mann klammern, die war verschwunden und einer neueren Version gewichen. Christine setzte sich auf einen Felsen, aß ihre mitgebrachten Brote und las dann einen Brief.

Lieber Wilhelm,

jahrelang ging das so mit unseren Treffen, immer dann, wenn du in Deutschland warst. Du schriebst ja auch nie. Du riefst nur immer an, kurz bevor du nach Schutzingen kamst. Ich zweifelte nie an deinen Gefühlen, wenn wir beieinander lagen, aber dann warst du wieder in Kanada, in der Firma, bei deiner Frau und deiner Tochter, und in düsteren Stunden machte mir diese Vorstellung zu schaffen.

Du erzähltest einmal von deinen melancholischen Spaziergängen durch Schutzingen. Sentimental nanntest du sie. Du sagtest, du gingst immer dieselbe Strecke: auf den Friedhof und an deinem Elternhaus vorbei. Er steht noch, der Backsteinbau. Dort, wo einst eure Schneiderei war, ist heute ein Café. Du erzähltest mir, dass du einmal drin warst und Kaffee trinken wolltest, es aber nicht konntest, weil die Gefühle dich übermannten. Die Erinnerungen, die Frage, was gewesen wäre, wärst du geblieben. Also liefst du zurück auf den Friedhof, setztest dich auf eine Bank in der Nähe des Familiengrabes und dachtest an die Vergangenheit.

Und dann sagtest du zu mir: Elisabeth, du hast es sicher vergessen, aber damals, als wir uns auf dem Friedhof trafen, an meinem Geburtstag, ging ich später zurück, weil ich das Buch liegengelassen hatte. Das von Oscar Wilde, das du mir schenktest, weißt du noch?

Und ob ich es wusste! Ich konnte das nicht glauben.

„Hast du etwa das Büchlein noch?", fragte ich und du erzähltest mir, dass es nun in deiner Bibliothek steht. Du es hütest wie einen Schatz und du es manchmal durchblätterst.

Ich konnte nichts sagen vor Rührung. Bilder, Erinnerungen, unsere gemeinsame Zeit, deine Träume - und nun, nach all den Jahren, erinnerten wir uns beide. Denn es war in diesem Garten gewesen, dass du mit mir deinen Traum teiltest: „Eines Tages werde ich eine Bibliothek besitzen."

„Du hast bisher alle deine Träume wahr gemacht", sagte ich.

„Ja, aber einer wurde nie Wirklichkeit", antwortetest du und sahst mich an mit diesem Blick, in dem so viel Liebe lag, Wilhelm. Dann strichst du mit deiner Hand über mein Gesicht, so zart, als wäre es zerbrechlich.

„Vielleicht ist dieser Traum zu groß für uns", sagte ich damals.

Du schütteltest nur den Kopf und küsstest mich. Voller Zärtlichkeit, die mir die Tränen in die Augen trieb.

Du liebtest mich, ich hatte keine Zweifel mehr.

Deine Nachtigall

Für einen Moment lauschte sie den Worten ihrer Großmutter, die in ihr nachklangen. Christine wollte sie nicht loslassen.

Ein Schrei, seltsam vertraut, durchbrach die Stille. Ein Adler zog über dem Tal seine Kreise. Einen Adler zu sehen bedeutete Glück, hatte Robert gesagt. Christine lächelte und blickte dem Raubvogel nach.

Er entfaltete seine wahre Schönheit, als er seine Flügel ausbreitete. Und wann würde es an der Zeit sein, ihre eigenen Flügel auszubreiten und weiterzureisen? Sie wusste es noch nicht.

Christine gewöhnte sich eine tägliche Routine an, die aus Feuermachen, Wasserholen und Schwimmen im See bestand. Inzwischen hatte sie sich an das kalte Wasser gewöhnt. Sie fühlte sich wacher und klarer. Ohne Ablenkung konnte sie stundenlang schreiben, und seit sie die Postkarte gefunden hatte, bewegte sich die Geschichte auf das Ende zu. Christine traute sich zu, sie später zu einem Roman auszubauen. Sie würde nicht aufhören zu schreiben, egal, was noch auf sie zukam. Selbst wenn sie ihren Job als Bankerin wieder aufnehmen müsste, würde sie dennoch schreiben.

Sie blickte auf den See, der ihr inzwischen ein Freund geworden war. Durch das Schreiben fühlte sie sich im ständigen Dialog, vermisste es nicht, mit Menschen zu reden. Manchmal sprach sie mit dem See oder mit sich selbst. Das war in Ordnung, fand sie. Sie sprach sich Mut zu, weiter auf der Reise zu bleiben. Noch musste sie nicht zurück nach Schutzingen. Christine könnte ihre Mutter bitten, nach der Wohnung zu sehen oder diese aufzulösen. Sie könnte in Kanada studieren. Neue Ideen belebten ihren Geist. Doch als nächstes stand etwas an, das Christine sehr schwerfallen würde: die Briefe loszulassen.

Lieber Wilhelm,

dann kamst du mit dieser Nachricht, die alles veränderte: Du warst geschieden.

Wir liebten uns im Schuppen. In deinen Armen schwebte ich fort in einen goldenen Himmel. In einem Moment der Leidenschaft sah ich mein Leben von oben. Ich sah Peter in der Schreinerei, meine Tochter, die nun selbst ein Kind hatte, in ihrer kleinen Wohnung. Ich blickte hinunter auf mein entrücktes Gesicht in deinen Armen, sah einen Goldschimmer um uns herum. Ich stürzte hinab, in dem Augenblick, als die Leidenschaft ihren Höhepunkt erreichte. Mit einem Lachen kam ich zu mir. Ich war befreit! Auf einmal sah ich alles ganz klar.

„Möchtest du, dass ich mit dir komme? Jetzt, wo du frei bist?“, fragte ich dich.

Ungläubig blicktest du mir ins Gesicht. „Ich liebe dich“, sagtest du damals. „Du kennst die Antwort. Die Frage ist: Willst du es, kannst du es?“

Auf einmal war es klar: Wenn ich jetzt nicht Anlauf nahm und in die Freiheit sprang, würde ich es nie tun.

„Meine Tochter ist aus dem Haus, Peter spricht kaum noch mit mir. Ich habe dem Hof das Beste gegeben, meine Jugend und meine wahren Träume." Da brannte ein Feuer in mir. „Ich begleite dich nach Kanada! Lass mich mit Peter reden, dann komme ich zu dir nach Stuttgart."

„Bist du sicher?"

„Ja! Und du, willst du mich denn immer noch?"

„Und ob ich dich will!" Du zogst mich an dich, ganz fest, ganz nah, Haut an Haut. Deine Augen erinnerten mich immer noch an die jenes jungen Mannes, der mich damals in der Schneiderei voller Feuer ansah.

Es war beschlossen. Dieses Mal würde ich den Sprung schaffen. Ich wollte zu dir fliegen, zu dir allein.

Deine Nachtigall

Sechsundzwanzig

ALS Christine nach tagelanger Einsamkeit wieder nach Whitehorse fuhr, kam ihr die kleine Stadt sehr geschäftig vor. Überall Menschen, Pick-up-Trucks, Musik dudelte aus einem Auto ... Sie musste schmunzeln. Was doch ein paar Tage in der Abgeschiedenheit ausmachen konnten. Sie hatte sich nicht alleine gefühlt, wie auch, mit Elisabeth an ihrer Seite! Nun parkte Christine vor einem Elektrogeschäft. Ihr Herz pochte entschlossen, sie lächelte und stieg aus. Sie wollte sich ein kleines Notebook kaufen, um die Geschichte abzutippen. Und dann einen Flug nach Vancouver buchen.

Nachdem sie sich das Gerät gekauft hatte, ging sie ins Café. Dasselbe, in dem Robert ihr von der Lesung erzählt hatte. Obwohl es nur ein paar Tage her war, kam es ihr vor wie eine Ewigkeit.

Sie steuerte einen Ecktisch an mit Blick auf die Straße, holte sich einen Milchkaffee und klappte das Notebook auf. Später wollte sie die Briefe im Copyshop kopieren, ehe sie diese auf Wilhelms Grab legen würde. Jedes Wort war ihr so kostbar geworden.

Die Liebesgeschichte ihrer Großmutter trug den Titel „Aufbruch".

Christine las sich ihre geschriebenen Worte durch und wurde wieder in diese Welt gezogen. Ihre Großmutter war darin sehr präsent - es war ihre Welt, die Christine für sie erschuf. Sobald sie konzentriert schrieb, war es ihr, als diktierte die Stimme ihrer Großmutter die Geschichte. Sehnsüchte kamen auf, und Christine wusste nicht, waren es ihre eigenen oder Elisabeths.

Als sie wieder auf die Uhr blickte, waren zwei Stunden wie im Flug vergangen. Sie erhob sich und holte sich noch einen Milchkaffe an der Theke. Gedankenverloren blätterte Christine durch eine Zeitung, die ein anderer Gast am Nebentisch vergessen hatte. Sofort war sie hellwach, als sie ein vertrautes Gesicht erblickte. Robert! Ihr Herz pochte schneller. Er hatte seine Kunstausstellung eröffnet, die Lokalseite von Vancouver brachte einen kleinen Bericht. Neben ihm stand eine Frau, Christine las die Zeilen unter dem Bild: „Robert Karp eröffnet seine erste Ausstellung, gesponsert von Sarah Miller, Kuratorin und Inhaberin der Pacific Gallery." Christine starrte das Bild an, und ihr wurde ganz anders. Was, wenn Robert wieder mit dieser Sarah zusammengekommen war? Beide strahlten so sehr.

Sie strich mit den Fingerspitzen über das Foto und erinnerte sich an das Kitzeln seiner Locken in ihrem Gesicht, als er sie beinahe geküsst hatte. Konnte es sein, dass ihre Liebe für ihn noch stärker geworden war? Es schmerzte sie richtig. Sie wollte die Ausstellung so gerne sehen und vor allem ihn. Konnte sie es wagen, ihm ihre Gefühle zu gestehen, oder war es zu spät?

Ihr Blick wanderte zu dem Stapel Briefe. Sie suchte gezielt nach dem einen, als Elisabeth bereit für Wilhelm gewesen war.

Lieber Wilhelm,

ich hatte damals all meinen Mut mit eingepackt. Peter schrieb ich einen Brief. Es war beschlossen. Wenn er von der Arbeit käme, würde er die Nachricht finden. Vielleicht war es feige von mir. Doch wir sprachen kaum noch miteinander, er hörte mir nicht mehr zu, einen Brief musste er lesen.

Angelika wollte ich anrufen. Wenn jemand mich verstehen würde, dann meine Tochter, die so ein freies Leben führte, so selbstständig war.

Ich wollte gar nicht daran denken, wie sehr mir meine Enkelin fehlen würde, das Baby. Aber Angelika reiste gerne und könnte mich besuchen mit Christine.

Ich sang, als ich meinen Koffer hinuntertrug ins Wohnzimmer.

Auf einmal fühlte ich mich so frei.

Endlich war unsere Stunde gekommen, endlich! Vor Aufregung hatte ich keinen Bissen heruntergebracht. Ich würde fliegen, mit dir nach Montreal. Ich wäre die Frau an deiner Seite. Ich rief mir ein Taxi. Auch das hatte ich noch nie getan.

Als ich das Auto vorfahren hörte, eilte ich hinaus, der Koffer in meiner Hand fühlte sich ganz leicht an. Ich flog, aber landete unsanft - denn es war nicht das Taxi.

Es war meine Tochter. Sie sprang aus dem Wagen, die Wangen gerötet, aufgelöst.

„Papa liegt im Krankenhaus! Er hatte einen Schlaganfall!"

„Was?"

„Mensch, Mutter, ich hab versucht, dich zu erreichen, aber keiner hat abgenommen - und warum hast du einen Koffer gepackt?"

„Ich wollte vereisen ..." Ich stammelte etwas von einem Vereinsausflug.

Einen Augenblick lang sah sie mich an, als sei ich verrückt geworden. Dann sprach sie einfach weiter und zerrte mich mit sich. Sie weinte, während sie die Landstraße entlangraste. Unterwegs kam uns das Taxi entgegen, das mich zum Bahnhof bringen sollte. Ich biss mir auf die Lippen.

Fassungslos.

Wenn es einen Gott gibt, dann will er nicht, dass wir zusammenkommen. Ich rief dich an, später in der Nacht. Deine Stimme klang, als hättest du es geahnt. „Ich kann noch nicht kommen", sagte ich. „Peter hatte einen Schlaganfall."

Und danach? Ich würde nicht mehr zu dir fahren. Jemand musste Peter pflegen, er war halbseitig gelähmt. So konnte ich ihn nicht alleinlassen.

Es tut immer noch weh: weil ich für einen Augenblick wirklich frei war. Der Moment, in dem ich beschloss, mit dir zu gehen, war so glücklich. Aber es sollte nicht sein. Es war vorbei.

Deine Nachtigall

Christine liefen die Tränen über die Wangen. Es war beschlossen, sie würde mit Robert sprechen.

Sie, Christine, würde Robert ihre Gefühle gestehen. Auf die Gefahr hin, dass er sie nicht erwiderte. Tief in ihrem Herzen wusste Christine nun, dass sie stark genug war, sich selbst zu halten. Eine Heimat in sich selbst zu finden. Das war ihre neue Klarheit, mit der sie einen Flug nach Vancouver buchte.

Siebenundzwanzig

LIEBER Wilhelm,

ich habe dir lange nicht mehr geschrieben. Unsere Treffen sind längst vorbei, meine Entscheidung, bei Peter zu bleiben, liegt Jahre zurück. Heute hat es mich wieder an meinen Schreibtisch getrieben.

Meine Enkelin erinnert mich an dich. Dieses Mädchen mit den sanften Augen, sie ist eine Träumerin. Sie liebt es, Gedichte zu schreiben.

Christine bringt mir die Freude zurück in mein Leben, sie ist mein Sonnenschein. Denn mein Leben ist nun ausgefüllt mit der Pflege für Peter.

Heute saß Christine unter unserem Apfelbaum. Sie hatte ein Schulheft dabei, in das sie Gedichte schrieb. Wie sie da saß und aufblickte, als ich zu ihr trat. Wie du!

Mir kamen die Tränen, nach all den Jahren, sie rührte etwas tief in mir an. Diese Leichtigkeit, ihre spielerische Art.

Aus Christine wird eine Dichterin werden, sie kann ihren Träumen folgen. Die Wege stehen ihr offen. Wohin wird sie gehen vom Apfelbaum aus? Dieses poetische Mädchen mit dem verträumten Blick? Ihre Art, mit dem Baum zu sprechen oder mir im Garten zu helfen ... Sie ist noch so zart wie eine Blüte. Heute kam es mir vor, als wecke sie mich auf aus meiner Trauer. Ich nahm meinen Füllfederhalter wieder zur Hand. Ich schreibe, erinnere mich daran, welche Kraft mir das Schreiben gab.

Zugleich ist dies auch ein langer Brief an mich selbst. Ich sehne mich immer noch nach dir. Aber es scheint, als sehne ich mich nach etwas, das es nicht gibt, oder einem Teil von mir, den ich nie ganz fassen kann. Ich weiß es nicht. Ich fühle mich oft müde und träume mich zurück zu der Zeit mit dir.

Deine Nachtigall

Der Abschied von Wilhelms Hütte und vom Yukon-Territorium fiel Christine schwerer, als sie sich vorgestellt hatte. Es kam ihr vor, als ließe sie einen Teil ihres Herzens dort zurück. Als Christine im Flugzeug saß und durch das Fenster sah, wie der Yukon, die Berge und Wälder immer kleiner wurden, weinte sie. Wie vertraut ihr diese Gegend geworden war, als wäre sie ein Teil ihrer selbst.

Dann stieß das Flugzeug durch die Wolken und die Landschaft verschwand aus ihrem Blickfeld. Christine döste vor sich hin. In der Nacht hatte sie kaum geschlafen, hatte lange im Zwielicht der Mitternachtssonne draußen am See gesessen und sich das Wiedersehen mit Robert in allen Farben und Schattierungen ausgemalt. Die Ungewissheit ließ sie schwindeln.

Als sie zwei Stunden später in Vancouver landete, fühlte sie sich fremd. So viele Menschen um sie herum. Lärm, Trubel, Stimmen.

Mit angehaltenem Atem wählte sie Roberts Telefonnummer, während sie am Gepäckband auf ihren Koffer wartete. Doch sie erreichte nur die Mailbox, entschied sich, nicht darauf zu sprechen.

In Vancouver herrschte Hochsommer. Möwen kreischten, die Sonne schien. Die Luft duftete nach Salz und Ozean.

Christine gab dem Taxifahrer die Adresse der Karp Company, die einzige Adresse, die sie von Robert besaß. Das Büro befand sich in einem Hochhaus aus Glas und Stahl in der Nähe des Pazifiks.

Sein Name stand auf dem Messingschild im Eingangsbereich. Christines Hand zitterte, als sie auf den Aufzugsknopf drückte. Ihr kam es vor, als hätte sie Robert seit einer Ewigkeit nicht mehr gesehen.

Sie betrat die Lobby, die Rezeptionistin blickte ihr freundlich entgegen.

„Hallo." Christines Stimme schwankte. „Ich möchte zu Robert Karp, ist er da?"

„Es tut mir leid, Herr Karp hat Urlaub."

„Hat er gesagt, wo er ist?"

Die junge Frau schüttelte den Kopf. „Nein, leider nicht."

Christine sank in sich zusammen. Sie hätte sich am liebsten auf dem cremefarbenen Sofa niedergelassen und das Gesicht in den Händen vergraben. Was hatte sie erwartet? Dass er sie mit offenen Armen empfangen würde? Er war nicht da, nicht verfügbar. Vielleicht in Montreal? Mit Sarah?

„Waren Sie schon in der Galerie in Gastown? Dort läuft gerade seine Ausstellung, manchmal ist er vor Ort in dem Café. Nur so als Tipp", sagte die Empfangsdame.

Sie zeigte ihr auf ihrem Smartphone die Wegbeschreibung. Christine bedankte sich und ging.

Gastown lag nicht weit entfernt von der Waterfront, der Promenade am Pazifik. Während sie dort entlanglief, flatterte Christines Herz vor Aufregung. Der milde Wind, die blauen Berge in der Ferne, der Ausblick auf die Glasfassaden der Hochhäuser, all dies war wunderschön, doch sie wollte nicht stehen bleiben. Sie fragte sich, was sie in der Galerie erwartete. Lieber rechnete sie mit dem Schlimmsten.

In Gastown drängelten sich Touristen auf dem Kopfsteinpflaster. Christine kämpfte sich durch die Altstadt. Die altmodischen Gaslampen, die dem Stadtteil ihren Namen gegeben hatten, Geschäfte mit indianischer Kunst und alte, rote Backsteinhäuser prägten das Bild.

Mitten in einer belebten Straße, in der sich Souvenirläden und Kunsthandwerkgalerien aneinanderreihten, fand Christine die Galerie. Sie warf erst einen Blick in das angrenzende Café, konnte Robert aber nirgends entdecken.

Christine betrat die Galerie durch eine Glastür. Im Gegensatz zum lauten Treiben auf der Straße herrschte hier Ruhe.

Schon von Weitem sah sie Wilhelms Porträt, das ihn als jungen Mann zeigte. Ein Bild mit Tusche gezeichnet und klaren Strichen. Robert hatte den Blick seines Großvaters genau getroffen, voller Hoffnung sah er den Betrachter an. Die dunklen Augen, das schwarze Haar, das unter dem Hut hervorlugte.

In seinem Blick lag Sehnsucht. Nach dem Leben? Nach Elisabeth? Christine stellte sich vor, wie Robert malte, mit einem konzentrierten Gesichtsausdruck. Wie er sie angelacht hatte, mit diesen leuchtenden Augen, die nur so sprühten vor Lebenslust. Wunderschön fand Christine auch das nächste Werk, einen Garten. Alles blühte und spross im Sonnenlicht. Mit ausladenden Pinselstrichen gemalt und sehr farbenfroh. Sie schlenderte umher, merkte, dass sie die Bilder gar nicht richtig wahrnahm, sondern nach Robert Ausschau hielt.

Dann fiel ihr ein Gemälde auf. Es war neben Wilhelms Porträt das einzige, das einen Menschen zeigte.

Christine stockte der Atem, der Boden brach ihr unter den Füßen weg.

Da hing ihr Porträt! Robert hatte sie gemalt.

Darunter stand der Titel: „Das Mädchen, das die Rose aufhob."

Das Bild war etwas kleiner als die anderen Gemälde, frischer. Christine konnte die Ölfarbe sogar noch riechen. Staunend starrte sie in ihr eigenes Gesicht, die braunen Haare, die über ihre Schultern flossen, den speziellen Glanz in den Augen. Sie taumelte und sank auf eine Lederbank in der Mitte des Raumes.

Er meinte sie, ganz klar, sie, Christine! Ein Strom von Gefühlen floss durch sie hindurch, trieb ihr die Tränen in die Augen.

„Da bist du ja", hörte sie eine sanfte Stimme hinter sich. Sie drehte sich um. Zitterte innerlich, traute sich nicht, aufzustehen. Ihr Herz schlug Purzelbäume. Sie atmete tief durch. Robert. Stand vor ihr, mit einem schiefen Lächeln, fast schüchtern.

„Meine Assistentin sagte mir, dass sie dich hierhergeschickt hat", sagte er schließlich mit rauer Stimme und setzte sich neben sie auf die Bank.

Christine schluckte. Sammelte sich. „Ja, das hat sie. Ich habe mir die Bilder angeschaut. Ich bin heute von Whitehorse angereist."

Ihre Wangen glühten. Sie hätte gern den Kopf gesenkt, zwang sich aber, in diese wunderschönen Augen zu blicken. „Robert … das bin ja ich auf dem Bild." Oder der Mensch, der sie gern wäre. Eine bessere, mutigere Version von ihr selbst. „Du hast mich gemalt."

Er nahm ihre Hand in seine. Die Finger waren kühl, sanft strich er über ihre Haut.

Sie hörte nicht auf, ihn anzusehen.

„Ich dachte, du bist schon längst mit Stefan in Deutschland." Seine Augen schimmerten verdächtig. Dann brach es aus ihm hervor: „Ich bin so froh, dich zu sehen! Ich wusste, irgendwie wusste ich, du würdest doch kommen und die Briefe bringen."

„Ich hab die Verlobung gelöst und mich von Stefan getrennt", sagte Christine atemlos. „Ich wollte zu dir ins Hotel, aber du warst schon fort. Dann hab ich die letzte Zeit in Wilhelms Hütte verbracht. Ich bin zu mir gekommen und …"

„Und was?"

„Und mir ist klargeworden, dass ich … mich in dich verliebt habe. Also, so richtig."

Oh, wie armselig sie das herausgebracht hatte! Die Liebe konnte so einfach und leicht sein. Wenn das Herz fliegen konnte, befreit aus seinem Käfig aus Angst. Da irrte sie durch ihr Leben, auf der Suche nach Beständigkeit, wenn alles, was für sie zählte, dieses Gefühl war, das nun durch sie hindurchrauschte. Wer konnte schon sagen, ob die Liebe ein Leben lang hielt? Aber sie war hier, jetzt, in ihren Händen.

Sie warf ihm die Arme um den Hals, drückte ihren Kopf gegen seine Brust und wiederholte schluchzend: „Ich liebe dich."

Er schlang seine Arme um sie, sie hörte sein Herz unter ihrem Ohr wild pochen. Er schob sie sanft ein Stück zurück. „Bitte, schau mich an. Ich liebe dich auch. Schon lange. Endlich weißt du es …"

„Und Sarah? Das Foto von euch, das ich in der Zeitung gesehen habe?" Christine kam sich dumm vor, aber sie musste diese Frage stellen.

Er schüttelte den Kopf. „Darüber hast du dir Sorgen gemacht? Nein, sie hat mir die Möglichkeit gegeben, in der Galerie auszustellen. Das Foto ist auch Werbung für ihr Geschäft. Ich bin in dich verliebt, Christine."

Er nahm ihr Gesicht sanft in seine Hände und küsste die Tränen fort. Dann küsste er ihre Lippen, und nichts mehr sonst war wichtig. Nicht die Vergangenheit, nicht die Zukunft, nicht einmal die Worte.

Lieber Wilhelm,

wieder sind ein paar Jahre ins Land gezogen. Ich bin auf eine Reise gegangen, eine Busreise nach Paris, mit fast siebzig Jahren, kannst du das glauben? Meine Tochter wollte mich schon lange dazu überreden.

Ich hatte ein schlechtes Gewissen, Peter allein zu lassen, aber Angelika kümmerte sich um ihn. „Endlich gönnst du dir mal etwas, Mutter. Bei all der Aufopferung."

Ich sitze also jetzt auf einer Bank im Jardin du Luxembourg und schreibe auf dem Schoß, weil das Hotelzimmer so klein ist. In der Ferne sehe ich den Eifelturm. Ich beobachte Liebespaare, die sich ungezwungen küssen. Und ich fühle mich alt. Unser Traum existiert nur noch auf Papier.

Einmal nach Paris.

Ich verbrachte Stunden in einem Antiquariat und blätterte durch die Bücher. Ich sah mir die Cafés an, in denen früher große Dichter saßen. Ich kaufte mir eine duftende Lavendelseife und einen Seidenschal. Ich lächelte, als ich an der Seine entlangging. Ich war für mich, und ich war frei. Frei bin ich immer gewesen, in meinen Gedanken. Wir beide gehören zusammen, aber nicht in diesem Leben. Vielleicht gab es für dich nur mich und für mich nur dich, egal, mit wem wir zusammen waren. Gerne hätte ich dir eine Postkarte geschrieben, aber ich ließ es sein. Das hier war nur für mich.

Deine Nachtigall

Christine saß neben Robert auf einer Bank auf dem Friedhof. Er lag etwas außerhalb von Vancouver und war von Hügeln durchzogen. Hier und da standen Ahornbäume. Wilhelms Grab war schmucklos, ein grünes Rasenstück vor einem massiven, weißen Grabstein. Darauf stand sein Name, nur er allein lag hier begraben.

Christine lehnte sich an Robert.

„Was wäre passiert, wenn Elisabeth ihm diese Karte aus Paris geschrieben hätte?", fragte er.

„Und er ihr die aus dem Yukon. Wären sie dann zusammengekommen?" Sie schwieg einen Moment.

„Ich möchte dir gerne die Geschichte, die ich geschrieben habe, zeigen." Ihr fiel es so leicht, das anzubieten. „Dann kennst du das glückliche Ende der beiden."

„Ich freue mich darauf." Er drückte ihre Hand. „Und jetzt, noch einen letzten Brief?"

Christine nickte. Sie brachte es nicht über sich, ihn laut vorzulesen, und bat Robert darum.

Lieber Wilhelm,

dies ist mein letzter Brief an dich.

Was ist die Liebe? Meine Liebe floss damals in dein Herz wie nun die Tinte auf dieses Papier. Immer wenn meine Hand auf deiner Brust lag, immer dann ... diese Liebe. Aber ...

Vielleicht ist die Liebe etwas anderes, als ich dachte. Vielleicht ist es das Aufleuchten in den Augen meiner Enkeltochter. Wenn sie lacht und mir beim Kochen hilft. Vielleicht ist es die Tatsache, dass der alte Jakob-Fischer-Apfelbaum jedes Jahr aufs Neue erblüht. Vielleicht ist es das Gefühl, das mich ergreift, wenn ich durch die Straßen von Schutzingen gehe. Meine Heimat, die ich so gut kenne. Der Blick, mit dem mich Peter ansieht, nach all den Jahren.

Ich liebe ihn, so gut ich ihn lieben kann.

Auch wenn ich weiß, dass ich niemanden so lieben werde wie dich.

Die Liebe kommt und geht, sagen sie.

Und hier finde ich mich wieder, in dem Haus, in dem ich aufwuchs. Ich sitze hier, mit dem Stapel Briefe vor mir, dem Zeugnis unserer Liebe.

Meiner Liebe.

Denn es ist meine Liebe, die ich spüre, die einen Bogen spannt in meinem Leben, über all die Jahrzehnte hinweg.

Vielleicht habe ich mich geirrt und die Liebe ist mehr und etwas anderes, als uns im Märchen erzählt wird, Wilhelm. Letztendlich ist es nur ein Märchen.

Nun, nach all den Jahren bin ich dankbar und glücklich über das, was ich habe.

Ich liebe dich immer noch, aber ich weiß, du kommst nicht mehr zurück. Alles, was zwischen uns war, ist erzählt, habe ich aufgeschrieben. Da sind keine Worte mehr, die ich dir sagen könnte. Manchmal, nachts, wenn ich nicht schlafen kann, sende ich meine Liebe zu dir wie eine Brieftaube. Aber ich werde nie erfahren, ob sie jemals ankommt.

Diese Liebe ist wie die Nachtigall. Dieser Vogel, der ich gern sein wollte. Sie stirbt am Ende und schenkt sich etwas Schönerem, etwas, das größer ist als sie selbst. Sie blutet aus, wie ein Füller, dessen Tinte ausgeht. Ich sehe das Tintenfass auf meinem Schreibtisch, Wilhelm. Es ist leer.

Ich habe alles gesagt. Zurück bleibt die Liebe.

Ich liebe dich.

Deine Nachtigall

Christine saß da, unfähig, zu sprechen. Robert ließ den Brief in seinen Schoß sinken. Er hatte Tränen in den Augen und drückte ihre Hand. So saßen sie beieinander. Keiner sprach. Sie fühlten nur die Kraft der Worte, und ihr Echo dehnte den Moment für die Ewigkeit.

Alles war gesagt, zurück blieb die Liebe. Sie sahen sich lange in die Augen, dann reichte Robert ihr die Briefe, Christine nahm sie an sich und legte sie auf Wilhelms Grab.

„Hier sind die beiden vereint in Liebe, Tinte und Erde", sagte Christine.

Es begann zu regnen, und als der erste Tropfen auf die Briefe fiel, wurde es Christine ganz leicht zumute. Es tat gut, loszulassen. Der Regen würde die Tinte verwischen, sie würde in die Erde fließen.

„Großmutters letzter Wunsch ist erfüllt. Ich hoffe, sie findet Frieden", sagte Christine und sah Robert an.

„Auf Wiedersehen, Nachtigall", flüsterte Robert.

Dann hielt er seinen Mantel auf und zog Christine an sich, um sie vor dem Regen zu schützen.

„Sollen wir gehen?", fragte er.

Sie nickte.

Dreh dich noch einmal um, ein letztes Mal, wisperte der Wind. Und Christine hielt inne, drehte sich um.

Der Regen fiel wie ein Vorhang aus Schnüren, aber sie sah einen braunen, kleinen Singvogel auf dem Grabstein sitzen und zwitschern.

„Gib mir einen Moment allein, ja?"

„Ich warte am Ende des Weges", sagte Robert und ging leise davon.

Wie im Traum hörte Christine den Gesang des Vogels, der sich mit dem Plätschern des fallenden Regens vermischte.

Vielleicht bildete sie sich die Nachtigall ein, aber das war nicht wichtig. Christine schloss für einen Moment die Augen und lauschte dem Lied. Klar und süß sang der Vogel. Dann drehte sich Christine um und setzte ihren Weg fort.

Der Gesang der Nachtigall folgte ihr bis zum Tor des Friedhofes. Sie ließ sich von ihm tragen.

Ende